EVA REICHL

Todesdorf

EIN DORF AM ABGRUND Oliver Heller liegt erschossen in seiner Scheune, neben ihm ein Jagdgewehr. Die Polizei geht von Selbstmord aus, doch seine Frau Diana glaubt nicht daran. Sie fängt an, in der Vergangenheit ihres Ehemannes nach Antworten zu suchen, und stößt dabei auf viele Ungereimtheiten und noch mehr Geheimnisse. Ihre Recherchen erschüttern auch das Fundament ihrer eigenen Familie, selbst ihrem Vater und Bruder vertraut sie nicht mehr. Durch den Tod ihres Mannes und Dianas Nachforschungen gerät das ganze Dorf in Aufregung. Schließlich wird sie selbst von den Dorfbewohnern und der Polizei verdächtigt, etwas mit Olivers Tod zu tun zu haben. Nur Johannes, der Sohn der Nachbarn und ihr Freund aus Kindheitstagen, steht noch zu ihr, als die Dörfler ausrücken, um das von ihnen gefällte Urteil zu vollstrecken.

© Lisa Reichl

Eva Reichl wurde in Kirchdorf an der Krems in Oberösterreich geboren und zog bereits als Kleinkind mit ihrer Familie ins Mühlviertel, wo sie bis heute lebt. Neben ihrer Arbeit als Controllerin schreibt sie überwiegend Kriminalromane und Kindergeschichten. Mit ihrer Mühlviertler-Krimiserie rund um Chefinspektor Oskar Stern verwandelt sie ihre Heimat, das wunderschöne Mühlviertel, in einen Tatort getreu dem Motto: Warum in die Ferne schweifen, wenn das Böse liegt so nah. »Todesdorf« ist ihr erster Thriller.

EVA REICHL

Todesdorf

THRILLER

GMEINER

Immer informiert

Spannung pur – mit unserem Newsletter informieren wir Sie
regelmäßig über Wissenswertes aus unserer Bücherwelt.

Gefällt mir!

Facebook: @Gmeiner.Verlag
Instagram: @gmeinerverlag
Twitter: @GmeinerVerlag

Besuchen Sie uns im Internet:
www.gmeiner-verlag.de

© 2022 – Gmeiner-Verlag GmbH
Im Ehnried 5, 88605 Meßkirch
Telefon 0 75 75 / 20 95 - 0
info@gmeiner-verlag.de
Alle Rechte vorbehalten
1. Auflage 2022

Lektorat: Katja Ernst
Herstellung: Mirjam Hecht
Umschlaggestaltung: U.O.R.G. Lutz Eberle, Stuttgart
unter Verwendung eines Fotos von: © boing / Photocase
Druck: GGP Media GmbH, Pößneck
Printed in Germany
ISBN 978-3-8392-0203-6

Wenn nichts mehr so ist, wie es war,
bekommt Neues eine Chance.

1. KAPITEL

Ich starrte in das Dunkel des Schlundes. Dort liegst du nun, dachte ich und fühlte nichts. Meine Hände waren taub, meine Knie drohten einzuknicken, mein Herz war mit dir gestorben. Obwohl ich an deinem Grab stand, in das sie dich eben hinabgelassen hatten, existierte auch ich nicht mehr.

Der Lehm vermischte sich mit dem Himmelsnass. Es regnete schon seit Tagen – dem Anlass entsprechend, wie ich fand. Jemand hielt mir einen Schirm über den Kopf, dennoch erreichten meine Haut einzelne Regentropfen. Sie fühlten sich wie Geschosse der Wirklichkeit an. Ich wünschte, es wären tödliche Kugeln, die mich diesem unsäglichen Leid entrissen. Doch ich stand immer noch da.

Zwei Wochen war es nun her, seit du gestorben warst. Ich hatte dich nicht gleich beerdigen können, weil die Gerichtsmedizin deinen Leichnam nicht freigegeben hatte.

Die Musik begann zu spielen und ich schreckte hoch.

Mein Vater hielt es für ein Zittern und legte den Arm um mich, unbeholfen wie eh und je. Ich wollte diese Berührung nicht, fühlte mich dadurch wie ein Stück Treibholz, das durch den Rechen des Kraftwerkes gehindert wurde, seinen vorbestimmten Weg weiterzuschwimmen. Auf den Wellen zu schaukeln wie ein Boot aus Papier, das ein Kind gebastelt und losgeschickt hatte, um die Welt zu erkunden, das aber bereits nach wenigen Metern sank. Ich wagte nicht, mich vom Arm meines Vaters zu befreien und einen Schritt zur Seite zu treten, denn dort stand meine Mutter. In Schwarz gekleidet und leise schluchzend. Sie schien nicht gefühllos zu sein wie ich. Ihr Herz funktionierte noch. Sie weinte um dich, wie ich es in den letzten beiden Wochen getan hatte. Jetzt hatte ich keine Tränen mehr.

Unzählige Augenpaare waren auf uns gerichtet. Auf mich. Dich in dem hölzernen Sarg. Deine Mutter. Meine Familie. Ich versuchte, die Menschen zu zählen, die gekommen waren, weil sie sehen wollten, wie du in die Erde hinabgelassen wurdest, um dort zu verrotten. Es gelang mir nicht, es waren zu viele. Du musstest sehr beliebt gewesen sein, schoss es mir durch den Kopf.

Oder waren diese Menschen hier, um sich an meinem Leid zu ergötzen? Um nicht zu verpassen, wie sie zusammenbrach, die arme Diana, die nicht an den Selbstmord ihres Ehemannes glauben wollte?

Du hättest dich erschossen, hatten sie mir gesagt. Und behaupteten es immer noch. Ich konnte das tatsächlich nicht akzeptieren.

Wir waren glücklich gewesen. Vier Jahren lang. Da hätte ich doch bemerken müssen, wenn du kurz vor dem Abgrund gestanden wärst. Wenn du deinem Leben ein Ende hättest setzen wollen.

Aber da war nichts gewesen, kein Anzeichen.
Nichts.

Deine Lebensfreude war erst mit deinem letzten Atemzug aus dir gewichen. Nicht freiwillig, das war mir klar.

Irgendjemand hatte sie dir brutal aus dem Leib gerissen, nur das ergab für mich überhaupt einen Sinn. Alles andere ließe mich wahnsinnig werden …

Die Musik endete, und der Pfarrer sprach ein paar tröstliche Worte. Von einem Wiedersehen und einem Leben im Himmel war die Rede. Dass du dort auf uns warten würdest, bis unser Tag käme. Dass Gott auf uns achtgebe und uns beistehe in dieser schweren Zeit. Dass wir nicht allein seien.

Ich war allein.

Seit dem Tag, an dem du mich verlassen hattest, war ich nur mehr ein Schatten meiner selbst, vollgepumpt mit Beruhigungsmitteln, die mir der Arzt verschrieben hatte, nachdem ich dich gefunden hatte und neben dir zusammengebrochen war.

Ich hatte den Knall gehört. Laut war er gewesen, alarmierend, obwohl es hin und wieder vorkam, dass ein Schuss die Stille des Dorfes zerriss, weil ein Jäger im nahegelegenen Wald auf Wild feuerte.

Dieses Mal war es anders gewesen.

Die Dunkelheit der Nacht hatte den Schuss lauter wirken lassen, er hatte die ländliche Idylle regelrecht zerfetzt.

Ich war nach draußen gelaufen, hatte mich umgesehen und versucht, die Ursache für mein Herzrasen zu erspähen. Ich war zur Scheune geeilt, obwohl ich nicht gewusst hatte, weshalb, wahrscheinlich war ich meinem Instinkt gefolgt. Dort hattest du auf dem Rücken gelegen, die Augen auf die Holzbretter über dir gerichtet. Bestimmt hättest du gerne die Sterne betrachtet, wärst mit ihnen in die Weite des Weltalls geflogen, doch die hölzerne Decke der Scheune hatte deinen Blick nicht bis zum Firmament schweifen lassen. Aus deinem Hals und deinem Kinn war Blut geflossen, war gesprudelt wie Wasser aus einer frisch geschlagenen Quelle. Als ich meine Hand daraufgedrückt hatte, war es zwischen meinen Fingern pulsierend hindurchgequollen. Einmal, zweimal, immer wieder im Takt deines Lebensrhythmus. Ich hatte nicht mitgezählt, hatte verzweifelt versucht, deinen letzten Blick einzufangen.

Dein Herz hatte aufgehört zu schlagen und ich angefangen zu schreien. Erst waren es Hilferufe gewesen, dann hysterische Laute. Ich hatte gewusst, dass ich einen Arzt holen musste, da ich nicht in der Lage gewesen war, dir zu helfen. Also war ich aufgesprungen und ins Haus gelaufen. Dort hatte ich nach meinem Handy gesucht. Hatte um Hilfe gerufen. Hatte mein Handy auf der Kommode entdeckt und es mitgenommen. War damit hinausgerannt in die Scheune und hatte es mir im Laufen ans Ohr gehalten, während die Verbindung zum Notruf hergestellt worden war. Beinahe wäre ich gestolpert. Hatte deinen Tod in den Lautsprecher geschrien, die Scheune erreicht und meinen Vater gesehen, wie er dich angestarrt hatte.

Neben dir war ich auf die Knie gesunken, das Smartphone war auf den Betonboden der Scheune geknallt. Dein Blut hatte, während ich weg gewesen war, unter deinem Körper eine Lache gebildet. Dieser Anblick hatte mir das Entsetzen in jede Faser meines Körpers getrieben. In meinem Gehirn hatten Befürchtungen und Hoffnung einen Kampf ausgefochten, der längst verloren gewesen war.

Ich hatte geschrien. Mein Gott, noch nie in meinem Leben hatte ich so geschrien und mich dabei gefühlt, als hätte mich der Schuss mitten ins Herz getroffen und es in

Stücke gerissen. Ich hatte deinen Tod körperlich gespürt und war selbst am Leben geblieben, um jede einzelne Sekunde dieses Schmerzes zu durchleben.

Ich stand neben deinem Grab und schüttelte Hände, deren Besitzer irgendwelche Worte murmelten, die ich nicht verstand, obwohl ich sie hörte. Hätte ich sie bewusst wahrgenommen, wären sie ein weiterer untrüglicher Beweis dafür gewesen, dass du tot warst. Also weigerte ich mich, sie an mich heranzulassen. Ihre Reise endete in meinem Innenohr.

Der Friedhof leerte sich.

Ich rührte mich immer noch nicht. Wenn ich mich jetzt abwandte, verlöre ich den Kontakt zu dir, entfernte mich von dir, das wollte ich nicht. Also blieb ich.

In meinem Kopf lief wieder dieses Lied der Rockgruppe Kiss. »I was made for lovin' you …«, dröhnte es durch meine Gehirnwindungen, seit ich dich in der Scheune gefunden hatte, als wolltest du mir damit etwas sagen. Als wäre das deine Art, nicht loszulassen.

»Diana, kommst du?«

Die Stimme meiner Mutter durchdrang meine innere Kapsel, in die ich mich zurückgezogen hatte, und das Lied verstummte. Ohne zu antworten, folgte ich ihr in das Gasthaus, wo der Leichenschmaus stattfand. Menschen, die aßen und sich mit gedämpften Stimmen unterhielten. Menschen, die geschockt waren, dass du freiwillig aus dem Leben geschieden warst. Menschen, die Mitleid mit mir hatten und nicht wussten, wie sie mit mir umgehen sollten. Was sie zu mir sagen sollten, weil jedes Wort, das sie aussprachen, an mir abprallte und ich bloß nickte, um Dankbarkeit dafür auszudrücken, dass sie gekommen waren.

Ich stocherte in dem Rindfleisch und schob den Sem-melkren von einem Tellerrand zum anderen. Dabei hin-terließen die Speisen auf dem weißen Porzellan ein ver-gängliches Kunstwerk meiner Trauer.

Mein Bruder saß neben mir, er hatte während deiner Beerdigung kein einziges Wort gesprochen. Alexander war zwei Jahre jünger als ich, seine Augen starrten auf einen Punkt an der gegenüberliegenden Wand, als stün-den dort die Antworten auf all seine Fragen.

Ihr hattet euch nicht besonders gemocht, da war diese Rivalität zwischen euch gewesen, von der ich bis heute nicht wusste, wie sie entstanden war. Weshalb sie über-haupt existiert hatte. Aber ich hatte sie gespürt – lau-ernd, oftmals feindselig, manches Mal nur still und mit Blicken ausgedrückt. Wenn ich nach dem Grund gefragt hatte, war Schweigen die Antwort gewesen. So wie jetzt. In diesem Gasthaus.

Alexander stierte weiterhin stumm auf die Wand.

Da ich die Erstgeborene war, stand mir der Bauern-hof als Erbe zu. Obwohl ich eine Frau war. Die Zeiten, in denen der Familienbesitz nur an männliche Nachfol-ger übergeben worden war, waren zum Glück vorbei. Zugegeben, ich hatte mich ordentlich abrackern müs-sen, bis Vater damit einverstanden gewesen war, mir den Hof zu vermachen. Hatte doppelt so hart gearbeitet wie Alexander. Doppelt so lange und vielleicht mit doppelt so viel Liebe zu Land und Tieren. Möglicherweise war mein Erfolg zum Teil dem geschuldet, dass Alexander kein Interesse an der Landwirtschaft gezeigt hatte. Viel lieber hatte er für uns gekocht, während wir bei brüten-der Hitze die Ernte eingeholt hatten. Hatte im Haus die Wände gestrichen, während Vater und ich im verschneiten Wald Bäume gefällt hatten. Konnte sein, dass Mutter ebenso dazu beigetragen hatte, Vaters Meinung zu ändern, denn sie selbst hatte einst den Hof von ihren Eltern übernommen. Allerdings nur, weil ihr Bruder früh an Leukämie gestorben war. Hätte er noch gelebt, sähe heute alles anders aus. Traditionen ließen sich nicht einfach mit einem Fingerschnippen ausrotten, das bedurfte Jahre. Generationen. Oder Kriege.

Die Hofübergabe sollte stattfinden, wenn Vater in den Ruhestand ging – wann immer das sein mochte. So lange war er der Chef im Haus und sagte, was getan wurde. Mit einer Strenge, die ich seit meiner Kindheit sowohl körperlich als auch seelisch gespürt hatte. Für dich aber war sie neu gewesen. Du wärst beinahe daran zerbrochen. Nur die Aussicht, dass das einmal ein Ende haben würde, hatte dich weiter an deinem Traum festhalten lassen.

Ich wusste nicht, warum mir das gerade jetzt einfiel, wo Alexander schweigend neben mir saß und noch kein einziges Wort des Bedauerns über deinen Tod geäußert hatte.

Du hattest einen modernen Bauernhof gewollt mit genügend Platz für die Tiere, die Kälber, Jungstiere und Milchkühe. Artgerechte Tierhaltung über das Gesetz hinaus war plötzlich nicht mehr nur eine Überschrift in einer Landwirtschaftszeitung gewesen, sondern hätte Einzug in die Gemäuer unseres 300 Jahre alten Bauernhofes gehalten. Das sei Verschwendung von Grund und Ressourcen, beides wertvoll und ohnehin viel zu wenig vorhanden, hatte Vater geschimpft. Alexander war seiner Meinung gewesen, obwohl zu jenem Zeitpunkt bereits festgestanden hatte, dass seine Stimme nicht zählte, da ich die Hoferbin war. Aber er hatte sich gefreut, dass Vater gegen deine Pläne gewesen war und den Neubau des Laufstalls auf irgendwann verschoben hatte. Dein Traum von tiergerechter Haltung von Rindern sowie Fleisch in Bioqualität und mit Gütesiegel war in die Zukunft verschoben worden. In unsere Zukunft.

Und dann solltest du dich umgebracht haben?

Dich selbst getötet haben mit dem Kopf voller Ideen?

Ich glaubte nicht daran.

Die Verwandten begannen, sich der Reihe nach zu verabschieden. Ich nickte wieder, weil es das Einzige war, das ich im Augenblick zustande brachte. Ich sehnte mich nach dem Moment, in dem ich aufstehen und die Gaststube verlassen konnte. Wollte nicht mehr auf deiner Beerdigung sein. Wollte zu Hause in meinem Bett liegen und darauf warten, dass ich starb, so wie du gestorben warst. Nur dass mich zum Zeitpunkt meines Todes niemand im Arm halten würde.

Ich hatte neben dir auf dem Betonboden gekniet und dich festgehalten in der Hoffnung, dass dein Herz wieder zu schlagen begänne. Hatte mir gewünscht, dass ich mich geirrt hatte und du jeden Moment deine Augen auf mich richten würdest mit der Liebe darin, die ich bis zu diesem Zeitpunkt immer in ihnen gesehen hatte. Ich hatte dich wie ein Kind im Rhythmus eines Schlafliedes gewiegt, das nur in meinem Kopf erklungen war, bis jemand versucht hatte, mich von dir wegzuzerren.

Daraufhin war die Melodie verstummt.

Doch ich war schon immer kräftig gewesen – das brachte die Arbeit auf einem Bauernhof mit sich – und hatte mich gewehrt. Gleichzeitig hatte ich durch das geöffnete Scheunentor ein blau zuckendes Licht in der Ferne bemerkt, welches die umliegenden Gebäude,

Bäume und Sträucher in eine gespenstische Kulisse verwandelt hatte. Du warst der Hauptdarsteller dieser Tragödie gewesen, ich hatte die Nebenrolle übernommen. Sie alle waren gekommen, um das Schauspiel zu verfolgen, um uns zu begaffen. Der Applaus war jedoch ausgeblieben.

Plötzlich hatte ein Gewehr einen Meter neben dir auf dem kalten Betonboden gelegen. Mir war die Waffe zuvor nicht aufgefallen.

Warum war sie auf einmal da gewesen?

Wer hatte sie dort hingelegt?

Während diese Fragen mein Gehirn geflutet hatten, hatten mich tausende Hände gepackt und von dir weggezerrt. Dem hatte ich nichts mehr entgegenzusetzen gehabt, es waren zu viele gewesen. Der Notarzt hatte deine Vitalfunktionen kontrolliert, mit der Herzmassage begonnen und mir die Frage entgegengebrüllt, wie lange du schon keinen Puls mehr hattest. Ich hatte lediglich den Kopf geschüttelt, weil ich darauf keine Antwort gewusst hatte.

War seither eine Stunde vergangen?

Oder drei? Vier?

Eine Woche?

Ein ganzes Leben?

Ich hatte das Gefühl für Zeit verloren, wusste nicht einmal mehr, welchen Tag wir hatten, wie alt ich war …

»Sie hat einen Schock!«, hatte der Notarzt geschrien. Die fremden Hände waren plötzlich überall auf meinem Körper gewesen, hatten mich dazu gebracht, mich hinzulegen und liegen zu bleiben, wobei ich immer wieder zu dir hinübergespäht hatte, um bereit zu sein, wenn du dich aufsetzen würdest. Ich hatte für dich da sein wollen. Hatte dir helfen wollen, ein frisches Hemd anzuziehen, denn jenes, das du angehabt hattest, war blutdurchtränkt gewesen. Mutter wäre in Sorge verfallen, was die Leute sagen würden, wenn du damit herumgelaufen wärst.

Die Hände hatten mich emporgehoben und meinen Körper auf eine Trage gehievt. Mein Geist war bei dir geblieben. Ich hatte mir den Kopf verrenkt, um dich nicht aus den Augen zu verlieren, doch Sanitäter und Polizisten hatten immer wieder das unsichtbare Band zwischen uns durchtrennt, indem sie zwischen uns hindurchgelaufen waren und mir die Sicht auf dich genommen hatten.

Gestohlen hatten sie sie mir! Brutal und unwissend.

Ich hatte mich von dir entfernt und du von mir.

Ich hatte gespürt, wie du aus meinem Leben verschwunden warst, ebenso, wie mein Arm plötzlich kälter geworden war. Eine Nadel hatte darin gesteckt und eine klare Flüssigkeit war hineingeflossen, die mich der Wirklichkeit entrissen und in Watte gepackt hatte.

Mein Geist hatte von dir abgelassen und war zu mir zurückgekehrt.

Als ich klein gewesen war und mir die Knie blutig geschlagen hatte, weil ich im Hof beim Hinterherjagen eines Kätzchen über das unebene Pflaster gestolpert war, war Mutter herbeigeeilt und hatte mich in die Arme genommen. Da war sie diese Watte gewesen. Durch ihre Anwesenheit war mir die Welt ein bisschen weniger gefährlich erschienen, war weicher gewesen. Behaglicher und liebevoller. Das Kätzchen hatte sie mir auf den Schoß gesetzt und meine Wunde versorgt, hatte sie hinter einem Pflaster versteckt und mir anschließend ein

Stück Schokolade in den Mund gesteckt. Die Welt war für mich wieder in Ordnung gewesen mit dem Kätzchen im Arm und der Schokolade im Mund.

Irgendetwas sagte mir, dass Schokolade dieses Mal nicht ausreichen würde, ganz egal, wie viel ich davon äße.

2. KAPITEL

Der letzte Gast der Trauerfeier war gegangen, wir machten uns auf den Weg nach Hause. Der Gastwirt Michael Struglehner sagte, dass er uns die Rechnung für den Leichenschmaus zusenden wolle, und zum Abschied drückte er uns noch einmal sein tiefstes Mitgefühl aus.

Unser Hof im Mühlviertler Steinbloß-Stil lag auf einem sanften Hügel ein wenig außerhalb des Dorfes, mehrere Feldlängen entfernt von unseren nächsten Nachbarn, den Heuböcks. Die beiden Bauernhöfe waren eingebettet in die Schönheit des Mühlviertels: bewaldete Hügel, Wiesen, kleinformatige Felder, auf denen der Raps goldgelb im Rhythmus des Windes sanft hin- und herschwang.

Die Obstbäume neben unserer Zufahrt waren mit Millionen von weißen bis rosa Blüten übersät und zauberten helle Farbtupfen in das saftige Grün der sie umgebenden Wiesen. Tausende Bienen tummelten sich darauf. Das Surren ihrer Flügel war ein beruhigendes Geräusch. Solange es da war, würden wir im Herbst frisches Obst ernten. Doch seit Jahren wurde es von Frühling zu Frühling leiser.

Aus dem Fenster des Suzuki Vitara sah ich in Mutters Garten eine unglaubliche Farbenpracht. Die unterschiedlichsten Blumen streckten nun, da der Winter vorüber war, ihre Köpfe aus der Erde. Ihr Anblick war einerseits tröstlich, andererseits wünschte ich mir, ich könnte wie sie schon bald verwelken, um Neuem Platz zu machen.

Der Wagen hielt an, wir stiegen aus.

»Diana, Liebes, ich mach uns Tee«, sagte Mutter zu mir, als ich in der Bauernstube meiner Eltern stand und nicht wusste, was ich tun sollte. Wenn nichts mehr einen Sinn ergibt, ist der Verstand gelähmt und weigert sich, nach vorn zu schauen. So ging es mir in diesem Augenblick.

»Danke, Mama.« Meine Antwort war mehr ein Flüstern, und ich war mir sicher, Mutter hatte mich nicht gehört. Aber wie es ihre Art war, bereitete sie dennoch Tee zu, nur um etwas zu tun. Vielleicht, um sich abzulenken. Um mich abzulenken. Sie vertrat die Meinung, dass – wenn bloß genügend Zeit verstrich – alles wieder so sein würde wie früher. Der Satz »Die Zeit heilt alle Wunden« war ihr Leitspruch, ihr Mantra, das ihr half, einen Tiefschlag zu überstehen.

Und noch einen.

Und den nächsten.

Ich war nicht so leidensfähig wie sie. Im Gegensatz zu ihr hatte ich meinen Mann geliebt. Sie sprach nie darüber, trotzdem wusste ich, dass sie mit Vater nicht glücklich war. Oliver und ich hingegen waren es gewesen.

Ich setzte mich an den Tisch und wartete, bis sie die Tasse Tee vor mir abstellte. Gedankenverloren hob ich das Tee-Ei mit den Kräutern aus dem heißen Wasser und versenkte es wieder. Das tat ich mehrmals, ohne es selbst zu bemerken. Mutter sah mir dabei zu.

»Morgen fahre ich nach Freistadt einkaufen. Begleitest du mich?« Sie fragte mich das, als wären wir nicht gerade von deiner Beerdigung zurückgekehrt. Als wärst du immer noch da und kämst gleich zur Tür herein.

»Nein, Mama«, antwortete ich und ließ das Tee-Ei erneut in das mittlerweile leicht gefärbte Wasser gleiten. »Ich bleibe hier.«

»Es würde dir helfen …«

»Helfen würde mir, wenn ich endlich wüsste, warum Oliver tot ist«, schleuderte ich ihr diese Worte ins Gesicht wie ein Lama seine Spucke, was mir sofort leidtat. Ihre Absicht, mich auf andere Gedanken zu bringen, war durchaus gut, dennoch hatte ich mich zu dieser unwürdigen Erwiderung hinreißen lassen. Dafür hasste ich mich.

Sie sagte nichts, starrte auf das Holz des Tisches. Ihr Blick sprang über die Linien der Jahresringe.

»Es tut mir leid, Mama.«

Sie legte ihre Hände auf meine. An ihrem Gesichtsausdruck erkannte ich, dass sie alles täte, um mir meinen Schmerz zu nehmen.

»Was wirst du tun?«, fragte sie.

»Ich werde herausfinden, wer Oliver umgebracht hat. Und weshalb«, erwiderte ich und ballte die Hände zu Fäusten. Mutter nahm ihre weg, als ginge von mir plötzlich Gefahr aus. Eine Gefahr, in etwas hineingezogen zu werden, das zu einem bösen Ende führte.

»Ach, Kind, du verrennst dich da.«

»Nein, das tue ich nicht! Als ich Oliver gefunden habe, hat neben ihm kein Gewehr gelegen. Ich weiß es, weil ich es gesehen habe. Mit meinen eigenen Augen.«

»Und wenn du dich irrst?«

»Ich irre mich nicht.«

»Du hast miterlebt, wie Oliver gestorben ist, da hattest du keinen Sinn für deine Umgebung oder dafür, was um euch herum passiert ist. Bestimmt hast du das Gewehr zuerst einfach nicht bemerkt.«

»Nein, Mama«, beharrte ich, »so war es nicht. Jemand hat es neben Oliver platziert. Damit es so wirkt, als hätte er sich selbst erschossen.«

»Dein Vater sagt ...«

»Es ist mir egal, was Papa sagt!«, ließ ich sie nicht ausreden. »Ich weiß, was ich gesehen habe. Dieses verdammte Gewehr hat nicht neben Oliver gelegen, als ich ins Haus gelaufen bin, um Hilfe zu holen. Erst als ich zurückgekommen bin, war es plötzlich da.«

»Ich wünschte, ich wäre hier gewesen und hätte dir in dieser schweren Stunde beistehen können. Dann hätte ich vielleicht mitgekriegt, was passiert ist.« Mutter war an jenem Tag bei ihrer Freundin Theresa gewesen und hatte ihr beim Umzug geholfen. Als alle Umzugskartons in der neuen Wohnung gestanden hatten, war es bereits spät gewesen. Und als Mutter schließlich auf unserem Hof eingetroffen war, war sie von den Einsatzkräften über deinen Tod informiert worden. Demnach würde sie mir bei der Aufklärung deines Todes nicht weiterhelfen können.

»Ist okay, Mama. Es würde mir schon reichen, wenn du mir einfach nur glauben würdest«, warf ich ihr vor.

»Ich glaube dir ja, Diana, aber ...«

»Kein Aber!« Meine Stimme war schrill. »Es ist, wie ich es sage!« Unaufhörlich hob und senkte ich das Tee-Ei in das Wasser. Hin und wieder spritzte ein Tropfen über den Rand und benetzte den Tisch. Ich war so aufgeregt, weil ich mir die Situation in der Scheune ins Gedächtnis zurückholte und alles noch einmal durchlebte, wenn auch wie aus weiter Ferne. Es schmerzte trotzdem wie verrückt. »Du wirst sehen, dass ich recht habe.«

»Du glaubst doch nicht allen Ernstes, dass dein Vater das Gewehr da hingelegt hat?«, fragte Mutter mit zitternder Stimme. Ich wusste nicht, ob sie Angst davor hatte, dass sich bewahrheiten könnte, was ich mir in meinem Kopf zusammenreimte.

»Er ist der Einzige, der außer mir dabei gewesen ist«, sagte ich, obwohl mir klar war, was das bedeutete. »Ich hab keine Ahnung, warum er das Gewehr neben Oliver hingelegt hat, Mama. Ich weiß nur, dass es vorher nicht dort gewesen ist.«

»Vielleicht ist alles bloß Zufall?« Mutter suchte einen ihrer Rettungsanker, mit dem sie die Situation leichter überstehen konnte. Da kam ihr der Zufall gerade recht. Er hatte eine ähnliche Wirkung wie »die Zeit, die alle Wunden heilte«. Man brauchte sich nicht mit den Dingen auseinanderzusetzen, sondern wartete darauf, bis sie sich von selbst erledigten. In Luft auflösten. Oder jemand anderer die Sache für einen in die Hand nahm.

»Kann sein«, antwortete ich, um es nicht noch schwerer für sie zu machen. Schließlich verdächtigte ich meinen Vater, ihren Ehemann, etwas mit dem Tod von Oliver zu tun oder ihn gar selbst umgebracht zu haben. Da waren so ein »Zufall« oder »die Zeit, die alle Wunden heilte« ein willkommenes Sicherheitsnetz, in das man sich fallen lassen konnte. Ich hingegen besaß keines dieser Netze. Wenn ich fiel, dann tief.

»Wenn du deinen Vater fragst, wird er wütend«, sagte Mutter.

Ich wusste nicht, ob er sie heute auch noch schlug, aber manchmal hatte ich diesen Eindruck. So wie jetzt, wenn sie mich mit ihren rehbraunen Augen ansah, in denen sich Tränen sammelten. Ihre braunen Locken trug sie stets zu einem Zopf im Nacken gebunden, was sie wirken ließ, als hätte sie sich für ein Fest zurechtgemacht. Für sie war diese Frisur jedoch zweckmäßig. Vereinzelt mischten sich ein paar graue Haare in ihre dunkle Pracht. Um sie zu färben, war sie nicht eitel genug.

»Hast du Angst vor ihm?«

»Vor wem?« Mutter senkte den Blick, um dem meinen auszuweichen. Mit dem Handrücken wischte sie die Tränen weg.

»Vor Papa.«

Sie lachte gequält. »Nein.« Dann wandte sie ihr Gesicht wieder mir zu. »Zumindest meistens nicht.«

»Ich hab mit den Tabletten aufgehört, Mama«, wechselte ich das Thema und gab mich fröhlich. Ich war zu dem Schluss gekommen, dass es besser war, Mutter nicht in das einzuweihen, was ich vorhatte. Es würde sie nur belasten.

»Wieso? Doktor Frankmair hat doch gesagt, dass du sie auf gar keinen Fall absetzen darfst, bevor er es dir erlaubt.« Mutter schien froh darüber zu sein, dass unser Gespräch eine Wende nahm, damit sie nicht weiter über ihren Ehemann – und das, was er ihr antat – reden musste.

»Ich bin so weit, Mama. Es ist Zeit, dass ich mich der Wirklichkeit stelle. Oliver ist tot, und die Tabletten packen mich in Watte. Ich kann so nicht um ihn trauern. Die Erinnerung an ihn beginnt schon zu verblassen, ohne dass ich etwas davon spüre. Aber ich will es spüren! Den ganzen verdammten Schmerz will ich fühlen!« Ich verschwieg, dass meine Sinne durch die Antidepressiva stumpf geworden waren und ich durchs Leben gewankt war wie ein halbfunktionsfähiger Roboter. Wie ein Zombie aus »The Walking Dead«. Um den wahren Grund von Olivers Tod herauszufinden, musste ich meine Sinne schärfen und durfte sie nicht betäuben. Ich wollte einsatzfähig sein und nicht dahinvegetieren. Wenn ich schon nicht mit dir gestorben war, wollte ich wenigstens wieder richtig leben. Daran hinderten mich die Tabletten, deshalb nahm ich sie nicht mehr.

»Du bist so stark, Diana.« Mutter griff erneut nach meinen Händen und drückte sie. »Manches Mal denke ich, du bist gar nicht meine Tochter. Wenn ich dich nicht selbst zur Welt gebracht hätte, würde ich daran zweifeln. Du bist so anders als ich, anders als dein Vater.« In ihren Augen lagen Dankbarkeit und Stolz. Stolz, dass sich ihre Tochter dazu entschlossen hatte, ihren Weg zu gehen. Vielleicht sah sie in mir jene Person, die sie gerne gewesen wäre. »Trink deinen Tee, sonst wird er kalt.«

Wie ein artiges Kind tat ich, was sie von mir erwartete, um ihr keinen zusätzlichen Kummer zu bereiten. Wenngleich ich wusste, dass dieser im Vergleich zu allem anderen, das sie schultern musste, eine Banalität darstellte. Ich führte die Tasse zum Mund und benetzte meine Lippen mit dem Tee aus Mühlviertler Bergkräutern, die Mutter eigenhändig auf den umliegenden Wiesen gepflückt und in der Sonne getrocknet hatte. An anderen Tagen liebte ich dieses Getränk, doch heute empfand ich den Geschmack als blass und enttäuschend. Wie Mutters Art, sich unangenehmen Dingen nicht zu stellen.

»Ich lege mich eine Weile hin, ich bin völlig fertig«, sagte ich, stand auf und verließ die Bauernstube meiner Eltern. Meine Schuhe klackerten auf dem gefliesten Steinboden des Vorhauses, als schickten sie Botschaften in die Welt hinaus. Nachrichten, die niemand empfing.

Ich stieg die Treppe ins Obergeschoss hinauf, wo du und ich unsere Wohnung hatten. Früher waren dort winzige Schlafkammern gewesen ohne Heizung und mit losen Brettern als Fußböden. Im Winter hatten sich meine Vorfahren mit strohgefüllten Tuchenten zugedeckt und trotzdem gefroren. Ich kannte Erzählungen, die von Eis an der Decke und weißen Atemwolken handelten. Meine Eltern hatten vor Jahren das Stockwerk innen ausgehöhlt und nur die Außenmauern stehen lassen, um den Mühlviertler Steinbloß-Stil zu erhalten. Dann hatten sie neue Räume geschaffen, die heute teils mit modernen, teils mit alten Möbeln ausgestattet waren. Eine geglückte Kombination aus unterschiedlichen Epochen. Dieselben Erwartungen hatte man ebenso an das Zusammenleben der Generationen gestellt: Jung und Alt sollten hier in Frieden leben. Bis ein einziger Knall in der Nacht alles zunichtegemacht hatte.

Nach unserer Hochzeit hatten Oliver und ich das obere Stockwerk bezogen, hatten unser Nest gebaut, uns ein Zuhause geschaffen. Doch dieser Friede, diese Harmonie, wie sie der urige Mühlviertler Bauernhof suggerierte, war zwischen meinen Eltern und uns nie eingekehrt. Es hatte gebrodelt, wenngleich der Vulkan zu keiner Zeit ausgebrochen war …

Oder lag dein Tod darin begründet?

Ich öffnete die Tür zu unserer Wohnung. Obwohl du nicht mehr da warst, nannte ich sie weiterhin »unsere«. Kraftlos ließ ich mich auf die Couch fallen, alles wirkte vertraut und war doch so fremd. Weil ich allein war. Während die durch das Begräbnis verursachte Anspannung langsam von mir abfiel, überlegte ich, wohin Vater und Alexander gegangen sein mochten, nachdem wir nach

Hause gekommen waren. In der Bauernstube hatten nur Mutter und ich am Tisch gesessen. Gleichzeitig fragte ich mich, warum ich ihren Aufenthaltsort überhaupt wissen wollte.

Müsste mir der nicht egal sein?

Da wir kein gutes Verhältnis hatten, hatte es mich sonst ja auch nie interessiert, wo sie waren.

Warum also jetzt?

Unruhe erfasste mich. Wie in Wellen schwappte sie durch meinen Körper.

Ich stand auf, nahm die Packung mit den Antidepressiva von der Kommode und warf sie in den Mistkübel. Von oben sah ich auf die Tabletten hinab, die mir durch die schwerste Zeit hindurchgeholfen hatten, mich aber auch daran gehindert hatten, ein neues Leben zu beginnen. Deinen Mörder zu finden. Ich wollte der Versuchung nicht erneut erliegen, eine dieser Pillen zu schlucken, wandte mich ab und ging zum Fenster.

Das Fernglas, das ich dir zum Geburtstag geschenkt hatte, stand auf der Blumenbank. Du hattest es unbedingt haben wollen, damit du auf meinen Vater Eindruck machen konntest. Du hattest vorgehabt, die Jagdprüfung abzulegen, um, wie es auf dem Land üblich war, Landwirt *und* Jäger zu sein. Dafür brauchtest du dieses Fernglas. Um Tiere zu beobachten.

Oder hattest du noch etwas anderes damit gesehen?

Ich führte das Fernglas vor meine Augen, drehte am Fokussierrad, bis das Bild scharf war. Das Haus unserer Nachbarn lag schräg gegenüber. Sie waren auf deiner Beerdigung gewesen, ich hatte ihre mitleidigen Blicke aufgefangen und ihre von der Arbeit rauen Hände geschüttelt. Johannes, ihr Sohn, hatte ebenfalls teilgenommen. Er verbrachte seinen heurigen Urlaub bei seinen Eltern. Seit ein paar Jahren lebte er in München und kam nur selten ins Mühlviertel zurück. Die Arbeit ließe es nicht zu, meinte er. Ich glaubte aber, dass es andere Gründe gab, weshalb er kaum mehr hier auftauchte. Seit er wieder da war, hatte ich schon mehrmals mit ihm gesprochen, noch bevor du gestorben warst. Und vor Jahren, als du und ich uns kennengelernt hatten, hatte ich ihn dir vorgestellt. Heute bei der Beileidsbekundung waren seine Hände weich gewesen. Warm und beinahe zärtlich.

Der neue Mercedes-Benz GLE 400 stand in der Einfahrt, was ich seltsam fand. Ansonsten fuhr ihn unser Nachbar Horst Heuböck sofort in die Scheune, damit nichts und niemand den Lack zerkratzen konnte. Ich wusste, dass dies seine größte Angst war. Jeder im Dorf wusste das.

Mit dem Wagen gab er im Wirtshaus gehörig an, und Sätze wie »wie toll das Fahrgestell bei diesem Modell doch sei« und »dass 330 PS unter der Motorhaube steckten« nervten die Wirtshausbrüder seit der Anschaffung dieses Gefährts vor etwa fünf Monaten. Vor allem mein Vater ärgerte sich über die Prahlerei. Er selbst fuhr einen Suzuki Vitara – einen Geländewagen für alle Landwirte, die sich nicht viel leisten könnten, pflegte Horst Heuböck regelmäßig vor versammelter Runde am Stammtisch zu behaupten. Mein Vater und er waren seit jeher Konkurrenten und trugen einen Wettkampf aus in Dingen wie wessen Korn schneller reif wurde und bei wem der Ertrag höher ausfiel. Wessen Mais kräftiger wuchs und zu wem die Erntearbeiter mit ihren Mähdreschern als Erstes kamen.

Du hattest mir auch davon erzählt, nachdem du mit Vater und Alexander nach der sonntäglichen Messe ins Wirtshaus gegangen warst. Vaters Gesicht hatte sich nach so einem Seitenhieb von Horst Heuböck in eine steinerne Fratze verwandelt. Er hatte ihn anvisiert mit Augen voller Hass, sodass du befürchtet hattest, er könnte die Beherrschung verlieren.

Vater war jähzornig und gehörte zu jener Generation, die an eine »gesunde Watschn« glaubte. Prügel würden so manches zurechtrücken, war seine Meinung. Als ich klein gewesen war, hatte er mich regelmäßig geschlagen. Ins Gesicht. Er hatte reichlich von dieser »gesunden Watschn« Gebrauch gemacht. Erst sehr viel später hatte ich erfahren, dass nicht alle Väter ihre Kinder verdroschen. Freundinnen hatten mir genauso davon erzählt wie du. Du hattest zu deinem Vater ein gutes Verhältnis gehabt, leider war er viel zu früh gestorben. Ein Autounfall hatte ihn dir genommen. Vielleicht war sein früher Tod ein Grund dafür gewesen, warum du so krampfhaft versucht hattest, meinem Vater zu gefallen.

Durch das Fernglas sah ich Johannes aus dem Hof seiner Eltern kommen, hinter ihm Azuro, der Jagdhund seines Vaters. Sie querten die Einfahrt und verschwanden hinter dem Gebäude. Von klein auf war Johannes mein Freund gewesen, wir hatten zusammen im Sandkasten gespielt, waren gemeinsam mit ausgestreckten Armen über die Wiesen gelaufen, um auf der Haut die Freiheit zu spüren. Damals war es der Wind gewesen, der dieses Hochgefühl in uns ausgelöst hatte. Inzwischen wusste ich, dass es mehr brauchte als den Austausch von warmer und kalter Luft, um glücklich zu sein.

Plötzlich drängte mich mein Innerstes, mit Johannes zu reden. Ich war voller Sehnsucht nach einem Vertrauten. Du warst nicht mehr da, also blieb mir in diesem Augenblick nur er, der Freund aus Kindestagen.

Ich legte das Fernglas auf die Fensterbank zurück, schlüpfte in meine Schuhe und hastete die Treppe hinunter. Das Klackern der Absätze erfüllte erneut das heute so stille Haus. Als ich nach draußen ins Licht der Sonne trat, verstummte es, und der Hof blieb zurück in einer Ruhe, die um dich zu trauern schien.

Ich rannte über die Wiese und unterdrückte den Drang, meine Arme wie damals seitwärts auszustrecken, schließlich war ich kein kleines Mädchen mehr. Außerdem käme es mir falsch vor, denn du warst ja gerade erst gestorben.

Inzwischen waren Johannes und Azuro zurückgekehrt und hatten mich bemerkt. Sie standen in der asphaltierten Zufahrt und beobachteten mich. Der Hund wedelte aufgeregt mit dem Schwanz, und ich meinte, bei Johannes ein zurückhaltendes Lächeln zu erkennen. Bestimmt war ihm klar, dass ich nicht wegen eines vergnüglichen Gesprächs vorbeikäme, auch nicht auf ein Kaffeekränzchen. Tatsächlich liefen mir mehr und mehr Tränen über die Wangen, je geringer die Distanz zwischen uns wurde. Als er sah, wie verzweifelt ich war, veränderte sich sein Gesichtsausdruck. Die zarte Freude wich Besorgnis und Mitgefühl. Er umarmte mich, und für eine Weile standen wir schweigend da und fühlten einander, während Azuro uns aufgeregt umkreiste. Ich spürte Johannes' Nähe, die Wärme seines Körpers und beruhigte mich ein wenig.

Johannes löste sich von mir und hielt mich eine Armlänge von sich gestreckt an meinen Schultern fest. Dabei betrachtete er mich prüfend.

»Wie geht es dir?«, fragte er.

Ich wusste, dass seinem aufmerksamen Blick nichts entging, dafür kannte er mich zu gut.

»Beschissen«, sagte ich und streichelte Azuro, der sich darüber sichtlich freute und versuchte, an mir hochzuspringen und mich abzulecken.

»Wollen wir reingehen und etwas trinken? Kaffee? Ich kann dir auch etwas Härteres anbieten. Schnaps zum Beispiel.«

Ich zögerte. »Oder wir bleiben hier draußen und reden einfach nur.« Meine Augen wanderten hinüber zu unserem Bauernhof, der auf einer sanften Anhöhe thronte und von dort zu uns herüberstrahlte. Die Sonne beleuchtete die Westseite des Gehöfts, und das Weiß der Mauern funkelte zwischen den grauen Granitsteinen wie die Linien eines Labyrinths. Trotz dieses Glanzes wirkte der Hof verlassen, und ich fragte mich erneut, wo sich Vater und Alexander seit unserer Heimkehr verkrochen hatten.

»Ich bin davon überzeugt, dass sich Oliver nicht umgebracht hat«, platzte ich heraus. Eigentlich hatte ich nicht mit der Tür ins Haus fallen wollen, doch ich hatte mich nicht zurückhalten können.

»Ich hab's gehört, die Leute reden darüber.«

»Aber niemand glaubt mir!«, wurde ich laut.

Johannes wandte sich mir zu und sagte: »Ich glaube dir.«

»Ich weiß, und dafür danke ich dir.«

Wir schwiegen eine Weile und schauten in die Ferne, bis sich unsere Augen an den sanften Hügeln des Mühlviertels sattgesehen hatten. Azuro tollte vor uns durch die Wiese und versuchte, einen Schmetterling zu fangen. Der Irish Setter war trotz strenger Jagdausbildung verspielt, mochte jedoch keine fremden Menschen. Denen begegnete er mit Misstrauen. Ich kannte ihn, seit er als Welpe bei den Heuböcks eingezogen war. Wenn er mich in unserem Garten entdeckte, kam es vor, dass er ausbüxte, über die Wiese lief und sich ein paar Streicheleinheiten von mir abholte.

»Was hast du jetzt vor?«, brach Johannes das Schweigen. Mit der einen Hand strich er seine blonden Haare nach hinten, die oben etwas länger geschnitten waren und ihm ins Gesicht fielen. Die andere steckte in der Tasche seiner schwarzen Stoffhose, die er vorhin bei deiner Beerdigung schon getragen hatte.

»Ich werde herausfinden, wer Oliver umgebracht hat«, antwortete ich bemüht, mich dessen sicher anzuhören. Doch meine Stimme brach, und Tränen rannen mir wieder über die Wangen.

»Kann ich dir dabei helfen?«, fragte Johannes. Er trat näher an mich heran und nahm mich erneut in die Arme. Dadurch und weil er mich fragte, ob er mir helfen könne, gab er mir das Gefühl, nicht gänzlich mit meinem Problem allein zu sein.

»Ich muss erst ein paar Dinge klären«, sagte ich und löste mich aus seiner Umarmung. Mit dem Handrücken wischte ich mir die Tränen aus dem Gesicht. »Falls ich Hilfe brauche, gebe ich dir Bescheid.« Um Johannes in mein Vorhaben einzuweihen, war es noch zu früh. Dennoch war es gut, die Gewissheit zu haben, dass ich auf ihn zählen konnte.

»Du weißt, ich bin immer für dich da.«

»Ja, das weiß ich. Danke!« Ich pflückte einen Löwenzahn und saugte die bittere Flüssigkeit aus dem Stängel, das vertrieb die Tränen. »Und? Was sind deine Pläne?«, fragte ich, legte den Kopf schief und blickte Johannes an.

»Man hat mir eine neue Stelle in München angeboten«, erwiderte er.

»Das ist großartig!«, sagte ich und lächelte ihn an.

»Ich hatte mehrere Wochen Urlaub übrig, und die wollte ich mir nehmen, bevor es wieder losgeht. Deshalb bleibe ich dieses Mal länger.«

»Da werden sich deine Eltern sicher freuen. Aus meiner Sicht besuchst du sie ohnehin viel zu selten.«

»Ja, wahrscheinlich hast du recht.« Johannes sah mich von der Seite her an, und ich gewann den Eindruck, dass da noch mehr war, das er mir aber nicht sagen wollte.

»Du machst Karriere, das muss gefeiert werden. Wer weiß, wann du das nächste Mal die Gelegenheit hast, einige Zeit in deiner alten Heimat zu verbringen«, sagte ich. »Ich gratuliere dir zum neuen Job.«

»Danke.« Johannes lächelte.

»Wann wirst du nach München zurückfahren?«

»Die Stelle ist erst ab Juni frei, also kann ich den Frühling noch im Mühlviertel genießen.«

»Nirgendwo ist es schöner als bei uns«, erwiderte ich, meinte aber insgeheim, dass ich mich freute, Johannes nicht so bald verabschieden zu müssen. Falls ich wirklich Hilfe benötigte, wäre er meine erste Wahl. Eigentlich war er die einzige. Niemandem sonst konnte ich trauen. Nicht einmal Mutter, obwohl ich Zweifel daran hegte, dass sie tatsächlich über die wahren Umstände deines Todes Bescheid wusste.

»Wenn du möchtest, bleibe ich auch gerne länger«,

sagte Johannes. Dabei funkelten seine blauen Augen wie ein Gebirgssee, in dessen sanften Wellen sich das Sonnenlicht brach.

»Nein, nein, ich freue mich für dich«, entgegnete ich rasch, weil ich nicht wollte, dass er sich verpflichtet fühlte, seine Pläne zu ändern, um mir beizustehen. Ich ahnte seit einer Weile, dass Johannes mehr für mich empfand, doch für mich war er immer dieser Kindheitsfreund geblieben, der mit ausgestreckten Armen mit mir über die Wiesen gelaufen war. Ich mochte Johannes, und er würde mir fehlen, wenn er zurück in die deutsche Großstadt reiste, aber mehr war da nicht.

»Vater hat gesagt, ich soll den Wagen in die Scheune fahren«, wechselte er das Thema, worüber ich froh war.

»Lässt er dich denn ans Steuer?«, scherzte ich.

»Kaum zu glauben, was?« Johannes lachte mit mir.

Ich erspähte meinen Vater, wie er die Tore des Stalls öffnete. Gleich würde er mit dem Traktor herausfahren, um Futter für die Tiere zu holen.

»Ich gehe jetzt besser nach Hause«, sagte ich. Selbst an einem Tag wie diesem musste die Arbeit am Hof erledigt werden. Dies war eine gute Gelegenheit, meinen Vater wegen des plötzlichen Auftauchens des Gewehres neben deinem Leichnam zu befragen, und zwar ohne dass meine Sinne durch Tabletten betäubt waren. Ich würde mich voll und ganz auf das Gespräch konzentrieren können, würde darauf achten, wie er auf meine Fragen reagierte. Wie er mich anschaute.

»Es war schön, dich zu sehen, Diana. Auch wenn die Umstände beschissen sind«, sagte Johannes und strich sich unbeholfen durch die Haare.

»Ja, das war es. Pfiat di, Johannes.« Ich umarmte ihn

flüchtig und lief anschließend über die Wiese in Richtung unseres Bauernhofes, die Arme fest an den Körper gedrückt, weil ich den Wind der Freiheit nicht spüren wollte.

Weil ich nicht frei war.

Weil sich so vieles um mich veränderte.

Hinter mir hörte ich Azuro bellen. In meinem Rücken fühlte ich Johannes' Blick.

3. KAPITEL

Ich betrat den Stall und suchte nach meinem Vater, zwischen den Kühen entdeckte ich ihn. Er machte gerade seinen Rundgang und prüfte die Gesundheit der Tiere. Ob es ihnen gutging, zumindest den Umständen entsprechend, schließlich waren sie den ganzen Tag mit einer Schlinge um den Hals zwischen Eisenrohre gepfercht. Unsere Kühe sahen ihr Leben lang kein Sonnenlicht, außer an dem Tag, an dem sie zum Schlachthof gefahren wurden.

»Papa?«, rief ich. Dieses Wort schaffte eine Vertrautheit zwischen mir und meinem Erzeuger und machte es mir leichter, das Folgende auszusprechen. »Ich muss mit dir reden!«

Mein Vater wandte den Kopf in meine Richtung. Er hielt das Bein einer Kuh fest, dessen Klaue er inspizierte, ob sie jetzt geschnitten werden musste oder erst im Sommer. »Diana. Was willst du?«

Bestimmt hatte ich ihn in den letzten zwei Wochen schon mal danach gefragt, doch durch die Antidepressiva hatte ich nichts davon im Gedächtnis behalten. Alles lag wie hinter einer dichten Nebelwand verborgen, als wäre es ein Gespinst meiner Einbildung. Nun aber hatten sich meine Sinne geklärt und ich fühlte mich zum ersten Mal seit deinem Tod lebendig. Spürte den

Schmerz wegen deines Verlusts und die Angst, meinen Vater mit der Frage zu konfrontieren, die mich so sehr quälte.

Ich blieb in einiger Distanz zu ihm stehen, damit er mich nicht erreichen konnte, falls das Thema, das ich ansprechen würde, ihn reizte. Ich wusste, dass es für ihn eine Provokation darstellte, also rechnete ich damit, dass er versuchen würde, mich zu schlagen.

»Wieso hast du das Gewehr neben Olivers Leiche gelegt?«, fragte ich direkt und bemüht, meine Angst nicht durchscheinen zu lassen, trotz zittriger Stimme.

Ich beobachtete bei Vater eine Veränderung, die meine Worte bei ihm auslösten. Er hörte auf, die Klauen der Kuh zu begutachten, und richtete sich zu seiner vollen Größe auf. Wie in Zeitlupe wandte er sich mir zu. Seine Lippen glichen schmalen Strichen. Er presste die Kiefer aufeinander und starrte mich feindselig an.

»Ich hab dir doch schon mal gesagt, dass ich das nicht getan hab. Was willst du eigentlich von mir hören?«

»Ich will den Grund wissen«, erklärte ich.

Vater schüttelte den Kopf. »Wenn ich es nicht getan habe, gibt es auch keinen Grund.«

»Ich weiß, was ich gesehen habe, Papa!«, schrie ich auf, atmete tief durch und redete mit gesenkter Stimme weiter: »Als ich Oliver in der Scheune gefunden habe, hat das Gewehr nicht neben ihm gelegen. Und als ich vom Haus zurückkam, war es plötzlich da. Niemand außer dir ist dort gewesen, Papa. Niemand! Nur du hattest die Geleg...«

»Hör auf damit!«, rief Vater dazwischen. »Dadurch wird Oliver nicht wieder lebendig.«

»Aber ein Mörder erhält seine gerechte Strafe ...«

»Du hältst mich also für einen Mörder?«, zischte Vater und trat näher an mich heran.

Unwillkürlich zuckte ich zusammen, blieb jedoch stehen. Ich wollte keine Schwäche zeigen. Wollte endlich die Wahrheit erfahren, was an dem Tag passiert war. »Sag du es mir!«, forderte ich ihn auf.

»Du schleuderst mir ins Gesicht, dass ich deinen Mann umgebracht habe, und glaubst, du kannst weiterhin unter diesem Dach leben?« Vaters Blick fixierte mich wie eine Schlange ihre Beute. Nun musste ich auf der Hut sein. Wenn mein Erzeuger aufgebracht war, regnete es Hiebe. Jedenfalls war das in meiner Kindheit so gewesen.

»Ich will einfach wissen, was wirklich passiert ist«, wehrte ich ab. »Ich möchte, dass du mir alles über das Gewehr sagst.«

»Es hat dort gelegen, als ich in die Scheune gekommen bin. Reicht das denn verdammt noch mal nicht?«, echauffierte sich Vater. Ich sah seinen Ärger über mein Misstrauen. Die Enttäuschung, von der eigenen Tochter des Mordes beschuldigt zu werden. Oder war es Angst, ich könnte etwas herausfinden, was ich nicht wissen sollte?

»Nein, es reicht nicht«, blieb ich hartnäckig.

Vater machte weitere Schritte auf mich zu, doch jetzt wich ich zurück. Als ihm das auffiel, stoppte er.

»Der Polizei hat es gereicht«, sagte er, und ich bildete mir ein, in seinem Gesicht Genugtuung zu erkennen.

»Die Polizei hat aber nicht das gesehen, was ich gesehen habe«, erwiderte ich.

»Sie haben alles überprüft und sind zu dem Schluss gekommen, dass Oliver es selbst getan hat.«

»Sie haben niemandem nachweisen können, an seinem Tod beteiligt gewesen zu sein, Papa. Das ist etwas ganz anderes.«

Am Tag deines Todes hatte es im Dorf ein Wettschießen gegeben. Der Gewinn für die Sieger waren von den Frauen verzierte Lebkuchenherzen gewesen. Jeder, der in der Lage war, eine Waffe zu bedienen, hatte daran teilgenommen. Sogar die Kleinen durften bei diesem alljährlich wiederkehrenden Frühlingsfest mit ihren Steinschleudern mitschießen. Deshalb hatte die Hälfte der Dorfbewohner Schmauchspuren an den Händen gehabt, ebenso Restalkohol im Blut, als die Polizei sich auf die Suche nach deinem Mörder begeben hatte.

»Für mich ist es dasselbe«, sagte Vater.

»Du weißt so gut wie ich, dass sich Oliver niemals selbst umgebracht hätte ...«

»Und du weißt, dass niemand aus dem Dorf ein Mörder ist!«, schrie mich Vater an, wobei mir seine Spucke entgegenflog. »Am allerwenigsten ich!« Mit der Faust hieb er sich auf die Brust.

Ich hätte ihm gern Glauben geschenkt, konnte es aber nicht. »Weißt du, wo Alexander gewesen ist, als Oliver starb?«, hakte ich nach.

»Verdächtigst du jetzt auch noch deinen Bruder?«, fuhr Vater mich an.

Ich schwieg. Selbst mir erschienen meine Gedanken und Fragen abstoßend. Wie ein Verrat an der eigenen Familie.

»Ich glaube, es ist besser, du gehst zu Mutter in die Küche und lässt mich meine Arbeit machen, bevor ich mich vergesse«, presste Vater hervor. Seine Kiefer malmten ununterbrochen, und sein Körper war angespannt wie in den Momenten damals, als ich noch klein gewesen war, kurz bevor er ausgeholt und mich geschlagen hatte. In diesem Augenblick hatte ich Angst vor ihm und traute ihm alles zu.

»Wieso bist du überhaupt in der Scheune gewesen?«, fragte ich weiter, um meinem Ziel näher zu kommen, selbst wenn das hieß, dass Vater doch noch die Beherrschung verlieren würde.

»Weil ich dort zu tun hatte, was sonst?«

»Was denn? Es war längst dunkel.«

»Du weißt ja wohl selbst am besten, dass die Arbeit auf einem Hof nicht um fünf am Nachmittag endet, oder? Ich kann nicht ausstempeln und nach Hause gehen, wie es andere tun.«

Das war mir natürlich klar. Wenn eine Kuh mitten in der Nacht ihr Kalb zur Welt brachte, musste jemand da sein. Und wenn Erntezeit war und Regen drohte, wurde schon mal eine Nacht durchgearbeitet, manches Mal auch zwei.

»Also, was hast du in der Scheune gemacht?«, wiederholte ich meine Frage.

In Vater tobte ein Sturm, das sah ich ihm an. Seine Bewegungen waren fahrig, sein Gesicht verzerrt. Er trat näher.

Dieses Mal wich ich nicht zurück, zuckte nicht zusammen. Ich bot ihm die Stirn.

Einen halben Meter vor mir blieb er stehen und beugte sich nach vorn. »Mein Gott, du musst mich wirklich hassen, wenn du denkst, ich hätte Oliver umgebracht.«

»Ich hasse dich nicht«, antwortete ich, doch meine Erwiderung klang lahm. Ich war mir nicht sicher, was ich wirklich für ihn empfand. Im Moment war alles in mir taub, aber ganz bestimmt bräche der Hass über mich herein, wenn sich herausstellen sollte, dass mein Vater dein Mörder war.

»Ich denke, das tust du«, erwiderte Vater und ging zu den Kühen.

Ich blieb mit leeren Händen zurück. Hatte kein Ergebnis, außer dass ich Vater mit meinen Verdächtigungen tief verletzt hatte. Ihn enttäuscht hatte in einer Weise, die er nicht so bald vergessen würde.

»Hast du außer mir noch jemanden bei Oliver gesehen?«, rief ich ihm nach. Panisch, weil ich nicht wusste, was ich ihn sonst fragen sollte. Weil ich nicht wieder ganz von vorn beginnen wollte. Weil ich nicht weiterwusste.

Halb zur Seite gedreht schien er zu überlegen, ob ich eine Antwort überhaupt wert war. Als seine Entscheidung anscheinend gefallen war, wandte er sich mir zu und schüttelte den Kopf. »Nein. Also muss ich wohl Olivers Mörder sein.« Vater lächelte gequält.

»Es tut mir leid«, flüsterte ich und lief davon.

4. KAPITEL

Die Tatsache, dass Vater mich nach unserem Gespräch in die Küche schicken wollte, beinhaltete für mich zwei Botschaften: Erstens, dass ich als Frau für ihn an den Herd gehörte, was mich nicht weiter verwunderte, da er der Emanzipation nicht besonders aufgeschlossen gegenüberstand. Und zweitens, dass er sofort abgeblockt hatte, als es um Alexander und deinen Tod gegangen war. Das fand ich seltsam und beschloss, meinen Bruder selbst danach zu fragen, wenngleich ich davon ausging, dass ich auch das vielleicht schon mal getan und durch die vielen Pillen vergessen hatte.

»Mama, weißt du, wo Alexander ist?«, fragte ich Mutter. Sie stand am Küchentisch und portionierte Fleisch, das sie später einfrieren würde.

»Eben ist er noch hier gewesen. Er wollte zu Freunden, hat er gesagt. Wenn du dich beeilst ...«

Ich hörte den Motor von Alexanders VW Golf anspringen und lief hinaus zu den Garagen. Früher waren dort die Pferde untergebracht gewesen, die vor den Karren gespannt worden waren. Die besonders kräftigen hatten anstelle eines Ochsen den Pflug durch die Erde getrieben. Heute parkten dort unsere Fahrzeuge.

»Alexander!«, rief ich und stellte mich in die Ausfahrt. Dadurch war mein Bruder gezwungen anzuhalten.

Alexander öffnete das Fahrerfenster. »Was soll das? Bist du lebensmüde? Geh mir aus dem Weg!« Sichtlich verärgert gab er mir mit einer Geste zu verstehen, dass ich verschwinden sollte.

»Ich muss mit dir reden«, sagte ich und hielt mich mit beiden Händen an der halb heruntergelassenen Scheibe fest.

Alexanders Stirn legte sich in Falten. »Was gibt es denn?«

Ich lief um den Wagen herum, öffnete die Beifahrertür und setzte mich auf den Sitz. »Ich nehme meine Tabletten nicht mehr«, sagte ich, als würde das alles erklären.

»Ich weiß, Mama hat es mir erzählt.«

»Es geht mir gut, Alex. Ich kann mich seit langer Zeit wieder selber spüren.«

»Wenn du es sagst.« Alexander sah mich kurz an, bevor sein Blick erneut nach vorn wanderte. »War es das? Ich muss los.«

»Ich komme mit und gehe dann halt zu Fuß nach Hause. So ein Spaziergang wird mir guttun. Während der Fahrt können wir reden.«

Alexander seufzte und gab Gas.

»Ich weiß, ich nerve jeden mit meiner Ansicht, dass Oliver sich nicht selbst umgebracht hat …«

»Da kann ich dir nicht widersprechen.«

»Du hast bisher kein einziges Wort des Bedauerns gesagt, dass er tot ist«, beklagte ich mich.

»Willst du das denn von mir hören?«

»Nur, wenn es so ist.«

Alexander schwieg, und ich gab ihm die Zeit, die er offenbar benötigte, um die richtigen Worte zu finden. Ich spürte, dass er mit sich rang, da du und er nicht die besten Freunde gewesen wart. Anscheinend war das sogar noch untertrieben. Weil es Alexander gar so schwerfiel.

»Es tut mir leid, dass Oliver tot ist«, sagte er, ohne mich dabei anzusehen. Ich vermochte nicht einzuschätzen, ob er es ehrlich meinte oder es allein deshalb aussprach, weil ich ihn dazu aufgefordert hatte.

»Er ist nicht einfach so gestorben, Alex. Er wurde ermordet.«

Mein Bruder fuhr von der schmalen Zufahrtsstraße auf die Landstraße, gab Gas und beschleunigte auf Tempo hundert. »Er hat sich in unsere Familie gedrängt, das hätte er nicht tun sollen.«

»Wie meinst du das?«

»Es hat hier bestens funktioniert, bis er aufgetaucht ist. Überall hat er seine Nase hineingesteckt, wollte alles anders machen, nichts war ihm recht. Er wollte sogar den Hof auf Biobetrieb umstellen, wovon niemand leben kann, weißt du das eigentlich? Wir müssen mehr produzieren, Diana, verstehst du? Mehr, nicht weniger! Unser Planet ist nicht groß genug, um alles in Bioqualität herzustellen. Dafür gibt es viel zu wenig landwirtschaftliche Fläche. Wenn wir die Bevölkerung ernähren wollen, müssen wir den Ertrag auf kleineren Flächen steigern. Vater weiß das. Ich weiß das. Oliver hatte davon keine Ahnung.«

»Du bist aber nicht der Hoferbe, Alex, sondern ich«, warf ich verständnislos ein.

»Eben.«

»Ich verstehe nicht, was du damit ausdrücken willst.«

»Wahrscheinlich ist es deine Schuld, dass Oliver tot ist«, sagte Alexander ruhig, was mir eine Gänsehaut über den Körper trieb. »Hättest du ihn nicht geheiratet, würde er noch leben.«

»Was?« Alexanders Kälte erschütterte mich, lähmte meinen Verstand. Ich starrte ihn an. Was für ein Monster war mein Bruder? Wie hatte er bloß so grausam werden können? Es war mir unbegreiflich, wie er mir die Schuld an deinem Tod geben konnte. Ich hatte den Abzug nicht betätigt. Hatte nicht abgedrückt!

»Du hast schon richtig gehört.«

»Was redest du für einen Scheiß?«, spie ich wütend aus. »Es ist ganz normal, dass man sich verliebt und heiratet.«

»Nicht unbedingt. Sieh mich an«, erwiderte Alexander. Gleichzeitig drückte sein Fuß das Gaspedal durch.

Mein Bruder war 26 Jahre alt und hatte noch nie eine Freundin gehabt. Er arbeitete im Betrieb unseres Onkels, der eine Werkstätte für Autos und Landmaschinen führte. Aus den Erzählungen des Onkels wusste ich, dass Alexander nicht unbedingt der verlässlichste Mitarbeiter war und es deswegen mehrmals Probleme mit Kunden gegeben hatte.

»Auch du wirst eines Tages jemanden kennenlernen und heiraten …«

Alexander antwortete mit einem Seitenblick auf mich, der Wut signalisierte. Die Geschwindigkeit des Wagens nahm weiter zu.

»Wo bist du gewesen, als Oliver gestorben ist?«, stellte ich ihm die Frage, wegen der ich zu ihm ins Auto gestiegen war, während wir schneller und schneller wurden.

»Im Haus.«

»Ich bin im Haus gewesen und hab dort nach Hilfe gerufen, es ist aber niemand gekommen. Du warst nicht da, Alex!« Ich sah meinen Bruder flehend an. Ich wollte, dass er mir sagte, dass das Ganze nur ein böser Traum war. Dass ich bald aufwachen würde und alles so wäre wie früher. Und dass sein Wagen nicht gerade auf eine Baumreihe zuraste.

»Natürlich war ich da. In meinem Zimmer. Ich hab Musik gehört. Deshalb hab ich wohl von deinen Rufen nichts mitbekommen.« Sein Blick hing irgendwo in der Ferne fest. Es schien, als visierte er die Bäume vor der nächsten Kurve geradezu an.

Wie schnell fuhren wir eigentlich?

150 Kilometer je Stunde?

180?

Ich hatte Angst, hielt mich an dem Griff oberhalb des Fensters fest. Die Finger der anderen Hand krallten sich in den Stoff des Sitzes.

»Fahr langsamer!«, bat ich ihn.

»Nur wenn du endlich akzeptierst, dass Oliver freiwillig in den Tod gegangen ist«, presste Alexander zwischen schmalen Lippen hervor. Er musste sich konzentrieren und hielt das Lenkrad so fest, dass die Knöchel seiner Finger weiß hervortraten.

Die Kurve und die Bäume dahinter rasten auf uns zu.

»Alex!«, schrie ich.

»Er hat sich umgebracht«, wiederholte Alexander ruhig. »Sag es, Diana! Sag es!«

Ich war starr vor Angst. Konnte nicht einschätzen, was mein Bruder tun würde, wenn ich nicht aussprach, was er hören wollte. Ich schloss die Augen, sah dich vor mir. Ein Gefühl von Leichtigkeit breitete sich in mir aus. Wenn ich jetzt sterben würde, wäre ich bei dir. Spürte kein Leid mehr und läge friedlich neben dir in den Wolken. Vielleicht sollte ich hoffen, dass Alexander tatsächlich tat, was er mir androhte. Dass er sein Auto gegen die Bäume steuerte. Bei dieser Geschwindigkeit hatten wir keine Chance, einen Crash zu überleben. Beinahe befreit wartete ich auf den Aufprall. Meine Finger lösten sich von dem Griff über dem Fenster und aus dem Stoff des Sitzes. Dann wurde mein Körper abrupt nach vorn gerissen, der Wagen schlitterte, wir drehten uns. Ich öffnete die Augen, Bäume zogen seitlich an uns vorüber, Gras stob auf und Erde wurde durch die Luft geschleudert. Schließlich, nach beinahe einer Ewigkeit, kam das Auto zum Stillstand.

Ich sah mich um. Wir lebten, waren beinahe unversehrt. Alexander hatte eine Vollbremsung hingelegt und den Wagen in die angrenzende Wiese gelenkt. Erschöpft hing er über dem Lenkrad. Offenbar hatte er nicht mit diesem Ausgang seiner Provokation gerechnet. Er war kreideweiß im Gesicht, und sein Atem ging keuchend. Auf seiner Stirn hatte er eine Schramme, aus der Blut floss.

Ich betätigte den Türgriff und öffnete die Beifahrertür. »Er hat sich nicht umgebracht«, sagte ich und stieg aus.

5. KAPITEL

Ich ging zu Fuß nach Hause. Meine Knie zitterten, jeder Schritt fühlte sich an, als entfernte ich mich immer weiter von meinem Ziel. Ich konnte nicht glauben, dass Alexander in Erwägung gezogen hatte, uns beide zu töten. Gegen einen Baum zu fahren.

Bedeutete das, dass er schuldig war? Dass er dich erschossen hatte? War das ein Schuldeingeständnis? Konnte er etwa nicht damit leben, dass er dich umgebracht hatte?

So viele Fragen fluteten mein Gehirn.

Wäre ich jetzt tot, wäre ich nun bei dir.

Aber das hieße auch, dass ein Mörder weiter frei herumliefe – wenn Alexander mit mir gestorben wäre, aber nicht der Täter war.

Ein Auto blieb neben mir stehen, und der Fahrer fragte mich, ob er mich ein Stück mitnehmen solle. Ich lehnte ab und bedankte mich für seine Freundlichkeit. Aber Gespräche über das Wetter und die wunderbare Landschaft würde ich im Augenblick nicht ertragen.

Als ich geglaubt hatte, ich würde in Alexanders Golf sterben, hatte sich ein befreiendes Gefühl von meiner Brust aus in meinen ganzen Körper ausgebreitet. Ich fragte mich, ob du gewusst hattest, dass du sterben würdest, als du in den Lauf des Gewehrs geblickt hattest?

Hattest du dieses befreiende Gefühl ebenso gespürt? Oder warst du vor Angst gelähmt gewesen, weil du nicht hattest glauben können, was man dir antat? Gab es einen Moment, in dem die Gewissheit zu sterben über die Hoffnung siegte, dass man vielleicht doch überlebte? Oder war die Hoffnung stärker als jede andere Empfindung?

Nach einer Stunde Fußmarsch rückte unser Bauernhof in Sichtweite. Normalerweise freute ich mich über den Anblick, gerade im Frühling, wo Blumen, Sträucher und Bäume blühten und das satte Grün der umliegenden Wiesen im Kontrast zum Blau des Himmels stand.

Heute war es anders.

Seit deinem Tod breitete sich etwas in den Mauern unseres Hofes aus, das ich nicht zu benennen wusste. Wie ein bösartiges Geschwulst nagte es an meinem Gefühl, hier zu Hause zu sein.

Auch wenn in der Vergangenheit nicht immer alles so gewesen war, wie es hätte sein sollen, mit dir war das Gefühl eines trauten Heimes eingezogen und mein Leben war geworden, wie ich es mir von klein auf vorgestellt hatte. Ich hatte mich darauf gefreut, auf diesem Hof Kinder großzuziehen. Kinder, die jetzt ungeboren blieben.

Wenn Alexander, wie er behauptete, zum Zeitpunkt deines Todes im Haus gewesen war, hätte er dann nicht den Schuss hören müssen? So wie ich! Hätte er nicht aus dem Haus laufen müssen, um nachzusehen, was passiert war? So wie ich es getan hatte!

Nicht, wenn er laute Musik gehört hatte, beantwortete ich mir selbst meine Frage. Die Trommelschläge mancher Songs übertönten locker den Knall einer abgefeuerten

Kugel. Alexander liebte Musik. Meist trug er Kopfhörer. Auch die hätten verhindert, dass er den Schuss gehört hätte. Das würde außerdem erklären, warum ich keine Musik vernommen hatte, als ich ins Haus gestürmt war, um Hilfe zu holen.

Ich ging weiter, ohne die Umgebung wahrzunehmen. Zu sehr war ich in Gedanken damit beschäftigt, alle Möglichkeiten durchzuspielen. Angenommen, Alexander hätte dich ermordet – aus welchem Grund auch immer –, es wäre ein Leichtes für ihn gewesen, sich nach der Tat zu verstecken und darauf zu warten, was passierte. In der Scheune vielleicht. Oder im Stall bei den Kühen. Vielleicht hatte er das Gewehr mitgenommen und erst später seinen Fehler erkannt. Als ich im Haus gewesen war, hätte er es neben dir ablegen und, als die Einsatzkräfte angerückt waren, sich unauffällig unter die Menschen mischen können.

Und Vater? Welche Rolle spielte er?

Sein Verhalten würde zu meiner These passen. Er beschützte seinen Sohn, den er vielleicht dabei beobachtet hatte, wie er mit dir in Streit geraten war und dich anschließend erschossen hatte. Natürlich wollte er nicht, dass Alexander dafür ins Gefängnis wanderte. Da war Selbstmord eine bequeme Lösung.

Etwa ein Kilometer lag noch vor mir. Die untergehende Sonne tauchte den Horizont in ein dunkles Orange. Tupfer in derselben Farbe klebten auf der Westseite der Bäume, an denen ich vorüberschritt. Mich fröstelte, die Temperaturen kühlten abends empfindlich ab. Als ich hinter mir das Röhren eines Motors vernahm, beschleunigte ich meinen Gang. Ich erkannte das Auto, drehte mich aber nicht um.

Eine Weile hielt der Wagen Abstand. Fuhr lauernd hinter mir her. Das Aufheulen des Motors ließ mich wissen, dass der Fahrer nun doch vorbeifahren wollte. Ich trat in die Wiese, den Blick in die Landschaft gerichtet. Das Herz klopfte mir bis zum Hals.

Als das Auto auf meiner Höhe anlangte, wurde es langsamer. Alexander ließ das Fenster herunter. »Es tut mir leid«, sagte er, gab Gas und zog an mir vorbei.

Ich sah ihm nach. Der Golf war vollgespritzt mit Erde, Gras klebte in dem Dreck. Am Bauernhof verschluckte ihn der alte Pferdestall.

Ich atmete tief durch. Die Begegnung hatte mich aufgewühlt. Es gab so vieles, das Alexander leidtun könnte. Dass er uns beinahe umgebracht hatte. Dass er dich getötet hatte. Dass er sich nicht um mich kümmerte, nachdem du gestorben warst, schließlich war er mein Bruder. Also was zum Teufel tat ihm leid?

Ich ging weiter. Meine Beine schmerzten, meine Seele brannte. Zu viel war heute passiert. Dein Begräbnis. Das Gespräch mit Vater, das mit meinem Bruder ... Ich war erschöpft und wollte nichts als ins Bett.

Zu Hause fand ich die Haustür unversperrt vor. Ein alter Brauch auf dem Land, wo man darauf vertraute, dass Fremde einem wohlgesonnen waren. In der Küche meiner Eltern brannte Licht, in ihrem Wohnzimmer lief der Fernseher. Alles schien normal zu sein. Wie bis zu deinem Tod. Ich durchquerte das Vorhaus, meine Schuhe klackerten auf dem kalten Fliesenboden. Die Treppe hinaufzusteigen fiel mir schwer. Ich sehnte mich nach Trost. Nach Erleichterung. Nach meinen Tabletten ...

Plötzlich erschien mir ihre betäubende Wirkung als

die einzige Möglichkeit, meinen inneren Frieden zu finden. Nur für ein paar Stunden. Mehr wollte ich nicht.

Auf einmal stand ich vor dem Mistkübel, in den ich die Tabletten geworfen hatte. Sah die Schachtel, die Blister, in denen die wohlige Watte steckte, die mich eingelullt hatte in eine Traumwelt. Die mich beschützt hatte vor den Fragen, die mich nun nicht mehr losließen.

Vielleicht hatte Vater recht und ich verrannte mich in etwas, was nicht existierte. Vielleicht sollte ich die Tabletten nehmen und weiter in diesem betäubten Zustand dahinvegetieren, bis jemand kam und mich daraus erlöste. Bis ich starb und bei dir war.

Ich bückte mich, meine Finger näherten sich der verheißungsvollen Versprechung von Glücksgefühlen, die nicht real waren. In meinem Kopf schrien Paul Stanley und Gene Simmons: »I was made for lovin' you!«

Mein Handy klingelte. Ich hielt inne und blinzelte den Schleier in meinen Augen weg. Dann ging ich hinüber zum Esstisch, wo ich meine Handtasche auf einem Stuhl abgestellt hatte, und fischte das lärmende Gerät heraus. Auf dem Display stand der Name meiner besten Freundin.

»Nora, wie schön, dass du anrufst«, meldete ich mich und wischte die Tränen fort.

»Diana, wie geht es dir? Ich hab bereits ein paarmal versucht, dich zu erreichen.«

»Danke, es geht schon«, log ich, setzte mich auf das Sofa und zog die Beine an. Mit der freien Hand angelte ich nach einer Decke und kuschelte mich hinein. Dein Geruch haftete an ihr, und ich fragte mich, wie lange das noch so bleiben würde.

»Wo bist du die ganze Zeit gewesen?«, ließ Nora nicht locker. Es tat so gut, ihre Stimme zu hören.

»Ich bin durch die Gegend gelaufen und hab nicht auf die Uhr gesehen«, erwiderte ich ausweichend, weil ich noch nicht entschieden hatte, was ich ihr alles erzählen wollte.

»Und da hast du dein Handy nicht mitgenommen?«

Ich hörte den Unglauben in Noras Stimme. Für sie war es undenkbar, auch nur eine Minute lang ohne ihr Smartphone auszukommen. Ihr Leben schien davon abzuhängen, ständig erreichbar zu sein.

»Hab es wohl liegen lassen.«

»Das ist echt typisch für dich! Und dass ich mir Sorgen um dich machen könnte, daran hast du nicht gedacht. Ich glaube es einfach nicht!«, entrüstete sich Nora.

Genauso schnell wie der Sturm in Gestalt meiner Freundin über mich hereingebrochen war, ebbte er wieder ab. Noras emotionale Ausbrüche hielten nie lange an. Schon bald würde sie zum nächsten Thema wechseln.

»Überhaupt heute, wo wir Oliver begraben haben. Da ist es doch logisch, dass ich mir Sorgen mache!«

»Es tut mir leid«, antwortete ich, obwohl ich es nicht als meine Pflicht betrachtete, ständig mit dem Handy durch die Gegend zu rennen. Aber natürlich freute mich ihre Sorge um mich.

»Hast du gemerkt, dass alle vom Dorf da gewesen sind?«, plapperte Nora unbekümmert weiter. Wie vorausgesehen hatte sich der Sturm in einen schwachen Wind gewandelt.

»Ja, ich habe ihre Hände geschüttelt, und das waren verdammt viele«, erinnerte ich mich an die unzähligen Beileidsbekundungen.

»Johannes war auch dort …«

»Ich weiß, ich hab mit ihm geredet.«

»Wird er hierbleiben?« Nora war seit Kindestagen in Johannes verliebt. Dass dies nicht auf Gegenseitigkeit beruhte, ignorierte sie.

»Er hat eine neue Stelle in München angenommen. Ich glaube nicht, dass er bleiben wird.«

»Scheiße!«, donnerte es durch die Leitung.

Ich verdrehte die Augen. Wir beide wussten, dass sie bei ihm keine Chance hatte. »Du kannst ihn ja mal besuchen«, schlug ich trotzdem vor.

»Meinst du das ernst? Er würde im Asphalt der Großstadt versinken, wenn eine Landpomeranze wie ich plötzlich in München vor ihm steht.«

»Du sollst auch nicht unangemeldet bei ihm auftauchen, sondern ihn vorher anrufen. Ihm eine Nachricht schreiben.«

»Wenn das bloß so einfach wäre«, erwiderte Nora theatralisch. Ich hörte, wie sie seufzte. Ich liebte meine Freundin für ihren Versuch, mich abzulenken. Das allein war der Grund ihres Anrufes.

»Ich bin müde, Nora. Es war ein harter Tag für mich.«

»Klar doch! Was bin ich bloß für eine dumme Kuh«, drang es übermütig aus dem Handy.

»Danke, dass du angerufen hast«, erwiderte ich.

»Muh!« Das Lachen meiner besten Freundin wirkte befreiend auf mich. Es zeigte mir einen Weg, wie es weitergehen könnte. Ich brauchte mich nur dafür zu entscheiden. Aber nicht heute. Vielleicht morgen.

»Gute Nacht, Nora.«

»Gute Nacht, Diana.«

6. KAPITEL

Am nächsten Morgen weckten mich laute Stimmen, sie kamen von draußen vor dem Hof. Ich schälte mich aus dem Bett und trat ans Fenster. In der Einfahrt standen unser Nachbar Horst Heuböck, ein Mann von der Bank und Vater. Sie redeten mit gedämpften Stimmen, gestikulierten heftig mit den Armen. Ihre Körpersprache verriet Anspannung, und Vater war bemüht, die Männer zu beschwichtigen. Der Banker wirkte aufgebracht und scherte sich nicht um Vaters Anstrengungen. Ich kannte den Mann nur vom Sehen, aber ich wusste, dass er die finanziellen Angelegenheiten meiner Eltern regelte. Ich öffnete das Schlafzimmerfenster einen Spalt, um zu lauschen.

»Die Zeit drängt, Seeleitner!«, hörte ich den Banker sagen. »Ich kann nicht mehr länger warten!« Er klang echauffiert. Oder war er verzweifelt?

»Ich hab dir gesagt, dass ich dran bin, also halt verdammt noch mal die Füße still, sonst wird das Ganze überhaupt nichts«, erwiderte Vater.

»Gut Ding braucht eben Weile. Das ist nichts Neues«, warf Heuböck ein, wandte sich von seinen Gesprächspartnern ab und blickte über das sanft hügelige Land. »Das Projekt läuft uns schon nicht weg. Was sollen die denn machen? Es gibt keine andere Option.« Heuböck breitete die Arme aus wie ein Pfarrer bei der Predigt und deutete auf die umliegenden Wiesen und Felder. Anders als der Banker wirkte er entspannt und trug sogar ein Lächeln im Gesicht. »Hier ist es perfekt! Und genau so etwas wie bei uns wollen die haben.«

»Wir reden ein anderes Mal darüber«, erwiderte Vater, immer noch bemüht, kein Aufsehen zu erregen. Er sah sich um, ob jemand in der Nähe war. Ich trat hastig vom Fenster weg, damit er mich nicht entdeckte.

»Ja, verdammt, wann denn?«, rief der Mann im Anzug. »Du gehst nicht ans Telefon und lässt dich auch nicht bei mir in der Bank blicken. Hast du überhaupt schon mit ihr geredet?«

»Ich hab im Moment andere Sorgen«, rechtfertigte sich Vater.

»Ich hab's gehört. Mein Beileid«, sagte der Banker und war bemüht, zumindest ein wenig Mitgefühl zu zeigen.

»Geh, Schmarrn! Das Einzige, was dir leidtut, ist, wenn das alles nicht zustande kommt«, stellte sich Heuböck überraschend auf die Seite meines Vaters. Das Lächeln auf seinem Gesicht war verschwunden und hatte einer entrüsteten Miene Platz gemacht.

»Es ist besser, wenn ihr jetzt fahrt«, verlangte Vater.

»Das ändert aber nichts! Gar nichts!«, zischte der Mann von der Bank und ging zu seinem Wagen. Wütend knallte er die Tür hinter sich zu, startete den Motor und schob viel zu schnell die Einfahrt zurück, wo er das Auto wendete. Dann gab er Gas.

»Warte nicht zu lange«, gab Heuböck Vater einen gut gemeinten Ratschlag, hob die Hand zum Gruß und stieg in seinen Mercedes-Benz GLE 400. Wie der Banker fuhr er vom Hof.

Vater blickte den sich entfernenden Autos hinterher, anschließend sah er sich erneut um, ob jemand die Szene beobachtet hatte. Als er niemanden entdeckte – Mutter melkte um diese Zeit die Kühe, sie hatte von dem Gespräch sicher nichts mitbekommen –, trat er aus meinem Sichtfeld, und es war, als hätte das Treffen nie stattgefunden.

Ich stand steif hinter dem Fenster und grübelte, was mit der Frage, ob Vater schon mit *ihr* geredet habe, gemeint gewesen sein könnte. Ein Gespräch mit Mutter? Mit mir? Oder gab es gar noch eine andere Frau, die im Leben meines Vaters eine Rolle spielte?

»I was made for lovin' you ...« Dieser Song bekam durch die Gedanken, die sich mir aufdrängten, eine ganz andere Bedeutung und dröhnte durch meinen Kopf.

Ich schloss das Fenster und zog mich an, dann ging ich hinunter in die elterliche Küche. Seit du gestorben warst, hatte ich mir angewöhnt, wieder mit ihnen zu frühstücken – falls ich Appetit verspürte. Ich ertrug den leeren Stuhl in unserer Wohnung nicht, auf dem du gesessen hattest. Ich wusste, dass ich mich irgendwann mit dieser Situation auseinandersetzen musste, doch dieser Tag war nicht heute.

Meine Eltern waren wie erwartet nicht da. Sie erledigten seit Olivers Tod ohne mich die Stallarbeit, und Alexander war wahrscheinlich schon in die KFZ-Werkstätte unseres Onkels gefahren. Da er nicht der Erbe war, brauchte er nur selten am Hof mitzuarbeiten, lediglich wenn Not am Mann herrschte oder die Ernte eingeholt werden musste. Und ich war quasi vom Dienst freigestellt, bis ich mich so weit erholt hatte, um meine gewohnten Tätigkeiten wiederaufzunehmen.

Ich schenkte mir eine Tasse Kaffee ein und überlegte, wie ich herausfinden konnte, um was es bei dem Gespräch zwischen meinem Vater und den Männern gegangen war.

Wenn ich Vater danach fragte, wie würde er reagieren?

Ich beschloss, es auszuprobieren, und wartete, bis meine Eltern nach getaner Arbeit in der Küche erschienen. Die morgendliche Arbeit im Stall und das anschließende gemeinsame Frühstück waren Routine, liefen immer gleich ab, außer wenn etwas Besonderes stattfand. Dann wurden die notwendigen Tätigkeiten entsprechend verschoben oder jemand von der Nachbarschaftshilfe erledigte die Arbeit, was bei uns so gut wie noch nie vorgekommen war. Nicht einmal am Tag deines Begräbnisses. Selbst als Mutter mit mir niedergekommen war, war sie am frühen Morgen mit Wehen in den Stall gegangen und hatte die Kühe gemolken. Erst danach hatte Vater sie ins Krankenhaus gebracht. Diese Geschichte hatte mir Großmutter vor langer Zeit einmal erzählt. Ob sie wahr war, wusste ich nicht.

»Guten Morgen«, sagte Mutter, als sie die Küche betrat. Sie fragte mich nicht nach meinem Wohlbefinden, denn wie sollte es mir schon gehen. Meine Antwort würde dieselbe sein wie an den letzten Morgen und ihr lediglich zur Beruhigung dienen. Ihr Blick blieb deshalb länger als üblich an mir haften, um zu prüfen, in welcher Verfassung ich mich heute befand.

»Guten Morgen, Mama.«

»Hast du die Tabletten genommen?«

Ich dachte daran, wie ich gestern vor dem Mistkübel gestanden hatte und die weißen Dinger beinahe dort herausgeholt hätte. Gott sei Dank hatte Nora angerufen. »Nein, habe ich nicht.«

Mutter nickte kaum merklich. »Willst du Tee oder Kaffee?«

»Ich hatte schon Kaffee.« Ich hielt die Tasse hoch, die inzwischen leer war.

»Möchtest du noch einen?«

»Ja, vielleicht …«

Mutter schenkte mir von der braunen Brühe in meinen Keramikbecher nach. »Es ist genügend da.«

»Danke.«

Sie setzte sich zu mir und sah mich an, gleichzeitig nahm sie einen Schluck aus ihrem Häferl.

»Weißt du, was der Heuböck und der Mann von der Bank heute bei uns gewollt haben?«, fragte ich.

»Der Heuböck und der Binder waren da?«

»Ja, vor gut einer Stunde.«

Mutter ließ sich das Gehörte durch den Kopf gehen. »Davon hat mir dein Vater nichts gesagt.«

»Von was hab ich dir nichts erzählt?« Vater stieß just in diesem Augenblick die Tür zur Küche auf und kam herein.

Mutter stand auf und schenkte ihm eine Tasse Kaffee ein, außerdem würde sie ihm gleich zwei Honigbrote schmieren, als könnte ein erwachsener Mann das nicht selber tun. In diesen Dingen herrschten in unserem Haus alte Sitten. Küchenarbeit war alleinig von Frauen zu erledigen, in allen anderen Belangen durften sie hingegen kaum mitreden. Mutter hatte den Kampf um Gleichberechtigung längst aufgegeben, obwohl sie die Landwirtschaft von ihren Eltern übernommen hatte. Vater war derjenige, der *hergeheiratet* hatte, wie man im Mühlviertel zu sagen pflegte. Dennoch hatte er bald nach der Hochzeit das Kommando übernommen, und Mutter hatte sich in die Rolle der gehorsamen Ehefrau gefügt. Ein Schicksal, das viele Frauen selbst heute noch traf.

»Dass der Heuböck und der Binder schon ganz früh dagewesen sind«, wiederholte Mutter meine Worte und stellte die Tasse auf Vaters Platz am Tisch. Danach schnitt sie wie erwartet zwei Scheiben Brot vom Laib, beschmierte sie dick mit Butter und Honig und platzierte sie auf einem Teller neben dem Kaffee.

»War nichts Wichtiges«, winkte Vater ab.

»Wenn sich der Binder extra herbemüht, muss es schon etwas Wichtiges gewesen sein«, entgegnete Mutter.

Vater nahm einen Schluck aus seinem Häferl. Es passte ihm offensichtlich nicht, von uns zu einer Antwort genötigt zu werden.

»Wenn ich sage, es war nichts, dann war's auch nichts!« Verärgert stellte er die Tasse auf den Tisch, sodass der Kaffee überschwappte. Mit grimmiger Miene stand er auf und verließ die Küche.

Mutter und ich sahen einander ratlos an.

»Keine Ahnung, was die Mannsbilder da aushecken. Was Gescheites wird es sicher nicht sein«, sagte Mutter, holte einen Lappen und wischte den verschütteten Kaffee vom Holz.

»Mama, du redest von ihnen, als ob sie Lausbuben wären und einen Streich im Sinn hätten, den sie uns spielen wollen, aber das sind erwachsene Männer. Da geht es um etwas Wichtiges, so wie die sich verhalten haben«, erwiderte ich.

»Wenn Vater es uns sagen will, wird er es tun«, war der pragmatische Ansatz meiner Mutter, um sich nicht damit auseinandersetzen zu müssen. Sie räumte das Geschirr weg, trank ihre Tasse leer und stellte sie auf die Anrichte.

»Ich geh noch mal in den Stall. Ein Kalb macht mir Sorgen, es trinkt nicht richtig. Danach fahre ich nach Freistadt.« Mit diesen Worten verschwand sie aus der Küche.

Ich war wieder allein. Mit demselben Wissensstand wie vorher. Was hatte ich erwartet? Dass Vater uns erfreut erzählen würde, was der Grund für das merkwürdige Treffen gewesen war? Wenn ich jetzt darüber nachdachte, hätte mir klar sein müssen, dass er so reagieren würde.

Wie naiv ich doch manchmal war.

Mir fiel ein, dass Mutter mir gestern angeboten hatte, mit ihr nach Freistadt zu fahren, und ich hatte abgelehnt. Nun änderte ich meine Meinung. Ich würde mitfahren, jedoch nicht, um wie von Mutter erhofft shoppen zu gehen, damit ich auf andere Gedanken kam. Sondern um auf der Polizeiinspektion vorbeizuschauen und mit den Polizisten zu reden, die als Erstes bei uns am Hof eingetroffen waren, nachdem ich den Notruf abgesetzt hatte.

7. KAPITEL

»Es freut mich, dass du mitkommst«, sagte Mutter, als wir in der Nähe der Freistädter Innenstadt einen Parkplatz suchten. »Ein wenig Abwechslung tut dir bestimmt gut.«

Ich lächelte sie an, da ich wusste, dass sie mir helfen wollte. »Ja, Mama, du hast bestimmt recht.«

»Wo willst du hin? Hast du etwas Bestimmtes ins Auge gefasst, das du dir kaufen möchtest?« Während Mutter mich das fragte, parkte sie den Vitara in einer Lücke, die mindestens für zwei Autos reichte, nun aber ausgefüllt war mit unserem Wagen. »Vorne und hinten ist noch genügend Platz für ein Moped oder ein Fahrrad«, sagte sie, als sie meinen prüfenden Blick bemerkte. Wie erwartet änderte sie die Parkposition nicht.

»Nein, ich will bloß ein wenig bummeln«, log ich, denn dass mein Ziel die Polizeiinspektion in der Linzer Straße war, sagte ich Mutter natürlich nicht. Sie freute sich sehr, dass es mir dem Anschein nach besser ging, und diese Freude wollte ich ihr nicht nehmen.

»Gut, dann treffen wir uns in zwei Stunden und trinken anschließend irgendwo gemütlich einen Kaffee. Was hältst du davon?«

»Das ist eine gute Idee.«

»Ich muss da lang«, sagte Mutter und deutete die Salzgasse hinunter. Wahrscheinlich wollte sie ihr Dirndl und

Vaters Lederhose, die sie auf dem Dorffest getragen hatten, aus der Reinigung holen. Vater hatte Bier auf seine Hose geschüttet und sich danach noch mit Sauce bekleckert.

»Und ich da.« Ich wies in Richtung Hauptplatz, von wo ich rasch in die Linzer Straße gelangte. Natürlich ohne dass Mutter davon etwas mitbekam.

Wir winkten uns zum Abschied zu. Als Mutter hinter der nächsten Ecke verschwand, lief ich vorerst geradeaus weiter, änderte an der nächsten Kreuzung die Richtung und bog ab. Für die alten Bürgerhäuser aus dem 16. Jahrhundert hatte ich keinen Blick übrig, obwohl sie zu den Sehenswürdigkeiten der Stadt zählten. Achtlos lief ich an ihnen vorüber und verließ schon bald – durch das Tor der mittelalterlichen Befestigungsanlage aus dem 14. Jahrhundert – die Innenstadt. Zu meiner Rechten lag das Freistädter Brauhaus, in dem ich oft mit dir zum Essen gewesen war. Die gutbürgerliche Küche ist weit über die Stadtgrenze hinaus bekannt und lockt Gäste von nah und fern an, ebenso das hier gebraute Bier. Nach wenigen hundert Metern verlangsamte ich den Schritt und erreichte kurz danach die Polizeiinspektion. Ich nahm all meinen Mut zusammen und erklomm die Stufen zum Eingang, was sich so anstrengend anfühlte wie ein Bergaufstieg. Ich zitterte, wusste plötzlich nicht mehr, was ich mir davon versprach, aus Sicht der Polizei deinen Tod erklärt zu bekommen.

Wollte ich das überhaupt hören?

War ich bereit, aus dem Mund eines völlig Fremden zu vernehmen, dass du dich umgebracht hattest? Würde die Theorie deines Selbstmords daraufhin nicht zur unumstößlichen Tatsache werden? Und müsste ich mich dann nicht damit auseinandersetzen, warum du in den Freitod gegangen warst?

Davor hatte ich Angst.

Ich wandte mich ab, sprang die Stufen hinunter und lief die Linzer Straße entlang. Nach ein paar Metern stoppte ich. Mein Herz war zerrissen. Es fühlte sich falsch an, was ich tat, aber auch richtig. Einerseits wollte ich Klarheit über deinen Tod haben, andererseits würde ich es nicht ertragen, wenn für mich ebenfalls zur Gewissheit würde, dass du freiwillig aus dem Leben geschieden warst.

»Alles okay?« Ein Mann war neben mir stehen geblieben und sah mich besorgt an. Ich hatte die Augen geschlossen und meine Umgebung völlig vergessen gehabt. Seine Stimme holte mich in die Wirklichkeit zurück.

»Ja, danke.« Ich lächelte. Oder versuchte es.

»Sind Sie sicher? Vielleicht sollten Sie sich setzen und einen Schluck trinken. Ich kann Wasser besorgen, wenn Sie möchten.« Der Mann wirkte freundlich.

»Danke, es geht schon. Ich wollte eigentlich zur Polizei, aber der Mut hat mich verlassen«, gestand ich dem Wildfremden. Der schien über meine Worte überrascht zu sein, was mich nicht verwunderte.

»Soll ich Sie begleiten?«, fragte er.

Ich erkannte, dass er es ernst meinte und nicht bloß sagte, um das entstandene Schweigen mit leeren Worthülsen zu füllen. Seine Augen strahlten eine Fröhlichkeit aus, die ich seit deinem Tod vermisste. Trotzdem lehnte ich ab.

»Danke, nicht nötig. Ich muss das irgendwie alleine schaffen«, sagte ich, obwohl mir seine Gegenwart guttat. Ich fühlte mich sicherer. Entschlossener. Doch es erschien mir falsch, mich von einem fremden Mann begleiten zu lassen, wenn es um deinen Tod ging.

»In Ordnung. Ich warte hier, bis Sie hinter der Tür verschwunden sind«, sagte der Fremde und deutete auf den Eingang der Polizeiinspektion.

Ich bedankte mich. Dann wandte ich mich ab und ging die Linzer Straße zurück bis zur Stiege. Dort blieb ich noch einmal stehen und sah mich um. Der Mann winkte mir zu, ich nickte und stieg die Stufen hinauf. Oben vor der Tür atmete ich tief durch und zog an dem Metallgriff. Die Pforte schwang auf und ich betrat das Gebäude.

Geschäftiges Treiben empfing mich. Im ersten Moment fühlte ich mich verloren. Von dem Mann, der mir auf eine seltsame Weise eine Schulter zum Anlehnen geboten hatte, trennte mich nun eine Glastür. Bestimmt war er inzwischen weitergegangen. Noch war es nicht zu spät, wieder nach draußen zu laufen …

»Grüß Gott. Kann ich etwas für Sie tun?«, fragte mich ein Polizist und versperrte mir damit meinen Fluchtweg.

»Grüß Gott«, erwiderte ich und nahm eine aufrechte Haltung ein. Ich wollte hinter mich bringen, weswegen ich nach Freistadt gekommen war. »Ich möchte mit den Polizisten reden, die den Tod meines Mannes aufgenommen haben.«

Der Mann sah mich mitleidig an, ging es doch um einen Todesfall. »Ihren Namen bitte?«

»Diana Heller, vormals Seeleitner.«

»Ich erinnere mich«, antwortete der Polizist.

»Waren Sie bei uns, als es … geschehen ist?«

»Nein, ich war nicht im Dienst. Aber mein Kollege, Gruppeninspektor Sepp Braumüller. Ich bringe Sie zu ihm.«

»Danke.«

Wir gingen den Flur entlang bis zu einer Tür, durch die laute Stimmen drangen. Zweifelsohne gab es dahinter Streit.

»Warten Sie hier, ich gebe Gruppeninspektor Braumüller Bescheid, dass Sie mit ihm reden wollen«, sagte der Polizist und verschwand in dem Büro. Als er wieder heraustrat, waren die Stimmen verstummt und ein Uniformierter mit hochrotem Kopf stürmte an mir vorbei. Ich hatte mir wohl den schlechtesten Moment für mein Anliegen ausgesucht und hoffte, dass man mich nicht mit der gleichen Heftigkeit zum Teufel jagte wie gerade diesen jungen Polizisten.

»Bitte kommen Sie!« Der Uniformierte, der mich hergeführt hatte, hielt mir die Tür auf.

Ich betrat den Raum und fühlte mich, als hätte ich mich selbst ausgeliefert.

»Frau Heller!« Der Mann hinter dem Schreibtisch stand auf und reichte mir die Hand. »Bitte setzen Sie sich.« Er deutete auf einen Besucherstuhl, auf dem ich Platz nahm. »Danke, Martin.« Mein Begleiter verschwand. Wider Erwarten war mein neuer Gesprächspartner freundlich. Er erinnerte sich an mich, ich jedoch nicht an ihn. Kein einziges fremdes Gesicht von diesem Tag war mir im Gedächtnis geblieben. Zu sehr war ich darauf konzentriert gewesen, dieses Ereignis zu überstehen.

»Es mag für Sie sonderlich erscheinen, aber ich würde gerne mit jemandem von der Polizei über den Tod meines Mannes sprechen«, sagte ich.

»Das ist auf gar keinen Fall sonderlich, Frau Heller, sondern durchaus verständlich. Viele wollen, nachdem der erste Schock vorüber ist, wissen, wie wir die Situation wahrgenommen haben. Darum geht es doch?«

Zustimmend nickte ich. Ich hatte nicht damit gerechnet, dass ich nicht die Einzige war, die sich mit den vermeintlichen Tatsachen nicht abfinden konnte. »Ja, darum geht es mir.«

»Was wollen Sie wissen?«

Ich räusperte mich, dennoch klang meine Stimme belegt, als ich zu sprechen anfing. »Ich glaube nicht, dass sich mein Mann umgebracht hat. Als ich ihn gefunden habe, hat kein Gewehr neben ihm gelegen«, erzählte ich, obwohl ich bereits eine Aussage an einem der auf deinen Tod folgenden Tagen gemacht hatte und deshalb dieselben Worte schon in den Akten stehen mussten. Trotzdem wollte ich meine Version der Geschichte noch einmal vorbringen, und zwar, wenn ich nicht mit Medikamenten vollgepumpt war und alles wie durch eine Nebelwand wahrnahm. »Daraufhin bin ich ins Haus gelaufen, weil ich Hilfe holen wollte, und als ich niemanden gefunden hab, hab ich mein Handy genommen und den Notruf gewählt. Als ich wieder draußen ankam, hat dann dieses Gewehr neben meinem Mann gelegen. Ich bin mir sicher, dass es zuvor nicht dort gewesen ist. Er hat sich nicht umgebracht, jemand anderer hat es getan. Der Mörder hatte das Gewehr mitgenommen, und als er seinen Fehler erkannt hat, hat er die Chance genutzt, als ich im Haus gewesen bin, und es neben Oliver platziert. Genau dort, wo Sie und ich es gefunden haben.«

Der Polizist tippte auf der Tastatur herum und holte sich deine Akte auf den Monitor. »Haben Sie denn jemanden gesehen?«, fragte er.

»Meinen Vater. Als ich zurückgekommen bin, ist er da gewesen.«

»Und vorher?«

Ich schüttelte den Kopf. »Nein, niemanden.«

»Die Ballistik sagt, dass Ihr Mann eindeutig mit dem Gewehr erschossen wurde, das wir neben seiner Leiche gefunden haben.«

»Gibt es darauf Fingerabdrücke?«, fragte ich.

Sepp Braumüller warf mir einen vielsagenden Blick zu. »Die Ihres Mannes.«

»Sonst keine?«

Nun war es an ihm, den Kopf zu schütteln. »Leider nein.«

»Der Täter kann Handschuhe getragen haben.«

»Ja, das könnte er.«

»Hatte mein Mann Schmauchspuren an den Händen?«

»Alle im Dorf hatten Schmauchspuren an den Händen, schließlich hat an diesem Tag ein Wettschießen stattgefunden.«

»Richtig, ich erinnere mich. Wir waren dort.«

»Haben Sie auch geschossen? Ich meine, bei dem Dorffest?«

»Natürlich. Das gehört quasi zur Tradition, dass jeder mitmacht, der in der Lage ist, ein Gewehr oder eine Pistole zu halten. Sogar die Kleinen dürfen dabei sein, allerdings nur mit ihren Steinschleudern«, erklärte ich, obwohl ich mir sicher war, dass er das bereits wusste.

»Mit welcher Waffe haben Sie geschossen?«

»Mit dem Gewehr meines Mannes. Ich hab kein eigenes, und er wollte die Jagdprüfung machen, also hat er sich eines gekauft.« Ich überlegte. »Müssten dann nicht ebenso meine Fingerabdrücke darauf sein?«

»Wir haben keine anderen gefunden. Lediglich die Ihres Mannes.«

»Also hat der Täter das Gewehr abgewischt und die Hand meines Mannes daraufgepresst, nachdem er ihn erschossen hatte, um Olivers Fingerabdrücke auf dem Abzug zu hinterlassen. Es sollte so aussehen, als hätte Oliver es selbst getan«, spekulierte ich.

»Wir gehen davon aus, dass Ihr Mann die Waffe gereinigt hat, bevor er sich erschossen hat. Warum auch immer.«

»Jemand, der vorhat, sich umzubringen, putzt doch nicht das Gewehr, mit dem er sich erschießt«, entfuhr es mir verständnislos.

»Die Menschen machen die sonderlichsten Dinge, bevor sie sich das Leben nehmen. Glauben Sie mir, ich könnte Ihnen da einiges erzählen.«

Ich glaubte ihm, wollte aber nichts davon hören. »Ist es überhaupt möglich, sich mit einem Gewehr selbst zu erschießen?«, fragte ich stattdessen.

»Mit dem Gewehr Ihres Mannes schon. Die Mauser M03 Stalker hat einen besonders kurzen Lauf, das geht sich mit langen Armen aus. Wir haben es probiert. Und der Schuss war klar aufgesetzt.«

»Das hätte auch der Täter machen können.«

»Warum sollte der die Gefahr eingehen, so nahe an sein Opfer ranzugehen? Es könnte das Gewehr zur Seite schlagen oder ihn irgendwie verletzen.«

»Weil es wie Selbstmord aussehen sollte. Was ja offensichtlich bestens funktioniert hat.« Was, wenn der Täter noch nicht fertig war mit dem, was er angefangen hatte, schoss es mir durch den Kopf. Wenn er zurückkäme und weitere Leute ermordete? Meine Familie … Mich.

Wenn mir niemand glaubte, wären wir wie Freiwild, eine leichte Zielscheibe auf unserem Bauernhof.

»Weil es Selbstmord gewesen ist«, bekräftigte Braumüller.

»Haben Sie mit meinem Vater geredet, warum er dort gewesen ist?«

»Natürlich. Er sagte, er habe den Schuss gehört und sei sofort nach draußen gelaufen. Er habe Ihren Mann in der Scheune gefunden, das Gewehr habe neben ihm gelegen, da sei er sich ganz sicher. Ich habe hier seine protokollierte Aussage.« Er deutete auf den Monitor. »Verdächtigen Sie Ihren eigenen Vater?«

Ich zuckte mit den Schultern, was eine klare Antwort offenließ. »Was ist mit Alexander, meinem Bruder? Haben Sie mit ihm auch gesprochen?«

Der Gruppeninspektor suchte in seinem Computer nach der gewünschten Information. »Der war im Haus und hat Musik gehört.«

»Wissen Sie, welche Musik er gehört hat?« Der Ohrwurm, der seit deinem Tod in meinem Kopf wie ein heimatloses Gespenst herumspukte und mir Angst einjagte, fiel mir ein. »I was made for lovin' you …«

»Das steht nicht im Protokoll, und es spielt, ehrlich gesagt, auch keine Rolle.«

Für mich spielte es eine Rolle. Die Antwort auf diese Frage würde vielleicht erklären, warum mich dieses Lied verfolgte. Ein Lied, das ich zuvor selten gehört hatte. »I was made for lovin' you …«

»Haben Sie mit Olivers Mutter geredet? Mit den Nachbarn?«, fragte ich verzweifelt, da ich merkte, dass mein Gegenüber nicht von der Selbstmordtheorie abrücken wollte.

»Das haben die Beamten von der Kriminalpolizei gemacht. Wir haben den Fundort gesichert und alle Anwesenden befragt, um einen Überblick zu bekommen, was geschehen ist. Aber hier steht, dass auch die Mutter Ihres Mannes und die Nachbarn kein Indiz geliefert haben, dass es Mord gewesen sein könnte. Ihr Mann hat sich ebenso wenig in einem Milieu bewegt, das Grund gäbe, eine Tötung durch Rivalität oder Ähnliches anzunehmen.«

»Sie meinen Drogen?«

»Drogen, Prostitution, etwas in der Art. Ich kann mir vorstellen, dass das für Sie schwer ist ...«

»Sie wissen gar nichts!«, fauchte ich ihn an, was mir sofort leidtat. »Entschuldigen Sie«, schob ich deshalb hinterher.

»Schon gut.« Der Gruppeninspektor lehnte sich in seinem Stuhl zurück.

»Es ergibt einfach keinen Sinn, dass Oliver sich umgebracht hat. Wir waren glücklich.« Ich ließ den Tränen freien Lauf.

»Es tut mir leid, Frau Heller. Ich verstehe, dass es Ihnen schwerfällt, den Selbstmord Ihres Mannes zu akzeptieren. Die Art, wie Sie ihn gefunden haben, war zweifelsohne eine Ausnahmesituation. In einer solchen nimmt man seine Umgebung oftmals nicht so wahr, wie sie wirklich ist. Bestimmt haben Sie das Gewehr nicht bemerkt, weil Sie sich ganz auf Ihren Mann konzentriert haben, der schließlich im Sterben gelegen hat. Das ist vollkommen natürlich. Vielleicht hatte Ihr Mann Sorgen, die er Ihnen verschwiegen hat.«

Ich schluchzte. Der Polizist reichte mir ein Taschentuch. Dann orderte er über die Sprechanlage ein Glas Wasser für mich, wofür ich ihm dankbar war.

»Ich sehe einfach keinen Grund, dass er sich umgebracht hat«, sagte ich und schnäuzte mich. »Irgendetwas müsste mir doch aufgefallen sein, nur eine winzige Kleinigkeit. Aber da war nichts.«

Ein Uniformierter kam und reichte mir ein Glas Wasser. Ich bedankte mich und trank einen Schluck.

»Aus unserer Sicht deutet nichts auf ein Gewaltverbrechen hin, es gibt nicht den geringsten Hinweis. Außer Ihrem Verdacht, Frau Heller. Leider lässt sich der durch nichts bestätigen. Oder verdächtigen Sie jemanden?«

Nach kurzem Zögern schüttelte ich den Kopf. »Nein, niemand Bestimmten.«

Sepp Braumüller schob auf seinem Schreibtisch ein paar Stifte zurecht. Die Akten, die dort lagen, formte er zu einem ordentlichen Stoß.

Ich verstand, was er mir damit sagen wollte, und erhob mich. »Danke, dass Sie sich Zeit für mich genommen haben.«

Er stand auf und reichte mir die Hand. »Das ist doch selbstverständlich. Ich möchte Ihnen noch einmal mein aufrichtiges Beileid aussprechen.«

Mit einem Herzen voller Steine verließ ich das Büro des Gruppeninspektors und anschließend die Polizeiinspektion. Mein Besuch hatte nichts gebracht, ich trat weiterhin auf der Stelle. Meine Hoffnung, von den Polizisten einen neuen Anhaltspunkt zu erhalten, hatte sich nicht erfüllt.

Als ich auf die Straße hinaustrat, entdeckte ich ein freundliches Gesicht. Ich ging die Stufen hinab, ohne den Blick von ihm abzuwenden, da ich Angst hatte, es würde sonst verschwinden.

»Sie haben auf mich gewartet, wie nett von Ihnen«,

sagte ich zu dem Mann, der mich vorhin gefragt hatte, ob es mir gut ginge. Der sich Sorgen um mich gemacht hatte, obwohl er mich gar nicht kannte.

»Ich dachte, Sie könnten vielleicht Beistand gebrauchen, wenn Sie von der Polizeiinspektion herauskommen, so ängstlich, wie Sie dort hineingegangen sind«, erwiderte der Fremde.

»Da dachten Sie genau richtig.«

»Florian.« Er streckte mir die Hand entgegen.

»Diana.« Ich nahm sie und spürte seine weiche Haut.

»Hättest du Lust auf einen Kaffee?«

Ich sah auf die Uhr. »Ich bin mit meiner Mutter verabredet, es tut mir leid.« Die zwei Stunden waren beinahe vorbei.

»Du brauchst dich nicht zu entschuldigen, wir sind uns schließlich zufällig begegnet.«

»Aber du hast auf mich gewartet …«

»Das hätte ich nicht tun müssen, das war einfach, weil ich es wollte. Mein Risiko.« Er lächelte.

Ich freute mich über sein Verständnis. Nicht alles auf der Welt war demnach trostlos. »Dann … auf Wiedersehen.« Ich wandte mich ab und ging in Richtung Innenstadt davon.

»Vielleicht sehen wir uns ja tatsächlich wieder«, rief er mir hinterher. »Ich würde mich freuen!«

Ich drehte mich um und lächelte. »Ja, vielleicht.«

Er wechselte auf die andere Straßenseite. Sofort spürte ich erneut diese Traurigkeit in mir aufsteigen. Als hätte ich etwas verloren. Und das hatte ich ja auch. Dich.

Nicht ihn.

Ich lief weiter mit einem schlechten Gewissen dir gegenüber. Du warst kaum unter der Erde und schon empfand ich die Gegenwart fremder Männer als angenehm. Im erstbesten Geschäft kaufte ich einen Seidenschal, damit ich Mutter gegenüber behaupten konnte, ich wäre Shoppen gewesen.

8. KAPITEL

Mutter freute sich über den Schal, den ich ihr geschenkt hatte, mehr noch freute sie sich über meine rosigen Backen. Sie schloss daraus, dass ich Spaß gehabt hatte, in Wahrheit war ich durch ein Geschäft gehetzt, um mit einem Gegenstand – egal mit welchem – rechtzeitig am Treffpunkt zu erscheinen. Nach einer Tasse Kaffee und einem Stück Kuchen in einem Café in der Innenstadt machten wir uns schließlich auf den Heimweg.

»Hast du heute noch etwas vor?«, fragte mich Mutter, als wir auf der Landstraße fuhren. Sie war seit jeher eine unsichere Fahrerin, deshalb lag unsere Geschwindigkeit ein gutes Stück unterhalb der erlaubten Höchstgrenze, was nichts daran änderte, dass ich die Gegend, durch die der Vitara pflügte, nicht wahrnahm. Ich starrte zwar durch die Windschutzscheibe nach draußen, überlegte aber dabei, wie ich weiter vorgehen wollte.

»Nichts Besonderes«, erwiderte ich.

»Du kannst spazieren gehen. Das Wetter ist bestens, und ein paar Sonnenstrahlen tun dir bestimmt gut. Du bist so blass, dass man meinen könnte, du stammst aus Norwegen. Oder aus Schweden. Auf alle Fälle von irgendwo dort oben.«

»Ja, Mama«, sagte ich, nur damit ich überhaupt antwortete.

»Wann willst du wieder am Hof mitarbeiten? Du weißt, wir können jede Hilfe gebrauchen.«

»Bald, Mama.«

Wegen meiner Einsilbigkeit verstummte das Gespräch alsdann und flammte erst erneut auf, als wir in die Zufahrtsstraße zu unserem Bauernhof einbogen.

»Was macht dein Vater da?«, fragte Mutter und meinte damit die Gestalt, die sich wie eine Absperrung mitten in der Zufahrt befand und keinerlei Anstalten machte, von dort zu verschwinden.

»Keine Ahnung«, erwiderte ich.

Vater stand mit Gummistiefeln an den Füßen und verschränkten Armen am Ende der Einfahrt und starrte uns entgegen. Er sah aus, als würde er dort bereits eine Weile ausharren und uns sehnsüchtig erwarten. Das hatte er noch nie getan. Mutter und ich waren schon oft in der Stadt einkaufen gewesen, vor deinem Tod alle zwei bis drei Wochen, aber noch nie hatte Vater unsere Heimkehr herbeigesehnt. Er hatte bloß beim Abendessen stets wissen wollen, wie viel Geld wir ausgegeben hatten.

»Vielleicht ist etwas passiert.« Mutter stoppte den Vitara neben ihm und ließ die Scheibe herunter. Vater beugte sich herab und sah mich finster durch das Fahrerfenster an.

»Was ist los?«, fragte Mutter.

»Sie ist bei der Polizei gewesen«, spuckte uns Vater feindselig entgegen.

Mein Herz hörte für einen Augenblick auf zu schlagen. Ich fühlte mich ertappt, bei einer Lüge erwischt. Dann trommelte es umso heftiger weiter. Ich sagte nichts.

Der Gesichtsausdruck meiner Mutter war verständnislos. »Aber der Schal ...« Enttäuschung mischte sich hinzu, als sie merkte, dass nichts so war, wie sie gedacht hatte. »Diana?«

»Ihr wollt mir ja nicht glauben! Was soll ich eurer Meinung nach sonst tun?«, schrie ich. Tränen schossen mir in die Augen. Meine Hilflosigkeit bahnte sich in Form von Wut den Weg nach draußen.

Während Mutter über meinen Ausbruch erschrak, zischte mein Vater: »Und da hast du nichts Besseres zu tun, als uns bei der Polizei lächerlich zu machen?«

»Ich hab euch nicht lächerlich gemacht, ich wollte lediglich die Meinung der …«

»Du hast mich und deinen Bruder angeschwärzt!«, schrie Vater. Ich hatte Angst, dass er über Mutter hinwegfassen und mich schlagen könnte.

»Diana?« Mutters Blick wechselte zwischen ihrem Ehemann und mir hin und her.

»Ich brauche Gewissheit. Ich weiß, was ich gesehen habe, und das passt nicht zu dem, was ihr mich glauben lassen wollt.« Ich öffnete die Beifahrertür und sprang aus dem Wagen.

»Diana!«, rief mir Mutter hinterher.

Ich lief ins Haus, querte das Vorhaus und nahm je zwei Stufen auf einmal hinauf ins Obergeschoss. Hinter mir sperrte ich die Tür zu. Dann lehnte ich mich keuchend gegen das lackierte Holz.

Mein Blick fiel auf den Mistkübel. Darin lagen die Antidepressiva. Was, wenn alle recht hatten und ich mich verrannte? Was, wenn ich verrückt wurde und mir alles bloß einbildete?

Zweifel webten mich ein wie eine Spinne ihre hilflose Beute, die zwar gelähmt war, aber noch nicht aufgegeben hatte.

Ich ging zu dem Mülleimer und starrte hinein. Bückte mich und spürte die Packung zwischen den Fingern, ergriff sie und richtete mich auf. Wie eine Schlafwandlerin trat ich damit ans Fenster, auf dessen Blumenbank dein Fernglas stand. Der Karton in meinen Fingern war nicht verschlossen, eine der Blisterpackungen war halb herausgerutscht. Ich zog daran und drückte eine Tablette in meine Hand.

An der Tür pochte es.

Erschrocken fuhr ich herum.

»Diana!«

Die Stimme meiner Mutter! Doch ich wollte nicht mit ihr reden. Nicht jetzt. Ich wollte, dass sie mich in Ruhe ließ. Ich wollte, dass alle mich verdammt noch mal in Ruhe ließen!

»Diana! Bitte mach auf«, bat Mutter.

Ich ging zur Tür und lehnte mich von innen dagegen. Ich beabsichtigte, etwas zu sagen, brachte aber kein Wort heraus. Also schloss ich auf, trat zur Seite und wartete, bis Mutter die Klinke hinunterdrückte. Sie kam herein und sah mich mit den Tabletten in der Hand, die eine lose in meiner Handfläche liegend. Ohne ein Wort darüber zu verlieren, zog sie mich in ihre Arme und drückte mich an sich, das löste den Stau meiner Tränen, meine Wut, meinen Schmerz. Ich weinte, wurde regelrecht durchgeschüttelt von einer Welle von Emotionen. Mutter führte mich zur Couch, wir setzten uns. Ich legte den Kopf in ihren Schoß und sie nahm mir die Tabletten ab, legte sie auf den Tisch. Alles stumm und dennoch in klarem Einverständnis. Es dauerte eine Weile, bis ich mich beruhigte.

»Es tut mir so leid, dass du das durchmachen musst. Ich wünschte, ich könnte es dir abnehmen.«

»Danke, Mama.« Ich setzte mich auf und wischte mir mit den Armen das Gesicht trocken. »Ich glaube, ich verliere langsam den Verstand. Was, wenn ich mich tatsächlich irre und Oliver sich umgebracht hat? Ich ertrage diesen Gedanken nicht.«

Meine Mutter sah mir tief in die Augen. »Oliver ist glücklich gewesen, Diana, das weiß ich. Er hat sich nicht umgebracht. Wenn er sich erschossen hat, dann ist es ein verdammter Unfall gewesen.«

Für Sekunden stand die Erde still. Seit du tot warst, hatte ich das erste Mal aus dem Mund eines anderen vernommen, dass du dich nicht selbst freiwillig umgebracht haben könntest.

9. KAPITEL

Nachdem mich Mutter allein gelassen hatte, ging ich hinunter in den Hof und warf die Antidepressiva in die Mülltonne. Ich wollte nicht noch einmal in Versuchung geraten, wenn ich die Tabletten in meiner unmittelbaren Reichweite wusste. Durch Mutters Zuspruch fühlte ich mich wieder stark, meinen Weg weiter zu beschreiten. Sie war eine gute Frau, auch wenn mich ihre pragmatische Art, Dinge, deren Änderung mit hohem emotionellem und persönlichem Aufwand verbunden war, einfach so zu akzeptieren, oftmals störte und ich einiges anders machen würde als sie.

Das Mittagessen ließ ich aus, der vormittägliche Kuchen, den wir in der Stadt zu uns genommen hatten, sättigte mich noch immer. Ich folgte Mutters Rat und ging spazieren. Dabei wollte ich mir über so manches klarwerden. Zum Beispiel über die Begegnung mit Florian. Was bedeutete sie für mich? Warum hatte ich mich zu ihm hingezogen gefühlt? War es Dankbarkeit gewesen, weil er sich um mich gesorgt hatte? Oder war das Weglassen der Antidepressiva schuld daran, dass die Emotionen nun so unkontrolliert über mich hereinbrachen?

Ich kletterte über mehrere Granitfelsen einen Hang hinauf. Von oben hatte man einen wunderbaren Ausblick auf das Mühlviertel. Als Kinder waren wir oft dort gewesen: Alexander, Johannes und ich. Viele Stunden hatten wir in den umliegenden Wäldern verbracht und uns gefühlt, als wäre das die Freiheit, von der die Erwachsenen redeten und träumten. Wir Kinder hatten sie erlebt. Waren einmal Elfen gewesen, ein anderes Mal Indianer. Waren in unserer Fantasie in fremde Länder gereist und hatten uns von Abenteuer zu Abenteuer weiterentwickelt. Waren gewachsen, ohne dass wir es bemerkt hatten. Abends waren wir glücklich in unsere Betten gefallen und hatten geschlafen, bis uns der Hahn zur nächsten Entdeckungsreise gerufen hatte. Damals war das Leben einfach gewesen, heute war alles kompliziert. Sogar das Sterben.

Als ich oben am Hügel stand, genoss ich den wunderbaren Ausblick Richtung Norden. Ich glaubte sogar, die Grenze nach Tschechien sehen zu können. Dazwischen breitete sich das Mühlviertel saftig grün aus. Sanfte Hügel, dunkle Wälder, Wiesen und Felder. Sie verwoben sich zu einem bunten Fleckerlteppich, der in seiner Beschaffenheit einzigartig war. Nirgendwo sonst existierten so winzige Felder, so kleine Wiesen und natürliche Baumgruppen wie im Mühlviertel. Leider gab es auch hier die Rufe nach industrieller Landwirtschaft, die die Gegend verändern würde. Riesige Traktoren, die noch größere Anhänger hinter sich herzogen auf Feldern, deren Enden nicht zu sehen waren. Doch noch war es nicht so weit. Noch überzog eine bunte Vielfalt die Landschaft. Ich sog die Luft tief ein und spürte, wie ich mich entspannte. Dieser Anblick sei tausendmal besser als jedes Antidepressivum, redete ich mir ein und streckte die Arme aus, um den sanften Wind zu spüren.

»Was machst du?«

Ich erschrak und wirbelte herum. »Johannes!«

»Ich hab gesehen, wie du den Hang rauf bist, also dachte ich mir, ich schau mal nach, was du so treibst.« Johannes trat neben mich und ließ seinen Blick über das Land gleiten.

»Ich brauche ein wenig Abstand«, sagte ich und wusste nicht, ob ich mich über Johannes' unverhoffte Gesellschaft freuen sollte.

»Wir waren oft als Kinder hier.« Johannes hatte anscheinend den gleichen Gedanken wie ich vor wenigen Minuten.

»Ja, und wir hatten jede Menge Spaß.«

»Und blutige Knie!«

»Die auch.« Ich lachte.

»Einmal bist du von einem Baum gefallen und hast dir am Bein eine 20 Zentimeter lange Schürfwunde zugezogen. Aber anstatt weinend nach Hause zu laufen, wie andere Mädchen es getan hätten, hast du die Verfolgung aufgenommen und mich den Hügel hinaufgejagt. Du warst damals der Jäger und ich das Kaninchen.«

Ich erinnerte mich gut daran. »Ja, und du hast dich dort hinter dem Felsen versteckt, bist du aufs Klo musstest.« Ich zeigte auf einen Granitbrocken und tippte Johannes auf die Brust, als wüsste er nicht, wer gemeint war.

»Auch Hasen müssen mal«, antwortete er achselzuckend.

»Du bist ganz schnell davongelaufen, und zwar da lang.« Ich deutete in die entsprechende Richtung.

»Dort kann man am schönsten sein Geschäft verrichten, hast du das nicht gewusst? Inmitten einer Lichtung, auf der tausende Maiglöckchen blühen. Natürlich nur zur richtigen Jahreszeit.«

»Das ist mir neu.«

Wir lachten. Und ich freute mich, dass Johannes bei mir war. Die Reise in die Vergangenheit tat mir gut, sie war so unbeschwert und vergnüglich. Wir setzten uns ins Gras und plauderten über alte Zeiten, schwelgten in Erinnerungen.

Nach etwa einer Stunde sagte Johannes: »Schön, dich wieder lachen zu hören.« Dabei nahm er meine Hand und drückte sie.

Ich seufzte. Seine Aussage holte mich ungewollt in die Gegenwart zurück. »Es ist nicht leicht, das alles zu verarbeiten.«

»Das verstehe ich.« Johannes ließ meine Hand nicht los.

Und ich zog sie nicht weg, obwohl sich ein unsicheres Gefühl in mir ausbreitete. Ich hatte Angst, dass ich mich von dir lösen könnte, und das wollte ich nicht.

»Du musst nach vorne schauen, Diana, das Leben geht weiter.« Johannes betrachtete mich von der Seite.

»Ich weiß, gib mir etwas Zeit.«

»Wie lange?«

»Das kann ich dir nicht sagen. So lange, wie es eben braucht.«

Er beugte sich zu mir und küsste mich auf die Stirn. Dann saßen wir schweigend auf dem Hügel und hörten den Vögeln zu.

10. KAPITEL

Am Abend lümmelte ich auf meiner Couch und sah mir im Fernsehen einen der unzähligen Krimis an, die über die Bildschirme flimmerten. Während im Tatort Münster Kriminalhauptkommissar Frank Thiel einem Verdächtigen hinterherhetzte, hörte ich, wie draußen irgendwo am Hof ein Motor angelassen wurde. Ich stand auf und warf einen Blick aus dem Fenster. Der Vitara fuhr die Einfahrt entlang, verließ unser Grundstück und bog auf die Straße ein, die zu den Heuböcks führte. Vor deren Bauernhof hielt er an, und die Lichter gingen aus. Weil es so dunkel war, erkannte ich nicht, wer ausstieg. Ich nahm an, dass es Vater war.

Was wollte er zu so später Stunde von Heuböck? Und seit wann redete er mit ihm? Seit jeher waren sie Konkurrenten und feindeten sich eher an, als gemeinsame Sache zu machen. Und was sollte das überhaupt für eine Sache sein?

Oder war es Alexander, der Johannes aufsuchte? Aber würde der nicht mit seinem Golf rüberfahren?

Schnell warf ich mir meinen Poncho über die Schultern und lief die Treppe hinunter, querte das Vorhaus und trat hinaus ins Freie. Ich wählte die Abkürzung über die Wiese. Das Gras war hochgewachsen und aufgrund der späten Stunde schon feucht, sodass meine Hose bis zu den Waden klamm wurde. Trotzdem rannte ich weiter. Die Neugierde trieb mich voran wie ein Schäfer seine Herde.

Erst vor dem Bauernhof der Heuböcks wurde ich langsamer, blieb stehen, weil ich Stimmen hörte. Sie schienen aus der Umgebung der hölzernen Scheune zu dringen. Ich machte keine Beleuchtung aus, nicht die geringste Lichtquelle. Jemand unterhielt sich dort in völliger Dunkelheit. Redete echauffiert. Leider verstand ich kein Wort, weil ich zu weit weg war. Also schlich ich näher, bemüht, kein Geräusch zu verursachen, das auf mich aufmerksam machen könnte. Außerdem hoffte ich, dass Azuro nicht auftauchen und meine Anwesenheit verraten würde. Mein Herz pochte in meiner Brust wie laute Trommelschläge, und ich bekam Angst, man könnte es hören, wusste jedoch gleichzeitig, dass das Unfug war.

»Wir warten nur auf dich«, vernahm ich die drängende Stimme Heuböcks.

»Ich weiß, aber ich kann das halt nicht alleine bestimmen«, verteidigte sich Vater.

»Du wolltest schon lange etwas unternehmen …«

»Hab ich ja auch!«

»Schmück dich nicht mit fremden Federn. Ich weiß, wie das abgelaufen ist.«

Mir gefror das Blut in den Adern.

Redeten die Männer tatsächlich über das, was ich dachte?

Ich hielt den Atem an, lauschte, doch ich war nach wie vor zu weit weg, als dass ich jedes Wort verstehen konnte. Vorsichtig trat ich näher, bis ich gut verborgen hinter der Scheunenwand und einem wuchernden Haselnussstrauch stand und mein Ohr an das Holz legte.

»Gib mir ein paar Tage Zeit, dann erledige ich das.«

»Zwei! Mehr bekommst du nicht. Der Binder und die Investoren sitzen mir wie gierige Zecken im Nacken. Außerdem weiß ich nicht, wie lange das Angebot noch steht. Wenn wir nicht schnell zu einer Entscheidung gelangen, suchen die sich vielleicht jemand anderes, der schneller ist als wir. Ich meine natürlich dich, weil ich bin ja längst bereit. Meine Finca in Spanien wartet schon.«

»Ich will das alles schriftlich!«, verlangte Vater. »Wenn etwas schiefgeht …«

Unter meinen Füßen knackte es. Ich hatte mich bewegt und war auf einen abgebrochenen dünnen Ast gestiegen.

»Hast du das gehört?«

»Ja, hab ich.«

Schritte näherten sich, kamen aus der Scheune in meine Richtung. In Panik befreite ich mich von den Ruten des Haselnussstrauches, die mich bis jetzt sicher umklammert hatten, lief hinter das Gebäude und suchte nach einem Versteck. Dort war jedoch nichts, hinter dem ich mich hätte verkriechen können. Man würde mich sofort überall entdecken.

Als Kinder hatten wir oft auf dem Hof gespielt, deshalb wusste ich, dass die Scheune einen Hintereingang besaß. In der Dunkelheit hob sich die Tür jedoch nicht vom restlichen Holz ab. Mit den Händen tastete ich die Wand ab, fand die Klinke, drückte sie herunter und schlüpfte in die Lichtlosigkeit der Scheune, was mir einerseits Sicherheit versprach, andererseits hatten Vater und unser Nachbar hier vor wenigen Augenblicken noch etwas besprochen, das diese Finsternis nötig gemacht hatte. Nun aber wurde sie zu meiner Verbündeten. Zwischen den abgestellten Maschinen tauchte ich unter.

»Vielleicht war es eine Katze«, hörte ich Horst Heu-böck sagen.

»Kann sein«, erwiderte Vater. »Und was, wenn nicht?«

»Wirst du jetzt paranoid? Wer soll denn bei uns schon herumschnüffeln?«

»Hast wahrscheinlich recht.«

»Ich hab immer recht, Hans-Peter, merk dir das!«

Die Stimmen entfernten sich, wurden leiser. Erleichtert atmete ich auf. Irgendwo hörte ich Azuro bellen, wahrscheinlich war er im Hof eingesperrt oder hing an einer Kette fest, damit er nicht davonlief. Ich blieb noch eine Weile reglos stehen, um ganz sicher zu sein. Währenddessen sah ich durch ein Fenster der Scheune, dass im Haus das Licht anging. Wahrscheinlich hatten sich Vater und Heuböck dorthin zurückgezogen, um ungestört reden zu können. Was ich von ihrer Unterhaltung belauscht hatte, war alles andere als beruhigend gewesen.

Als sich länger nichts tat, verließ ich die Scheune, nun aber durch das große Tor. Ich trat hinaus unter den klaren Nachthimmel. Erleichtert, nicht entdeckt worden zu sein, jedoch verstört von den Gesprächsfetzen, die ich gehört hatte.

Plötzlich fasste eine Hand nach mir. Packte mich am Arm.

»Ich hab jemanden!« Ich erkannte Vaters Stimme, er aber anscheinend mich nicht. Sonst hätte er gesagt, dass er seine Tochter dingfestgemacht habe.

Mit aller Kraft entriss ich mich seiner Umklammerung und lief davon, als wäre der Höllenfürst höchstpersönlich hinter mir her. Vielleicht war er das auch. In Gestalt meines Vaters.

Ich hörte Azuros Kläffen. Der Fluchtweg nach Hause war mir versperrt. Vater und Heuböck befanden sich in dieser Richtung, wahrscheinlich auch Azuro, also rannte ich von ihnen weg. Auf den Wald zu. Ich würde einen weiten Bogen machen müssen, um zu unserem Hof zu gelangen. Aber ich hatte keine andere Wahl. Beim Spielen hatte ich mich früher oft in dieser Gegend herumgetrieben, demnach war ich nicht völlig orientierungslos. Ich hetzte weiter und würde schon bald die ersten Baumreihen erreichen, die mir ihren Schutz anboten.

»Stehen bleiben!«, rief Vater hinter mir. Immer noch nicht ahnend, wen er da eigentlich verfolgte. Er keuchte und ich wusste, dass er nicht in der Lage war, dieses Tempo lange zu halten. Er hatte nie Sport gemacht, war nicht mehr der Jüngste und kannte nichts außer der Arbeit am Hof. Um längere Strecken laufen zu können, reichte seine Kondition nicht aus.

Plötzlich fiel ein Schuss.

Azuro bellte.

»Scheiße!«, schrie Vater.

Weshalb? Weil er mich nicht getroffen hatte? Weil ihn der Schuss ebenso überrascht hatte wie mich?

Ich rannte weiter, wollte unbedingt den Wald erreichen. Dachte nicht darüber nach, was möglicherweise geschehen würde, wenn ich nicht stehen blieb. Wenn der erste Knall ein Warnschuss in den Himmel gewesen war, aber der nächste mich vielleicht traf. In den Rücken, wie von einem feigen Meuchelmörder abgefeuert. Oder wenn ein im Blutrausch befindlicher Jagdhund mir in den Nacken springen, seine Zähne in mein Fleisch schlagen und ganze Stücke herausreißen würde …

»Stopp, verdammt noch mal!« Vaters Stimme klang wütend.

Ich rannte. In meiner Seite stach es.

Ein weiterer Schuss zerfetzte die Stille der Nacht und ließ die Menschen in der Umgebung vermutlich glauben, dass ein Jäger auf der Pirsch war. Für mich zerschmetterte er das Rauschen des Blutes in meinen Ohren, und ich fragte mich, warum ich eigentlich davonlief? Wenn ich mich zu erkennen gäbe, wäre der Spuk vorbei. Niemand würde mir etwas antun, schließlich war einer der Männer mein Vater. Trotzdem wurde ich nicht langsamer. Einem Instinkt folgend. Von Angst getrieben.

Ich erreichte die Bäume und fädelte mich durch sie hindurch, achtete nicht auf das Gestrüpp am Boden. Nicht auf die Dornen, die mir die Haut zerkratzen. Äste schlugen mir ins Gesicht, und Brombeerstauden zerrten an meiner Kleidung, als wollten sie mich festhalten.

Azuros Bellen wurde lauter, er hatte die Verfolgung aufgenommen.

Ich riss mich von den Brombeerstauden los und durchdrang kurz danach den Dickicht-Mantel am Waldrand. Rannte immer tiefer in den Wald hinein. Wo die Dunkelheit der Nacht noch finsterer und undurchdringlicher wurde.

Hinter mir raschelte es. Ich drehte mich um und sah den Jagdhund der Heuböcks näher kommen.

»Azuro!«, flüsterte ich ihm zu, damit er meine Stimme erkannte.

Der Jagdhund wurde langsamer und wirkte irritiert.

»Azuro, mein Lieber!«, sagte ich – ungewiss, wie dieser darauf reagieren würde. Würde er dem Befehl seines Herrn gehorchen und Beute machen? Oder würde er erkennen, dass ich nicht das übliche Wild war, auf das er sonst gehetzt wurde?

Ich hielt ihm meine Hände hin, damit er daran schnüffeln konnte. Und dann, als ich mir sicher war, dass er mir nichts tun würde, streichelte ich ihn, und Azuro wedelte mit dem Schwanz.

»Braver Hund!«, lobte ich ihn und deutete in die Richtung, aus der wir gekommen waren. »Lauf, Azuro! Lauf!«

Der Jagdhund machte kehrt und rannte zurück zu seinem Herrn, der ihn zweifelsohne nicht begeistert empfangen würde.

Ich setzte mich wieder in Bewegung. Erst nach und nach wurde ich langsamer, tastete mich vor, um nicht zu stürzen. Keuchte. Stieg über die beim letzten Sturm umgefallenen Bäume und versteckte mich hinter einem Granitfindling. Versuchte, ruhiger zu atmen, denn ich wollte die Geräusche der Umgebung wahrnehmen und nicht meine eigenen. Ich wusste, dass es im Wald Wildschweine gab, die gerade Junge hatten. Deshalb war es ratsam, ihnen nicht zu begegnen. Am meisten fürchtete ich mich aber vor Vater und Heuböck, davor, dass sie weiterhin Jagd auf mich machten und jeden Augenblick hier aufkreuzen könnten.

Es dauerte eine Weile, bis mein Körper Puls und Herzschlag wieder unter Kontrolle hatte. Das Dröhnen in meinen Ohren wurde leiser. Irgendwo schrie eine Eule. In den Ästen fing sich der Wind, die Blätter der Laubbäume raschelten. Vor einer Woche war ein Sturm über das Land gefegt, hatte Stämme entwurzelt und dicke Äste wie Zahnstocher abknicken lassen. Sie lagen kreuz und quer am Boden, wurden in der Dunkelheit zu finsteren Gestalten und jagten mir Angst ein. Von Vater und Heuböck hörte ich nichts mehr. Sie schienen die Verfolgung aufgegeben zu haben. Nur hin und wieder drang ein Bellen an mein Ohr, es war jedoch weit entfernt.

Ich schob mich hinter dem Granitfindling hervor und musste mich erst einmal orientieren, da ich in Panik blind geradeaus gelaufen war. Es dauerte eine Weile, bis ich den Pfad erreichte, den Wanderer auf ihren Routen durch das Mühlviertel gerne nahmen und der bei Tage wilde Romantik ausstrahlte. Jetzt aber lag er eingebettet in die Finsternis, und ich hatte den Eindruck, als würde ich von den Waldbewohnern beobachtet. Hie und da raschelte es seitwärts des Weges und ich zuckte zusammen. Vielleicht ein Hase? Ein Reh? Ein Fuchs? Mit klopfendem Herzen begann ich wieder zu rennen, und als ich zu Hause ankam, war ich völlig fertig.

Der Vitara stand im alten Pferdestall. Nirgendwo brannte Licht. Ich schlich die Einfahrt entlang bis zum Haus, drückte die Klinke herunter und fand die Tür verschlossen vor.

»Scheiße!«, fluchte ich. Natürlich hatte ich nicht daran gedacht, einen Schlüssel mitzunehmen. Die Tür war sonst nie versperrt. Wieso heute? Hatte Vater Verdacht geschöpft? Hatte er mich doch erkannt? Ich überlegte, was ich tun konnte, und zog den Poncho enger um meinen Körper. Mir wurde kalt, der Schweiß von meinem Lauf durch den Wald und die kühlen Temperaturen der Nacht ließen mich frösteln. Ich eilte zum Tor, das in den Hof führte, schlüpfte hindurch und schlich über den gepflasterten Weg zur Tür, die von dieser Seite in den Wohntrakt führte. Versperrt. Mist! Ich sah mich um. Der Stall war keine Option, die Kühe würden sofort laut muhend Alarm schlagen, wenn sie einen Eindringling entdeckten. Also blieb mir nur die Scheune, wo wir das Stroh für die Tiere aufbewahrten und du gestorben warst.

Eine Schwere erfasste mich. Wie jedes Mal, wenn ich an dich dachte. Jetzt war sie begleitet von Schuldgefühlen. Weil mir Florian gefallen hatte. Weil mich Johannes auf die Stirn geküsst hatte. Weil ich nicht wusste, warum du gestorben warst. Wer dein Mörder war.

In der Scheune stieg ich über jene Stelle hinweg, an der ich dich gefunden hatte. Wich ihr aus, als lägest du immer noch dort. Ich presste meine Hände gegen die Brust, um die aufkeimende Panik zu vertreiben. Kletterte über die gestapelten Strohballen nach oben, wo es wärmer war und altes, loses Stroh auf einem Zwischenboden lagerte. Wir hatten uns einmal hier vergnügt und ausgelassen gelacht, die Erinnerung daran überschwemmte mein Herz wie eine Flutwelle. Ich lächelte, gleichzeitig kamen mir Tränen.

Kraftlos setzte ich mich ins Stroh und zog die Beine an, stülpte den Poncho über meine Knie. Nach einer Weile formte ich in den getrockneten Halmen eine Mulde, legte mich hinein und deckte mich mit Stroh zu, so gut es ging. Es stach mich in Arme und Beine, in den Rücken und in die Seite. Doch diese Stiche waren nichts gegen meine seelischen Qualen. Ich schluchzte, fror und fühlte mich einsam. Meine Gedanken kreisten um den heutigen Tag.

Florian.

Johannes.

Vater.

Ich wünschte, es würde mir gelingen, sie aus meinem Kopf zu vertreiben. Aber sie waren da. Und blieben. Die nächste Stunde. Auch die übernächste.

Dann fiel mir ein, dass ich die Tabletten in die Mülltonne geworfen hatte. Ich könnte sie holen, sie würden mir zum Dank für die Befreiung aus der Tonne Erleichterung bringen. Würden meinen Kopf in Watte packen und mein Herz verstummen lassen.

Wollte ich das?

Nein, beantwortete ich mir selbst meine Frage. Ich wollte alles spüren. Freude und Trauer. Mut und Angst. Sehnsucht und Verlust. Leidenschaft und Kälte. Ich lag da und starrte hinunter auf den Platz, an dem du gestorben warst. Auf dem dein Blut über den Beton geflossen war wie rote Farbe über eine Leinwand des Grauens.

11. KAPITEL

Die Geräusche des beginnenden Tages weckten mich. Der Hahn krähte, mein Bruder fuhr zur Arbeit und Vater mit dem Traktor auf die Wiese, um Gras für die Kühe zu mähen. Dieses würde er später in die Futterzeile im Stall einbringen.

Ich kletterte vom Zwischenboden der Scheune hinab und klopfte das Stroh aus meinen Klamotten. In meinen Haaren hingen noch Blätter aus dem Wald, die zupfte ich heraus. Dann spähte ich aus dem Tor, niemand war zu sehen.

Rasch lief ich zur Eingangstür und drückte die Klinke herunter, die Tür schwang nach innen auf. Erleichtert, dass sie offen war, schlüpfte ich hindurch, zog die Schuhe aus und trug sie nach oben. Hinter mir schloss ich die Tür zu meiner Wohnung. Mir fiel auf, dass ich sie plötzlich als *meine* Wohnung bezeichnete und bekam Angst, dass ich mich bereits von dir entfernt hatte.

Schnell verdrängte ich den Gedanken und ging ins Bad. Vor dem Spiegel erschrak ich über mein Aussehen. Meine rechte Wange zierte eine Schramme, wahrscheinlich verursacht durch einen der Äste, der mir bei meiner Flucht durch den Wald ins Gesicht geschlagen hatte. Das Blut war verschmiert und längst verkrustet. Ich würde es mit einem feuchten Tuch aufweichen müssen und erst danach wegwischen können. Meine Haare standen zerzaust in alle Richtungen ab, und die Beine waren blutig von den Brombeerstauden. Ihre Dornen hatten meine Haut dort aufgerissen, wo die Hose sie nicht bedeckt hatte. Meine Kleider waren schmutzig, der Poncho hatte auf einer Seite einen langen Riss. Vermutlich war ich irgendwo hängen geblieben, ohne es bemerkt zu haben.

Ich zog mich aus und drehte das Wasser in der Dusche auf. Der warme Strahl erweckte meinen Geist nach und nach zum Leben, und ich hatte den Eindruck, als spülte er die Strapazen der vergangenen Nacht den Abfluss hinunter. Schon bald fühlte ich mich besser und nahm mir vor, meinen Vater beim Frühstück mit meinem neu gewonnenen Wissen zu konfrontieren. Über dieses mysteriöse Projekt, an dem er gemeinsam mit Horst Heuböck zu arbeiten schien. Ich wollte ihn aber nicht wissen lassen, dass ich diejenige war, die sie belauscht hatte. Mit Seife wusch ich den Rest der Nacht von meinem Körper, spülte meine Haare und trocknete mich anschließend mit einem weichen Handtuch ab. Die Kratzer auf den Beinen würden rasch verheilen, die Schramme im Gesicht überschminkte ich mit Make-up.

So trat ich eine halbe Stunde später aus dem Badezimmer und schlüpfte in frische Kleider. Die Sachen, die ich letzte Nacht angehabt hatte, steckte ich in die Waschmaschine, den Riss im Poncho würde ich bei Gelegenheit nähen. Ich fühlte mich für das Bevorstehende gewappnet und verließ die Wohnung. Kampfbereit stieg ich die Treppe ins Erdgeschoss hinab und öffnete die Tür zur Küche.

»Guten Morgen«, sagte ich.

Vater saß schweigend am Tisch und verzehrte die von Mutter hergerichteten Brote. Wie üblich stand ein halbvolles Häferl Kaffee vor ihm.

Mutter hatte ihm gegenüber Platz genommen. An ihrem Blick erkannte ich, dass sie die Schramme in meinem Gesicht sofort entdeckt hatte. Da ich selten Make-up trug, hatte ich damit keine Übung. Wahrscheinlich hatte ich die Verletzung nicht gut genug überschminkt.

»Guten Morgen, Diana«, sagte Mutter, ohne mich auf meine Wunde anzusprechen. Bestimmt erwartete sie, dass ich sie von mir aus erklärte.

Ich nahm eine Tasse aus dem Schrank und füllte sie mit dem Rest der braunen Brühe aus der Glaskanne, gab einen Schuss Milch hinzu und setzte mich zu meinen Eltern an den Tisch.

»Willst du nichts essen?«, fragte Mutter.

»Später vielleicht.« Nun war ich doch nervös und wusste nicht, wie ich mich verhalten sollte. Vielleicht wäre es besser gewesen, wenn ich mir vorher eine Strategie zurechtgelegt hätte, wie ich die Sache angehen wollte.

»Was hast du denn da im Gesicht?«, fragte Vater sein Brot kauend und deutete auf meine Wange.

»Das ist nichts«, winkte ich ab. »Lediglich ein kleiner Kratzer.«

»Wie nichts sieht das aber nicht aus«, blieb Vater hartnäckig, was sonst nicht so seine Art war. Normalerweise interessierten ihn solche Dinge kaum.

Ich schwieg.

»Was hast du gemacht?«, bohrte Vater nach und lehnte sich in seinem Stuhl zurück. Er führte die Tasse zum Mund und trank.

»Jetzt lass sie doch in Ruhe!«, fuhr Mutter ihn an.

»Ich will nur wissen, was sie getan hat«, verteidigte sich Vater.

»Ich bin gefallen«, log ich.

»Aha.« An der Reaktion meines Vaters erkannte ich, dass er mir nicht glaubte. Die Verletzung war auch nicht typisch für eine, die man sich bei einem Sturz zuzog.

Ich nahm all meinen Mut zusammen und fragte: »Papa, an welchem Projekt bist du mit dem Heuböck eigentlich dran?« Es klang wie eine Kampfansage, auch wenn ich einen unbekümmerten Tonfall gewählt hatte.

Vaters Haltung veränderte sich. Er beugte sich langsam nach vorn, sein Gesicht ließ jedoch keine Deutung zu, was in ihm vorging.

»An welchem Projekt sollen wir denn dran sein?«, versuchte er, den Spieß umzudrehen und aus mir herauszukitzeln, wie viel ich wusste.

»Keine Ahnung, darum frage ich ja«, zeigte ich mich betont lässig, obwohl mir das Herz vor Aufregung bis zum Hals schlug.

Mutter verfolgte aufmerksam unser Gespräch, mischte sich aber nicht ein. Dabei klammerte sie sich an ihrer Tasse fest, als gäbe die ihr den nötigen Halt.

»Hast du davon die Schramme?« Vater sah mich abwägend an. Nun war ich diejenige, die auf dem Prüfstand stand.

Ich hob fragend die Augenbrauen. »Wie soll denn meine Verletzung mit eurem Projekt zusammenhängen?«

»Keine Ahnung, vielleicht hast du herumgeschnüffelt und bist dann davongelaufen. Durch den Wald …«

»Warum sollte ich herumschnüffeln? Hast du etwas vor uns zu verbergen?«

»Ich nicht. Aber was ist mit dir?« Vater lehnte sich noch weiter nach vorn, was seine Kampfeslust betonte. Wie ein Stier hielt er den Kopf gesenkt und wartete auf meine Reaktion, die einen Angriff provozieren könnte. Ich machte mich bereit, seine Hand auf meiner Wange zu spüren, und rückte ein Stück vom Tisch weg.

»Nein, ich wüsste nicht, was.« Tapfer hielt ich Vaters Blick stand.

»Irgend so ein Gesindel treibt sich im Dorf herum«, sagte er schließlich und fixierte mich dabei. »Das Pack kommt sogar bis zu den Häusern.«

»Davon hab ich ja gar nichts gehört«, sagte Mutter endlich auch mal etwas.

»War deshalb die Haustür zugesperrt?«, fragte ich.

»Ich halte die Augen offen, nicht dass die uns noch den Hof abfackeln. In letzter Zeit hat's ja eh immer wo gebrannt. Vielleicht arbeiten der Heuböck und ich an einer Bürgerwehr, die unsere Häuser schützt …«

»Der Johannes hat gemeint …«

»Was weiß der Johannes schon«, lachte Vater auf, sichtlich erleichtert, wie mir schien.

»Was hat Johannes denn gesagt?«, hakte Mutter nach.

»Dass sein Vater und Papa an irgendetwas dran sind«, schwindelte ich.

»Und? Stimmt das?« Mutter wandte sich ihrem Ehemann zu.

Vater funkelte mich wütend an. »Ich weiß nicht, was ihr Weiber ständig habt. In allem seht ihr eine Verschwörung. Du mit dem Mord an deinem Mann«, Vater deutete auf mich und sah danach Mutter an, »und dir passt sowieso nichts, was ich mache.« Dann sprang er auf und verließ die Küche. Hinter ihm krachte die Tür ins Schloss.

Schweigend blieben Mutter und ich am Tisch zurück und tranken unseren Kaffee. Wir lauschten den Geräuschen meines Vaters, wie er sich im Vorhaus die Stiefel anzog und anschließend in den Hof hinausging. Erneut donnerte eine Tür in ihren Rahmen.

»Willst du darüber reden?«, fragte Mutter, als es still im Haus war.

»Noch nicht, Mama.«

»Ich bin immer für dich da, das weißt du doch?«

»Ja, das weiß ich.«

Mutter stand auf und stellte ihren Kaffeebecher auf den Küchentresen. Anschließend räumte sie das Geschirr meines Vaters in die Spülmaschine, als könnte er das nicht selber machen.

»Ich muss nach dem Kälbchen sehen, du weißt schon, das schwarz-weiße, das nicht anständig trinkt. Wenn ich es heute nicht schaffe, dass es etwas mehr Milch zu sich nimmt, muss ich morgen wohl den Schlachter rufen, um es von seinem Leid zu erlösen.« Mit diesen Worten ließ sie mich allein.

Mutter war eine warmherzige Frau, auch die Tiere hatten es gut bei ihr. Sie umsorgte solche Problemfälle wie dieses erst ein paar Tage alte Kälbchen wie ihre eigenen Kinder. Es machte mich traurig, dass sie die Augen davor verschloss, wie Vater sie behandelte. Wahrscheinlich, weil ihr mittlerweile klar war, dass sie daran nichts ändern konnte.

Und Vater war nach diesem verbalen Schlagabtausch klar, dass ich Kenntnis über sein und Horst Heuböcks Vorhaben hatte. Wenn auch nicht im Detail, so wusste ich zumindest, dass es existierte. Auf die Schnelle war mir nichts anderes eingefallen, als Johannes als meinen

Informanten zu nennen. Ich würde es ihm später beichten müssen für den Fall, dass mein Vater zu seinem ginge und dieser Johannes zur Rede stellte.

12. KAPITEL

Ich schickte Johannes eine Nachricht auf sein Handy, dass ich mit ihm reden müsse und es dringend sei. Wenn Vater so ein Geheimnis um die Sache machte, war sie bestimmt wichtig und er würde nicht lange damit warten, bis er Horst Heuböck über unser Gespräch am Frühstückstisch in Kenntnis setzte.

Dann fiel mir ein, dass ja gestern Heuböck und der Mann von der Bank bei uns gewesen waren, und ich versuchte mich zu erinnern, wie Mutter den Mann im Anzug genannt hatte. Binder, wenn ich mich richtig entsann.

Ich schaltete den Computer auf meinem Schreibtisch ein und suchte auf der Homepage der Hausbank meiner Eltern nach einem Angestellten mit diesem Namen. »Magister Dominik Binder«, stand dort geschrieben. Er war der Leiter der Filiale in unserem Ort. Auf dem Foto wirkte er aufgeschlossen und ehrlich, doch wie ich ihn von gestern in Erinnerung hatte, glich er eher diesem Gollum aus Herr der Ringe. Gebeugt und gehetzt und gierig nach etwas Bestimmten. Was das war, musste ich herausfinden, denn möglicherweise war es der Grund dafür, warum du hattest sterben müssen. Und wenn der Banker nicht bekommen hatte, was er wollte, war er vielleicht noch nicht am Ende angelangt. Dann würde er sich mich vorknöpfen, deine Witwe. Oder Mutter, was ich auf alle Fälle verhindern musste.

Mein Handy summte. Ich nahm es und entsperrte den Bildschirm. Johannes hatte mir geantwortet. Er freue sich, mich zu sehen, schrieb er und lud mich auf einen Kaffee in das einzige Caféhaus ein, das es bei uns im Dorf gab. Das kam mir gelegen, denn ich wollte ohnehin Dominik Binder in der Bank einen Besuch abstatten.

Rasch tippte ich meine Zusage ins Handy und zog frische Sachen an. Anschließend bürstete ich meine Haare, bis sie seidig glänzten, und tuschte meine Wimpern. Das hatte ich nicht mehr getan, seit du gestorben warst. Sofort überfiel mich wieder mein schlechtes Gewissen. Ich drehte den Wasserhahn auf, füllte meine Hände mit dem kühlen Nass und klatschte es mir ins Gesicht. Danach rubbelte ich so lange über meine Augen, bis die Wimperntusche abgewaschen war. Nun fühlte ich mich tatsächlich besser. Über die Schramme gab ich frisches Make-up, dieses Mal gelang mir das schon ganz gut.

Ein Hupen draußen im Hof ließ mich wissen, dass Johannes da war. Ich prüfte noch einmal mein Äußeres im Spiegel, zupfte ein paar Haare zurecht, verließ die Wohnung und eilte die Treppe hinunter.

»Was hast du vor?«, fragte Mutter, als wir einander im Flur begegneten. Sie kam gerade mit einem Behälter voll frischer Milch aus dem Stall.

»Ich gehe mit Johannes einen Kaffee trinken«, erwiderte ich.

»Mit Johannes?«, echote Mutter.

Ich nickte. Mir fiel ihre Überraschung auf und ich fragte mich, worin diese begründet lag. »Ist das ein Problem?«

Mutter zögerte mit einer Antwort, sagte dann aber: »Pass auf, dass er dir nicht an die Wäsche will.«

»Mama, Johannes ist ein Freund, mehr nicht«, gab ich entrüstet zurück. Wahrscheinlich, weil ich wollte, dass es so war, innerlich spürte ich jedoch, dass es nicht der Wahrheit entsprach. Und das nicht erst seit unserer Begegnung oben auf dem Felsen. Ich befand mich in einem Wechselbad der Gefühle und hoffte, die Zeit würde Klarheit schaffen.

»Ich hab doch bemerkt, wie er dich auf dem Begräbnis angesehen hat«, tat Mutter den Grund ihrer Sorge kund.

An jenem Tag war mir nichts dergleichen aufgefallen, zu sehr war ich in meinem Schmerz versunken gewesen und hatte kaum etwas, was um mich herum passiert war, wirklich wahrgenommen.

»Ich pass schon auf mich auf«, erwiderte ich und lächelte.

»Du weißt ja, wie die Leute sind. Sie würden es nicht gutheißen, wenn du dich so kurze Zeit nach Olivers Tod an den Hals eines anderen Mannes wirfst. Sie würden sich das Maul darüber zerreißen. Das ist am Land, wo jeder jeden kennt, halt anders als in der Stadt.«

Mutters Aussage traf mich. »Das … das mach ich doch gar nicht«, stotterte ich. Ihre Ansicht, ich würde mich in eine neue Beziehung stürzen, verletzte mich zutiefst. Rasch wandte ich mich ab, damit Mutter meine wässrigen Augen nicht bemerkte, und verließ den Hof.

Johannes fiel natürlich sofort auf, dass etwas nicht stimmte. »Was ist passiert?«, fragte er, als ich neben ihm am heruntergelassenen Fahrerfenster anlangte.

»Ach, nicht der Rede wert«, antwortete ich und nahm mir vor, mir nichts aus dem Gerede anderer Leute zu machen. Niemand steckte in meiner Haut und folglich war auch niemand in der Lage nachzuempfinden, was ich fühlte. Nicht einmal Mutter. Keiner konnte wissen, was für mich richtig war und was falsch. Das musste ich ganz allein herausfinden.

»Bist du sicher?«

»Ja.«

»Was ist mit deinem Gesicht?« Er deutete auf die überschminkte Verletzung.

»Nur eine kleine Schramme«, winkte ich ab. »Was hältst du davon, wenn wir zu Fuß ins Dorf gehen?« Ich lachte Johannes an. Die Bewegung würde mir guttun und der Weg dorthin ein wenig Zeit verschaffen, um meine Emotionen in den Griff zu bekommen.

Johannes stieg aus und schlug die Fahrertür zu. »Dann mal los.«

Unsere Bauernhöfe lagen etwa 20 Minuten Gehzeit außerhalb des Dorfes. Der Wiesenweg, dem Johannes und ich folgten, führte durch ein kleines Wäldchen und querte auf einer schmalen Brücke einen Bach, abschließend mündete er unterhalb des Sportplatzes in den Ortskern. Während wir gingen, redeten wir über Johannes' Absichten, in München eine große Nummer zu werden und sich durch seine Arbeit mehrmals im Jahr einen Urlaub in der Karibik oder in Asien leisten zu können. Vielleicht würde er sogar in China arbeiten oder in Amerika, alles war für ihn denkbar.

»Ich bleib gewiss nicht in Österreich, da ist mir alles viel zu klein und zu eng.«

Ich konnte das nicht nachvollziehen. »Ich finde es schön bei uns.«

»Sieh dir doch nur mal unsere Felder an, Diana. Unser

Hof ist im Vergleich zu den Höfen in Deutschland winzig, ja nicht einmal der Rede wert.« Er machte eine wegwerfende Handbewegung, die unterstreichen sollte, wie unbedeutend er den Besitz seiner Eltern einstufte. Ein Besitz, den er als einziges Kind einmal erben sollte.

»Das war ja einer der Gründe, weshalb Oliver unseren Hof auf Bio umstellen wollte, weil wir hier mit der Massenproduktion der deutschen oder holländischen Betriebe nicht mithalten können. Es ist nicht möglich, dass wir zu den gleichen Kosten wie die produzieren, folglich müssen wir teurer verkaufen und uns einen anderen Weg suchen, wenn wir nicht untergehen wollen«, sagte ich.

»Und wie willst du das anstellen?«, fragte Johannes.

»Oliver hat davon geträumt, dass Österreich der Feinkostladen von ganz Europa wird. Dann können wir für unsere Produkte einen viel höheren Preis verlangen ...«

»Oliver. Ich höre aus deinem Mund immer nur, was Oliver gewollt hat«, warf Johannes ein. »Was willst du, Diana? Wie sehen deine Träume aus?«

Ich überlegte. »Mein Traum ist, einfach nur glücklich zu sein. Egal, mit was und wo. Für mich sind mehrere Wege zum Glück vorstellbar, Hauptsache ...« Abrupt verstummte ich. Ich hätte sagen wollen: Hauptsache, du wärst an meiner Seite. Aber du warst tot. Ich schluckte.

Johannes, der nichts davon mitbekommen zu haben schien, hakte nach: »Hauptsache, was?«

Ich wollte ihm nicht sagen, was mir wirklich auf der Zunge gelegen hatte, also log ich. »Hauptsache, man bleibt sich selbst treu.«

»Das ist gut, dem kann ich etwas abgewinnen«, meinte er und lächelte mich an.

Mittlerweile hatten wir den Sportplatz hinter uns gelassen und erreichten den Ortskern. In dem kleinen Caféhaus gab es noch genügend freie Tische.

»Grüß euch! Was darf es denn sein?«, fragte eine Kellnerin mit wasserstoffblondierten Haaren und grellrot geschminkten Lippen. Mir fiel ihr Name nicht ein, aber ich glaubte, dass sie in der Schule eine Klasse über mir gewesen war.

»Für mich bitte einen Hauskaffee«, sagte ich.

»Das Gleiche bitte für mich und dazu die Mehlspeise des Tages«, ergänzte Johannes die Bestellung.

»Kommt sofort!« Die Kellnerin verschwand und hantierte lautstark hinter dem Tresen.

Bevor ich Johannes beichtete, dass ich ihn Vater gegenüber als meinen Informanten genannt hatte, wollte ich herausfinden, was er tatsächlich über die Sache wusste.

»Unsere Väter sind gemeinsam an so einem Projekt dran«, wagte ich den Vorstoß, als unsere Bestellungen auf dem Tisch standen.

Johannes blickte mich überrascht an. »Ja? An welchem denn?«

Mist! Aus meinem Traum, Johannes würde anbeißen und mir bereitwillig sein Wissen offenbaren, um mir zu imponieren, wurde offensichtlich nichts.

»Ich hatte gehofft, dass du mir das sagen kannst«, gab ich zu. »Vater tut so geheimnisvoll. Wahrscheinlich bereitet er eine Überraschung vor, was weiß ich?« Ich lachte und fand selber, dass ich dabei übertrieb.

Johannes' Blick haftete an mir, als sähe er in meine Seele. Dadurch fühlte ich mich zunehmend unwohler und zog die Weste vor meiner Brust zusammen. Ein kalter Schauder rannte mir trotz der warmen Frühlingstemperaturen den Rücken hinab.

»Ich hab keine Ahnung, von was du da redest«, sagte er.

»Hat dein Vater dir nichts erzählt?«

Johannes steckte sich ein Stück Apfelkuchen in den Mund und schüttelte den Kopf. »Nein.«

»Seltsam.« Ich führte meine Tasse an meine Lippen und trank.

»Das finde ich nicht«, sagte Johannes, legte die Gabel beiseite und lehnte sich zurück. Sichtlich genoss er den süßsäuerlichen Geschmack der Mehlspeise auf seiner Zunge. »Vater erzählt mir seit Langem nicht mehr, was er so treibt. Dass ich nach München gegangen bin, nimmt er mir heute noch übel. Überhaupt ist er äußerst schweigsam, wenn es ums Geschäftliche geht. Das war schon immer so.«

Ich fand, dass dies der richtige Zeitpunkt war, mir ein wenig in die Karten schauen zu lassen, da ich sonst nicht weiterkam. »Ich muss dir etwas beichten, Johannes …«

»Was denn? Hoffentlich nichts Schlimmes?« Erneut steckte er sich ein großes Stück Apfelkuchen in den Mund und betrachtete mich kauend.

»Weiß ich nicht genau«, blieb ich vage, da ich die Konsequenzen meiner vermeintlichen Spur nicht abschätzen konnte. »Ich hab Papa gesagt, dass ich die Information, dass die beiden an einer großen Sache dran sind, von dir habe.« Entschuldigend lächelte ich und zuckte mit den Schultern. Denn natürlich hatte ich bemerkt, dass Johannes sehr zurückhaltend reagiert hatte und mir wahrscheinlich nichts von alldem erzählen wollte, was er selber über die Angelegenheit wusste.

Er legte die Gabel auf den Teller und wischte sich mit

der Serviette den Mund ab. »Das war nicht besonders klug von dir, Diana.«

»Ich weiß, und es tut mir leid.«

Mit der Hand fuhr sich Johannes durch die Haare, ganz klar überdachte er die Situation.

»Wirst du mir verzeihen?« Für den Bruchteil einer Sekunde dachte ich, er würde verneinen. Doch dann hellte sich seine Mimik auf und er lachte.

»Es ist wie damals, als jemand das alte Moped deines Opas aus der Scheune gestohlen hat. Alle dachten, es wäre der Sandler gewesen, der regelmäßig durch das Mühlviertel gezogen ist und bei uns im Schuppen geschlafen hat.«

»Ich erinnere mich.« Der Obdachlose hatte mir leidgetan.

»Du hast behauptet, ich hätte gesagt, dass ich jemand anderen bei der Scheune gesehen hätte, der sehr viel größer gewesen sei als der Sandler, nur weil du Schiss gehabt hast, zuzugeben, dass du es selbst gewesen bist und denjenigen beobachtet hast.«

»Diesen ominösen Fremden hat es nie gegeben, ich wollte einfach den Sandler beschützen. Er hatte doch nichts, und wir lebten im Überfluss. Wir hatten einen Bauernhof mit Tieren, Obst, Gemüse, ein weiches Bett und jeden Tag mindestens eine warme Mahlzeit.«

»Ich weiß.« Johannes lächelte. »Du hattest schon immer ein Herz für die Armen und Schwachen.«

»Damals hast du mir nicht so leicht verziehen. Ich musste dir eine Tafel Schokolade geben, die ich aus der Vorratskammer meiner Eltern hab mitgehen lassen.«

»Auch daran erinnere ich mich.« Über Johannes' Miene huschte ein Strahlen.

»Was? Willst du etwa wieder Schokolade?«, fragte ich amüsiert.

Johannes wiegte den Kopf hin und her. »Ich glaube, aus diesem Alter bin ich raus.«

»Was willst du dann?«

Johannes lehnte sich nach vorn und stützte sich mit den Armen am Tisch ab. Dabei fielen ihm die Haare ins Gesicht, und seine gebirgsseeblauen Augen funkelten spitzbübisch.

»Einen Kuss.«

Ich zögerte. »Ich bin noch nicht so weit.«

»Ich weiß. Ich kann warten.«

13. KAPITEL

Später teilte ich Johannes mit, dass ich in der Bank noch etwas erledigen müsse. Ich wolle die Begräbniskosten überweisen, dafür bräuchte ich nicht lange. Johannes entschied, in dem Café auf mich zu warten, und gönnte sich ein weiteres Stück Apfelkuchen, ebenso einen zweiten Hauskaffee.

In der Bankfiliale fragte ich Marianne Kögler, die am Schalter arbeitete, nach Herrn Magister Binder. Marianne Kögler war ein paar Jahre älter als ich, ich kannte sie vom Fortgehen aus der Jugendzeit. Auch sie war inzwischen verheiratet und hatte zwei Kinder, wenn ich richtig informiert war.

»Ich sehe mal nach, ob er gerade frei ist.« Marianne Kögler klickte ein paarmal mit der Maus und warf einen Blick in den Kalender ihres Vorgesetzten. »Es tut mir leid, er hat gerade eine Telefonkonferenz.«

»Ich muss wirklich dringend mit ihm reden. Kannst du da nicht etwas machen?« Meine Stimme war flehend.

»Warte, ich frag ihn mal, wie lange der Termin noch dauert. Was soll ich ihm sagen, um was es geht?« Marianne wirkte sehr bemüht, meinem Ansinnen zu entsprechen. Wahrscheinlich hatte sie wegen deines Todes Mitleid mit mir – wie viele in unserem Dorf.

»Herr Binder und mein Vater arbeiten gemeinsam an einem Projekt«, erwiderte ich selbstbewusst.

»Und geht's um dieses Projekt, weswegen du mit ihm reden möchtest?«

Ich nickte bestätigend und lächelte wie jemand, der wusste, was er tat. Doch wusste ich das tatsächlich?

Marianne verschwand und kehrte kurz darauf wieder. »Herr Magister Binder lässt bitten.« Sie deutete mit der Hand einladend in jene Richtung, aus der sie eben gekommen war, und schritt mir voraus. Mit zitternden Beinen folgte ich ihr. Augenblicke später klopfte sie an eine schwere Eichentür. Ein dumpfes »Herein« ertönte.

Marianne ließ die Tür aufschwingen, ich ging an ihr vorbei und betrat das Büro des Filialleiters. Den Mann hinter dem Schreibtisch erkannte ich als jenen, der gestern bei uns in der Einfahrt mit Vater und Horst Heuböck heftig diskutiert hatte.

Dominik Binder stand auf und musterte mich unverhohlen. »Grüß Gott, Frau Heller. Schön, Ihnen einmal zu begegnen, nachdem ich Ihre Eltern schon so lange kenne. Allerdings habe ich nicht damit gerechnet, dass Sie zu mir kommen«, sagte er und reichte mir die Hand. Dann wies er auf die Sitzgelegenheit in seinem Büro, ein runder Tisch mit drei Stühlen.

»Grüß Gott, Herr Binder«, erwiderte ich und nahm Platz.

»Was kann ich für Sie tun?« Binder setzte sich mir gegenüber.

»Ich hatte gehofft, dass Sie mir das sagen«, antwortete ich, da ich keinen anderen Weg als diesen sah. Ich musste mein Gegenüber davon überzeugen, dass ich eine potenzielle Mitstreiterin war – bei was auch immer.

»Ich verstehe nicht ...« Binder zeigte sich verwirrt.

»Sie, Herr Binder, Herr Heuböck und mein Vater arbeiten an einer Sache. Ich will wissen, um was es sich dabei handelt«, sagte ich überraschend selbstbewusst.

»Hat Ihr Vater denn nicht mit Ihnen darüber gesprochen?«

»Sonst wäre ich nicht bei Ihnen.«

»Was führt Sie überhaupt zu der Annahme, dass wir an etwas arbeiten?« Binder legte den Kopf schief und musterte mich lauernd.

»Dass Sie und Heuböck bei uns gewesen sind und sich nicht gerade freundlich unterhalten haben.«

»Und Sie wissen davon, weil …« Er beendete den Satz nicht, sondern hoffte, dass ich es tat.

»Weil ich Sie belauscht habe«, sagte ich und wich seinem Blick nicht aus.

»Weiß Ihr Vater, dass Sie hier sind?«

»Sollte er?« Ich schlug meine Beine übereinander, was mich selbstbewusster erscheinen ließ, und legte meine Hände in den Schoß. Damit wollte ich verhindern, dass sie vor Aufregung zitterten.

Binder schwieg.

»Ich glaube, dass Sie mit ihm nicht den Fortschritt erzielen, den Sie sich wünschen. Vielleicht ist das bei mir ja anders«, warf ich den Köder aus und war selbst überrascht, dass mir das so leichtfiel.

Der Bankstellenleiter stand auf und ging zum Fenster. Er wandte mir den Rücken zu, die Hände in den Hosentaschen vergraben. »Das ist nicht so einfach, wie Sie vielleicht denken.«

»Ich weiß nicht, was ich denken soll. Aber da ich annehme, dass es um mein Erbe geht, habe ich wohl ein Recht mitzureden.«

»Noch gehört Ihnen nichts«, erwiderte Binder und drehte sich zu mir um.

»Das kann sich schnell ändern«, pokerte ich hoch.

»Dann werde ich zur gegebenen Zeit mit Ihnen darüber reden.«

Wir starrten einander an.

»Ich denke, es ist besser, wenn Sie jetzt gehen. Sprechen Sie doch mit Ihrem Vater, und wer weiß, vielleicht sehen wir uns schon bald wieder. Es würde mich freuen.« Binder streckte mir die Hand zum Abschied entgegen, aber ich blieb sitzen.

»Das heißt, Sie wollen mir nicht sagen, um was es bei diesem Projekt geht, an dem Sie und Vater gemeinsam arbeiten?«

»Ich habe nie gesagt, dass ein solches Projekt existiert«, zog Binder sich nun gänzlich zurück.

»Sie haben es auch nicht dementiert«, konterte ich.

»Ist Ihnen das Bankgeheimnis ein Begriff?«

»Ich scheiße auf das Bankgeheimnis!«

Er schwieg und sah mir dabei in die Augen. »Kann ich sonst noch etwas für Sie tun?«

»Ja, Sie können sich zum Teufel scheren«, erwiderte ich, stand auf und spazierte zur Tür hinaus, ohne diese hinter mir zu schließen. Auf dieselbe Weise verließ ich die Bank. Marianne Kögler blickte mir verwirrt hinterher.

Ich lief beinahe zu dem Café, in dem Johannes auf mich wartete. Als er mich bemerkte, setzte er sich aufrecht in den Stuhl und lächelte. An seiner Oberlippe klebte ein Hauch von weißem Puderzucker.

»Na, alles erledigt?«, fragte er.

Ich gab mir Mühe, mein aufgewühltes Inneres zu verbergen, und bejahte.

»Willst du noch einen Kaffee oder Kuchen?«

»Nein. Ich möchte lieber nach Hause, wenn es dir nichts ausmacht.«

»Natürlich.«

Bestimmt schob Johannes meine veränderte Gemütslage auf die Überweisung der Begräbniskosten. Dadurch könnte die bislang zart verheilte Wunde, die durch deinen Tod zweifelsohne geschlagen worden war, wieder aufgebrochen sein. Er winkte die Kellnerin zu uns, um zu bezahlen.

Während er die Geldbörse aus der Hosentasche zog, suchte ich verzweifelt nach einer Verbindung zwischen dir, Vater, Heuböck und Binder. Warst du auf etwas gestoßen und hattest deshalb sterben müssen?

Ich rief mir Binder ins Gedächtnis, wie er in der Zufahrt zu unserem Hof gestanden hatte. Wie er sich abgewandt hatte und in den Wagen eingestiegen war. Ich hatte das Gefühl, das schon einmal gesehen zu haben. *Ihn* gesehen zu haben. Kam aber nicht darauf, wann und wo.

»Ich bin's nicht gewesen, das musst du mir glauben«, scherzte Johannes indessen mit der Kellnerin. »Sie war's!« Dabei deutete er auf mich und wischte sich gleichzeitig den Zucker aus dem Gesicht. Offenbar hatte ihn die Kellnerin darauf aufmerksam gemacht und ihm eine Serviette gereicht.

»Was?« Ich starrte Johannes verständnislos an.

»Sie tut nur so unschuldig«, sagte er zu der Blondine mit den grellroten Lippen und zwinkerte mir zu. »Sie hat den ganzen Apfelkuchen alleine aufgegessen, ach, was sage ich, regelrecht verschlungen hat sie ihn. Ein Kompliment an den Bäcker! Stimmt's, Diana?«

»Ich bin's nicht gewesen, das musst du mir glauben«, wiederholte ich leise und erntete dafür sowohl von Johannes als auch von der Kellnerin einen seltsamen Blick. Dieser Satz weckte etwas in mir. Und dann, als zöge jemand den Schleier von meinem Gedächtnis, sah ich Binders Gesicht vor mir inmitten des Reigens von blau zuckenden Lichtern. Am Tag deines Todes war er bei uns auf dem Hof gewesen! In meiner Erinnerung stach sein Gesicht deutlich aus der Menge der Einsatzkräfte hervor.

Oder war der Wunsch, dass es so gewesen sein könnte, Vater dieser Projektion? Womöglich waren die Tabletten schuld, die meine Sinne vernebelt hatten und jetzt für Wahnvorstellungen sorgten oder gar meine Erinnerungen veränderten ...

»Ist alles in Ordnung?«, durchbrach Johannes' Stimme meine Gedanken.

»Ja, alles bestens«, erwiderte ich, obwohl mich meine Erkenntnis in ziemliche Aufregung versetzte. Ich wusste nun, dass Binder da gewesen war, ich hielt die Erinnerung für echt. Das war keine Wahnvorstellung, auch keine falsche Projektion. Ob er ...?

»Komm, lass uns von hier abhauen.« Johannes steckte die Geldbörse ein und stand auf.

Wir verließen das Café, nicht ahnend, dass wir beobachtet wurden.

14. KAPITEL

Am Abend stand plötzlich Nora vor der Tür. Meine Heirat mit dir hatte dazu geführt, dass ich nicht mehr so viel mit ihr unternommen hatte wie früher, was mich einerseits gestört hatte, da die Stunden mit ihr stets unbeschwert und unterhaltsam gewesen waren und ich sie vermisst hatte. Anderseits hatte ich diese Momente ja mit meiner großen Liebe verbracht.

»Nora? Haben wir etwas ausgemacht?« Ich hatte es mir gerade auf der Couch bequem gemacht, um einen Film im Fernsehen anzuschauen. Jetzt überlegte ich, ob ich unsere Verabredung vielleicht vergessen hatte. Bei der ganzen Aufregung wäre das nicht verwunderlich, denn seit ich aus dem Dorf zurück war, beschäftigte mich die Anwesenheit des Bankers am Tatort. Meine wiedergekehrte Erinnerung ließ mich nicht mehr los.

»Nein. Kann ich trotzdem reinkommen?« Meine beste Freundin wirkte auf mich betrübt. Ihre Augen waren gerötet, als hätte sie geheult.

»Aber natürlich.« Ich machte einen Schritt zur Seite und Nora übertrat die Schwelle. Sie stellte ihre Handtasche auf einen der Stühle, ging weiter zum Sofa und ließ sich hineinfallen. Ich setzte mich neben sie. »Was ist denn los?«

»Hast du eine Affäre mit Johannes?«, schoss es aus meiner besten Freundin heraus wie eine Kugel aus einer

Kanone. Das Geschoss traf mich mit voller Härte. Noras Unterkiefer bebte und ihr Blick wurde wässrig.

»Spinnst du?«, entfuhr es mir. »Wie kommst du darauf?« Ich wusste, dass Nora in Johannes verliebt war und es gern gehabt hätte, wenn es auch andersrum so gewesen wäre. Zu ihrem Leidwesen zeigte Johannes aber keinerlei Interesse an ihr. Ihre Frage traf mich völlig unerwartet, da ihr bekannt war, dass mich mit Johannes von Kindheit an eine Freundschaft verband, mehr nicht.

»Bitte, Diana, sag mir die Wahrheit!« Es klang flehend.

»Das ist die Wahrheit!«, erwiderte ich trotzig.

Meine Antwort schien Nora nicht zu beruhigen. Sie zog ein Taschentuch aus der Hosentasche und schnäuzte sich.

»Jetzt erzähl mal, was wirklich los ist. Woher hast du diesen Scheiß?«

»Alle reden darüber.« Nora blickte mich eindringlich an, als versuchte sie von meinem Gesicht abzulesen, ob ich ihr etwas verschwieg.

»Wer sind alle?«

»Die Kerstin hat es der Laschenbäuerin gesagt und die mir.«

»Welche Kerstin?«

»Die Kerstin Gruber aus der Klasse über uns, die mit den wasserstoffblond gefärbten Haaren«, erklärte Nora, wen sie meinte.

»Die Kellnerin in dem Café? Die erzählt so einen Schmarrn?«, regte ich mich auf.

»Warst du etwa nicht mit Johannes dort?« Nora sah mich hoffnungsvoll an.

»Doch, war ich. Trotzdem ist es nicht so, wie du denkst«, warf ich sofort als Verteidigung ins Gefecht.

»Sie sagt, ihr habt sehr vertraut gewirkt, du und Johannes. Und du hast mit ihm geschäkert und übertrieben laut gelacht.«

Das hatte ich in der Tat, daran erinnerte ich mich. Aber ich wollte aus Johannes Informationen herauslocken und nicht mit ihm flirten. Wahrscheinlich.

»Diese Kerstin ist eine dumme Ziege«, reagierte ich mich ab.

»Hast du oder hast du nicht?«, ließ Nora nicht locker.

»Ich hab natürlich gelacht, aber nicht übertrieben«, spielte ich die Szene in dem Café herunter. »Ich kann doch nicht immer nur heulen. Das hab ich in letzter Zeit mehr als genug gemacht. Mir hat Johannes' Gesellschaft gutgetan, und dafür brauche ich mich nicht zu entschuldigen. Schließlich sind wir Freunde«, blieb ich stur.

»Ihr sollt sogar Hand in Hand spazieren gegangen sein«, erzählte Nora weiter, was im Dorf geredet wurde.

»Wer behauptet denn das? Die Kerstin?« Na warte, der würde ich morgen gehörig die Meinung geigen, nahm ich mir vor.

»Die Gumauer Anni.«

»Die erzählt viel, wenn der Tag lang ist«, erwiderte ich. Dann würde ich morgen halt außer der Kerstin auch noch der Anni einen Besuch abstatten.

»Sie hat euch angeblich gesehen, wie ihr beim Sportplatz vorbei in Richtung Wald geschlendert seid und …«

»Da sind wir nach Hause gegangen, und an den Händen gehalten haben wir uns nicht!« Ich war wütend. Und enttäuscht. Und ich war froh, dass du diese Unterstellungen nicht mitanhören musstest.

Nora senkte den Kopf und knüllte das Taschentuch

einmal in der rechten Hand zu einem Knäuel zusammen, dann in der linken.

»Was? Ist da etwa noch mehr?«

Nora sah mich unter Tränen an. »Der Mittermair Anton hat erzählt, dass ihr oben im Wald auf dem Felsen gesessen seid. Als er nach den Rehen gesehen hat, seid ihr ihm dort oben aufgefallen.«

»Das stimmt, trotzdem war da nichts«, erwiderte ich und wusste gleichzeitig, dass sich mein Dementi für Nora fadenscheinig anhören musste. Ich schämte mich vor meiner besten Freundin, obwohl ich nicht wirklich etwas getan hatte. Johannes war mein Freund und stand mir in dieser schweren Zeit bei. Aber was mich wirklich grämte, war, dass meine Mutter recht behalten hatte, was meine Begegnungen mit Johannes und den dadurch ausgelösten Tratsch der Leute im Dorf anbelangte.

»Da ist noch eine Sache, Diana«, sagte Nora leise und zerknüllte wieder ihr Taschentuch. Mittlerweile war das Ding schon ganz zerfleddert.

»Was denn, Nora?« Ich war erschöpft und wollte einfach nur ins Bett. Ausschlafen – und vor allem mich ausweinen.

»Jemand hat behauptet, er habe gesehen, wie ihr es im Wald miteinander getrieben habt, und dass eure Affäre, ich meine die von dir und Johannes, dass die der Grund dafür sein könnte, warum Oliver jetzt tot ist.«

15. KAPITEL

Am nächsten Morgen schreckte ich schweißgebadet aus dem Schlaf hoch. Ich hatte geträumt, dass die Dörfler mit Steinen nach mir geworfen hatten. Sie hatten mich angeschrien, dass ich eine Hexe sei, und mich gesteinigt. Währenddessen hatten die Kirchenglocken geläutet, und meine Mutter war neben mir auf die Knie gesunken und hatte gebetet. Ein Vaterunser. Ihre Stimme war immer lauter geworden, bis Mutter am Ende die Worte regelrecht hinausgeschrien hatte in die von Hass und Abscheu geschwängerte Atmosphäre.

Mein Atem ging heftig, ich brauchte eine Weile, bis ich mich beruhigte. Dann ließ ich mich zurück in das Polster fallen und starrte hinauf zur Decke, den Arm über die Stirn gelegt.

Bei deinem Begräbnis hatten mir alle gewünscht, dass es mir bald besser gehen möge. Und nun, da ich mich – wenn auch nur ein klein wenig – besser fühlte, stießen mich die Dörfler in das tiefe Loch zurück, aus dem ich mich befreien wollte, und verbreiteten Lügen über mich. Seit Nora mir davon erzählt hatte, ließ es mich nicht mehr los, verfolgte mich bis in meine Träume. Ich versuchte, mich damit zu trösten, dass Nora vielleicht übertrieben hatte und es nicht so schlimm war, wie ich befürchtete. Doch wirklich daran glauben konnte ich nicht. Es half nichts, ich würde reinen Tisch machen müssen.

Ich quälte mich aus dem Bett und stellte mich im Bad vor den Spiegel. Meine Augen blickten mir gequält entgegen und lagen dunkel in den Höhlen. Die Schramme im Gesicht hob sich bräunlich von meiner blassen Haut ab. Meine Haare waren ein hoffnungsloser Fall, ich band sie mit einem Zopfgummi zu einem Knoten im Nacken. Doch das Allerschlimmste war meine geschundene Seele, der durch die üble Nachrede und die Verdächtigungen neue Verletzungen zugefügt worden waren. Zerwühlt wie ein Korb loser Wolle fühlte sie sich an. Ich sprach meinem Spiegelbild Mut zu. »Nur weil ich nicht ihren Vorstellungen einer trauernden Witwe entspreche, muss ich mich noch lange nicht schuldig fühlen«, sagte ich kämpferisch, putzte mir die Zähne und überdeckte die Schramme mit Make-up. »Es ist alles gut, Diana. Du lässt dich nicht unterkriegen!«

Als ich mich angezogen hatte, ging ich hinunter in die Küche. Vater saß wie üblich am Tisch und schlürfte seinen Morgenkaffee. Er sah mich feindselig an. Mir war sofort klar, dass er über meinen Besuch bei der Bank Bescheid wusste. Bestimmt hatte ihn Binder noch gestern angerufen, kaum dass ich das Geldinstitut verlassen hatte. Doch heute stand mir nicht der Sinn nach Konfrontation, also goss ich mir schweigend Kaffee ein und beschloss, dass ich meine Frühstücksgewohnheiten abermals ändern würde. In Zukunft würde ich meinen Kaffee wieder oben in meiner Wohnung trinken, auch wenn ich dann allein wäre.

Vater zermalmte das Brot in seinem Mund so gewissenhaft zu einem Brei, als handelte es sich dabei um sein

Lebenswerk. Er sagte ebenfalls nichts. Vielleicht ging es ihm wie mir. Nicht immer war die Zeit reif, um zu reden.

Die Tür schwang auf und Mutter trat ein. Sie stellte einen Krug mit frischer Milch auf die Anrichte und sagte: »Diana, kannst du heute das Füttern des Kälbchens übernehmen? Du weißt schon, unser kleiner Problemfall. Er frisst zwar inzwischen brav, aber er braucht noch seine Extraportion Milch. Ich bin spät dran, ich muss zum Einkaufen. Wir haben außer Kartoffeln nichts mehr im Haus.«

»Mach ich, Mama«, antwortete ich. Irgendwie freute ich mich über die Abwechslung. Ebenso, dass ich mich nützlich machen konnte.

»Diese Milch ist für ihn.« Mutter deutete auf den Krug. »Er steht in der letzten Box, der Schwarz-Weiße.« Dann wirbelte sie zur Tür hinaus. Von der angespannten Situation zwischen Vater und mir hatte sie anscheinend nichts mitbekommen.

Ich stellte meinen Kaffeebecher auf der Anrichte ab und goss die Milch in die Flasche, die Mutter zum Säugen der Tiere verwendete.

»Ich hab's ihr eh schon oft gesagt, dass sie es bleiben lassen soll«, sagte Vater für mich völlig unerwartet. Irgendwie hatte ich damit gerechnet, dass wir unser Zusammentreffen beenden würden, wie wir es begonnen hatten. Schweigend. »So ein Viech künstlich am Leben zu erhalten, das bringt doch nichts. Am Ende sterben sie sowieso alle, nur halt auf der Schlachtbank.«

»Mama hat eben ein großes Herz«, erwiderte ich und wusste, dass ich ihn damit kränkte. Weil ich diese Eigenschaft lediglich Mutter zusprach. »Sie lässt niemanden im Stich, auch kein Kalb. Sie ist ein guter Mensch.«

Damit bot ich meinem Erzeuger eine Angriffsfläche. Die Möglichkeit, etwas zu meinem Besuch bei der Bank zu sagen oder sich sonst irgendwie zu den Vorgängen zu äußern, in die er in meinen Augen verwickelt war. Aber Vater schwieg und malmte weiterhin sein Brot.

Ich verließ die Küche und ging hinaus in den Stall, vorbei an den Kühen, die längst gemolken waren und jetzt genussvoll das frische Gras fraßen, bis ganz nach hinten zu den Boxen mit den Kälbern. Der schwarz-weiße Racker wartete bereits auf seine Extra-Futterration und hüpfte, als er mich mit dem Fläschchen kommen sah, aufgeregt hin und her.

»Na du, hast du überhaupt schon einen Namen?« Ich fasste durch das Gitter, kraulte das Kalb auf der Stirn und lachte, als es versuchte, den Kopf durch die Stäbe zu stecken, um mit seiner Zunge die Milchflasche zu erreichen. Wie eine Giraffe nach den Blättern eines Akazienbaumes fischte es damit nach dem Gummisauger.

»Warte! Nicht so hastig, du verschluckst dich sonst.« Ich hielt dem Kalb das Fläschchen so hin, dass es daraus trinken konnte. Gierig sog es an der künstlichen Zitze, ein wenig von der Milch floss seitwärts aus seinem Maul.

»Hey, lass dir Zeit«, ermahnte ich es, obwohl ich wusste, dass es mich nicht verstand. Doch ich fühlte mich besser, wenn ich mit ihm redete.

Auf der anderen Seite des Stalls fiel eine Tür zu. Ich drehte mich um und suchte nach einer vertrauten Gestalt, nach Vater oder Mutter, entdeckte aber niemanden.

»Papa?«

Stille.

»Mama?«

Außer den von den Kühen verursachten Lauten hörte

ich nichts. Meine Eltern waren mit der Arbeit im Stall fertig, Vater saß in der Küche und frühstückte, und Mutter war zum Einkaufen gefahren. Vielleicht hatte der Wind die Tür zugeschlagen, mutmaßte ich. Möglicherweise hatte ich sie zuvor nicht richtig zugemacht.

Das Kalb hatte die Flasche inzwischen leergetrunken und stand satt in der Box. Ich streichelte noch einmal über seinen Kopf und blickte in die großen dunklen Augen. Unsere männlichen Tiere wurden gemästet und anschließend zum Schlachthof gebracht, das war ihre alleinige Bestimmung. Unsere Kühe hingegen produzierten literweise Milch, und das über viele Jahre hinweg.

Mir hatte deine Idee von einem Biohof gut gefallen, wo die Tiere auf die Wiese getrieben wurden und dort ausgelassen herumtobten. Oder sich gemächlich sattfraßen. Das war viel besser, als sie nur im Stall stehen zu lassen und darauf zu warten, dass sie genug Fleisch angesetzt hatten, um ihnen mit einem Bolzenschuss in den Schädel das Ende zu bringen. Oder die Milchkühe, die …

Hinter mir hörte ich ein Geräusch und fuhr herum.

»Hallo? Ist da wer?«, rief ich.

Niemand antwortete.

Mit der leeren Milchflasche in der Hand ging ich in Richtung Tor. Normalerweise stand es offen, damit frische Luft hereinwehte, heute war es geschlossen. In letzter Zeit war vieles nicht mehr so, wie ich es gewohnt war. Ob das an dem Gesindel lag, das sich angeblich in der Gegend herumtrieb? Oder an der Sache, an der Vater, Heuböck und Binder dran waren? Ich suchte den Stall nach etwas Verdächtigem ab, nach einer Person, einer Katze, irgendetwas, das dieses Geräusch verursacht haben könnte.

»Das ist nicht lustig!«, rief ich.

Ein Knarzen auf dem Beton war die Antwort. Es klang wie die Sohlen von Stiefeln. Nun hatte ich Gewissheit: Jemand war im Stall. Und zwar einer, der sich nicht zu erkennen gab.

Angst erfüllte mich. Lähmend kroch sie meine Knochen empor. Dann schickte sie mir Bilder von deinem Tod durch den Kopf. Wie du sterbend in der Scheune gelegen hattest. Wie ich zu dir gelaufen war und versucht hatte, die Blutung zu stillen. Ich roch deinen Lebenssaft, der aus dem Loch in deinem Körper gesprudelt war. Diese Erinnerungen lösten meine Starre und gaben meinen Beinen den Befehl zu laufen. Sie trugen mich zum Tor. Der vorgeschobene Riegel bremste meine Flucht. Ich zerrte daran, sah mich um, schob den Eisenbolzen zurück und drückte das Tor auf. Ich rannte nach draußen, wollte nur noch weg, hörte das Dröhnen meines Pulses in den Ohren.

»Diana!«, rief jemand meinen Namen.

Aber ich lief weiter. Ich wollte nicht sterben wie du, ich wollte leben. Die Flasche fiel mir aus der Hand und zerbarst am Boden. Tausend Splitter spritzten sternförmig auseinander.

»Diana! Jetzt warte doch!«

Da erkannte ich die Stimme meines Bruders.

Warum war er auf dem Hof? Weshalb war er nicht bei der Arbeit?

Ich blieb stehen, wandte mich um. In der blauen Mechaniker-Kluft stand Alexander vor mir.

»Alexander ... was machst du hier?« Noch war mir nicht klar, ob er derjenige war, den ich im Stall gehört hatte, oder ob er mich über den Hof hatte laufen sehen, weil er vielleicht gerade zur Arbeit hatte fahren wollen ...

»Ich möchte mit dir reden«, erwiderte Alexander. Hilflosigkeit lag in seiner Stimme. Unsicherheit und Qual. Seine Arme hingen kraftlos an ihm hinunter und eine schlimme Befürchtung drängte sich mir auf.

»Warum willst du mit mir reden?«, fragte ich. Ich war auf das Schlimmste gefasst. Nur die Scherben am Boden von der geborstenen Milchflasche versprachen mir paradoxerweise ein wenig Sicherheit. Sie trennten uns voneinander und würden mir einen kleinen Vorsprung verschaffen, falls ich erneut davonlaufen musste. Vor meinem Bruder.

Alexander schüttelte den Kopf, senkte ihn wie seine Arme. Hob ihn erneut und sah mich gequält an. »Ich halte das nicht mehr aus, es zerreißt mich. Ich muss es dir sagen …«

Ich presste die Hände auf die Ohren. »Nein!«, schrie ich. Ich wollte nicht hören, dass er dich umgebracht hatte.

»Diana …«

»Nein, Alex … nicht du.« Tränen rannten mir über die Wangen. Jetzt hatte ich nicht nur meinen Ehemann verloren, sondern auch noch meinen Bruder.

»Bitte …«

Ich stand da, zitterte, heulte, hielt mir die Ohren zu und sank kraftlos zusammen. Hände fingen mich auf, zogen mich hoch, stützten mich. Brachten mich zu einer Bank hinter dem Schuppen, auf der Großvater immer gesessen und Pfeife geraucht hatte. Mein Kopf war leer, ich wollte nicht mehr darüber nachdenken, was Alexander mir sagen würde. Denn nun war er fürsorglich, hielt mich fest. Umklammerte mich. Drückte mich an sich. Bis ich ruhiger wurde.

»Es tut mir leid, Diana …«, begann er mit seiner Beichte, doch ich hörte nicht richtig zu. Ich war wie betäubt und wünschte mir meine Tabletten herbei. Später würde ich zur Mülltonne wanken und sie herausholen, ganz egal, wie viel Unrat inzwischen auf ihnen gelandet war und wie verdreckt sie waren. Ich wollte diesen elenden Schmerz in meiner Brust betäuben und mich nie wieder so fühlen wie in diesem Augenblick. »Oliver hat es verstanden, glaube ich. Zumindest hat er so getan. Auch wenn er sein Wissen dann gegen mich verwendet hat. Aber was mich jetzt viel mehr beschäftigt, ist die Frage, ob du es verstehst.«

»Was?« Ich sah Alexander überrascht an. Das war nicht das, was ich erwartet hatte. Hatte ich überhaupt wirklich mitbekommen, was mein Bruder mir gerade erzählt hatte? »Was soll ich verstehen? Dass du ihn umgebracht hast? Und du behauptest allen Ernstes, dass Oliver es verstanden hat, dass du ihn erschossen hast?«, sprudelten die Worte schrill aus meiner Seele.

»Was?« Alexander blickte mich genauso entsetzt an wie ich ihn. »Geht es dir gut, Diana?«

»Ich ... du hast mir doch gerade gesagt, dass du Oliver ...« Ich verstummte, war mir plötzlich nicht mehr sicher. Vielleicht jagte ich tatsächlich einem Gespinst meines Geistes hinterher, wenn ich dachte, ich hätte Alexander durch seine Beichte als deinen Mörder identifiziert.

»Dass ich Oliver was?« Alexander starrte mich fassungslos an.

»Ach, nichts.«

»Du denkst, dass ich ihn umgebracht habe?«

»Ich weiß nicht mehr, was ich denken soll.«

»Du machst mir Angst, Diana.«

»Manchmal mache ich mir selber Angst.« Ich lehnte

mich auf der Bank zurück und sortierte meine Gedanken. Nichts schien so zu sein, wie ich angenommen hatte.

»Entschuldige, ich hab dir nicht richtig zugehört. Was wolltest du mir sagen?«

»Dass ich schwul bin, Diana. Ich habe dir eben erzählt, dass ich Männer liebe.«

»Das ist alles?«

»Du bist nicht schockiert?«

»Mensch, Alex! Wir leben im 21. Jahrhundert!« Ich lachte, fühlte mich befreit, weil mein kleiner Bruder homosexuell war und nicht dein Mörder. Tränen rannten mir übers Gesicht und schwemmten dieses Gefühlswirrwarr aus mir hinaus.

»Ich wünschte, unsere Eltern würden auch so denken«, warf Alexander ein.

Ich verstand seine Sorge. »Das heißt, du hast es ihnen noch nicht gesagt«, schlussfolgerte ich.

»Nein. Ich konnte nicht.«

»Und Oliver? Wieso hat er es gewusst?«

»Er hat mich mit einem Mann gesehen, in einer Bar in der Stadt. Ich hab gar nicht bemerkt, dass er dort gewesen ist, mit Freunden, hat er mir später gesagt. Am nächsten Tag hat er mich damit konfrontiert. Er verstehe es, hat er gemeint.«

»Oliver hatte einen Freund, der auch schwul ist«, erzählte ich ihm. »Nico. Ich hab ihn ein paarmal getroffen. Er ist nett.«

»Gleichzeitig hat mich Oliver damit erpresst.«

»Oliver?« Ich wollte nicht glauben, was ich hörte. »Wie das denn?«

»Ich müsse seine Pläne, aus dem Hof eine Biolandwirtschaft zu machen, unterstützen, sonst würde er es

Vater erzählen. Vater wäre auf ewig enttäuscht von mir. Er würde sagen, er habe einen missratenen Sohn, hat Oliver behauptet. Du weißt ja, wie altmodisch Vater ist. Aber wenn ich täte, was Oliver von mir verlangt hat, würde er mein Geheimnis bewahren.« Alexander sah auf seine Hände, die in seinem Schoß wie zum Gebet gefaltet lagen. »Ich hab ihm nicht geglaubt und gedacht, dass er es zumindest dir brühwarm erzählt hat, so verliebt wie ihr beide gewesen seid.«

»Er hat nie etwas erwähnt«, antwortete ich mit Blick in die Ferne.

»Das weiß ich jetzt auch.«

Eine Weile saßen wir schweigend nebeneinander auf der Bank, und ich konnte verstehen, warum Großvater so viel Zeit hier verbracht hatte. Der Ausblick auf die sanft hügelige Landschaft war berauschend und beruhigend zugleich.

»Oliver war kein Heiliger, Diana«, beendete Alexander die Stille.

»Hast du ihn deshalb nicht gemocht, weil er dich erpresst hat?«, fragte ich.

»Würdest du jemanden mögen, der dich damit erpresst, dass du anders bist?«

»Nein, du hast recht. Hast du es Mama erzählt?«

Alexander schüttelte den Kopf. »Nein. Nur dir. Und die Community ist natürlich eingeweiht.«

Ich dachte darüber nach, ob ich vielleicht einmal bemerkt haben könnte, dass Alexander schwul war, und es nur nicht richtig interpretiert hatte, aber mir fiel keine Begebenheit ein. Nichts hatte darauf hingedeutet. Mein Bruder hatte seine Liebe zu Männern gut verborgen, was bestimmt schwer für ihn gewesen war. Gerade auf dem

Land stand man Homosexuellen oftmals misstrauisch gegenüber, manches Mal sogar feindlich. Es gab noch immer Menschen, die Homosexualität als Krankheit bezeichneten. Ich fragte mich, was Alexander deswegen alles hatte durchmachen müssen, und klagte dich stumm dafür an, dass du dein Wissen als Druckmittel verwendet hattest, deinen eigenen Traum Realität werden zu lassen. Du hattest tatsächlich meinen Bruder erpresst, ich konnte es nicht fassen! Und durch deinen Tod war es mir unmöglich, deine Sicht zu erfahren. Was hatte dich dazu getrieben? Warum hattest du mir nichts davon erzählt? Gleichzeitig wurde mir klar, dass du eine Seite gehabt hattest, die mir fremd war, und die Ungewissheit, ob da noch mehr war, von dem ich keine Ahnung hatte, bohrte sich schmerzhaft in meine Seele wie ein Rosendorn in Haut.

»Wie geht es dir damit?«, fragte ich.

»Wie soll es mir schon gehen, ist ja keine Behinderung«, antwortete Alexander.

»So meinte ich das nicht. Ich will wissen, ob du glücklich bist.«

»So glücklich, wie man als Mensch sein kann.«

»Und die Werkstätte?«, fragte ich, da ich mir schon mal gedacht hatte, dass Alexander nicht mit Herz diese Arbeit machte, sondern lieber etwas anderes täte.

»Versteh mich nicht falsch, an Autos herumschrauben ist okay, aber wirkliche Freude bereitet es mir nicht«, bestätigte Alexander meine Vermutung.

»Wieso tust du es dann?« Ich dachte daran, dass mein Onkel, in dessen Werkstätte Alexander arbeitete, sich in der Vergangenheit das eine oder andere Mal über Alexanders mangelnden Arbeitseifer beschwert hatte, ebenso manche Kunden.

»Alles nur Tarnung.« Alexander grinste.

»Was würdest du lieber machen? Etwa am Hof arbeiten?«

»Ich wäre gerne Koch geworden, aber das hat sich leider nie ergeben.«

»Das tut mir leid, Alex«, sagte ich.

»Muss es nicht. Ich komme damit klar. Trotzdem danke.«

»Hast du einen Freund?«

»Ja.«

»Stellst du ihn mir mal vor?«

Alexander sah mich von der Seite an. »Meinst du das ernst?«

»Natürlich.«

»Aber nicht hier. Nicht bei uns am Hof. Dafür musst du in die Stadt kommen.«

Ich nickte und freute mich für meinen Bruder, dass er doch kein Single war. Meine Gedanken, dass er ewig allein bleiben würde, waren stets unbegründet gewesen. Ich hatte bloß ans falsche Geschlecht gedacht.

»Was ist mir dir und Johannes? Ist an dem Gerede der Leute was dran?« Alexanders Frage erinnerte mich daran, dass ich ins Dorf gehen und den beiden Frauen, die die Gerüchte in die Welt gesetzt hatten, gehörig die Meinung hatte sagen wollen.

»Da ist nichts, nur das Gerede von alten Klatschtanten.«

16. KAPITEL

Den Weg ins Dorf beschritt ich mit zitternden Knien. Ich hätte nicht gedacht, dass ich durch deinen Tod in eine Lage geraten würde, in der ich mich dafür rechtfertigen musste, wie es in mir drin aussah und wie ich mich aus der finsteren Hölle ins Leben zurückkämpfte. Ich ging die Strecke, ohne die Schönheit der blühenden Wiesen zu bemerken. Ohne das Brummen der Insekten wahrzunehmen. Nicht mehr lange, und es würde durch den Einsatz von Pestiziden gänzlich verstummen.

Während ich Meter für Meter zurücklegte, grübelte ich über die letzten Tage nach. Auf meiner Liste der Verdächtigen standen mittlerweile mehrere Personen, allen voran mein Vater. Ich wusste, dass er mit Horst Heuböck und dem Banker ein Geheimnis teilte, und es bestand die Möglichkeit, dass du dahintergekommen warst und er dich deshalb aus dem Weg geräumt hatte. Vielleicht war es keine Absicht gewesen, möglicherweise ein Handgemenge, bei dem sich ein Schuss gelöst hatte. Auf alle Fälle traute ich ihm zu, dass er etwas mit deinem Tod zu tun hatte.

Dann war da noch der Banker, Dominik Binder. Es wäre denkbar, dass er zu verhindern versucht hatte, dass Informationen über dieses Projekt vorzeitig an die Öffentlichkeit drangen. Er könnte dich deshalb erschossen haben, auch das war für mich ohne Weiteres vorstellbar.

Oder Heuböck. Unser Nachbar hatte in der Nacht, als ich ihn und Vater in der Scheune belauscht hatte, zwei Schüsse abgegeben. Ob er dabei absichtlich in die Luft gefeuert oder eigentlich auf mich gezielt hatte, wusste ich nicht. Vielleicht hatte er bei dir sein Ziel nicht verfehlt.

Der Letzte auf meiner Liste war Alexander, mein Bruder. Er hatte ebenfalls ein Motiv. Du solltest sein Geheimnis, dass er homosexuell war, mit ins Grab nehmen. Aber warum hatte er es dann mir vor einer Stunde anvertraut? Wäre dadurch dein Tod nicht umsonst? Oder ertrug er die Last der Schuld nicht länger und hatte hören wollen, was ich wusste? Ob ich ihn verdächtigte?

Grübelnd erreichte ich das Dorf. Weiße Gesichter, die zu dieser Jahreszeit noch wenig Sonne abbekommen hatten, wandten sich mir zu. Neugierig. Abwartend. Die Menschen hielten in ihrem Tun inne, um mich wie eine Aussätzige zu bestaunen. Seit ich das letzte Mal hier gewesen war, hatte sich etwas verändert. Möglicherweise kam es mir auch nur so vor, weil ich letztens nicht darauf geachtet hatte, wie mir die Leute begegneten. Das war heute anders.

Ich betrat das Café und setzte mich an einen freien Tisch. Dabei bemerkte ich, dass draußen auf der Straße zwei Frauen mit ihren Fingern auf mich zeigten. Ich kannte sie. Ulrike Steiger und Annemarie Meierfried. Die eine war Bäuerin und die andere Fußpflegerin, beide stammten aus dem Dorf. Sie steckten die Köpfe zusammen und tuschelten, obwohl sie mich ohnehin nicht hören konnte, da sie nicht nur zu weit weg waren, sondern uns außerdem die Glasscheibe des Fensters trennte.

Kerstin Gruber, die Kellnerin, trat zu mir an den Tisch. In der Hand hielt sie Notizbock und Stift, die blonden Haare hatte sie zu einer Löwenmähne toupiert und ihre Lippen waren wieder grellrot geschminkt.

»Was darf's denn heute sein?«, fragte sie gedehnt und ihre Augen blitzten mich an.

»Eine Entschuldigung von dir«, erwiderte ich laut, damit alle im Café es hörten.

»Äh ... wie?«

»Ich will, dass du dich bei mir entschuldigst, weil du gestern Lügen über Johannes und mich verbreitet hast«, erläuterte ich mein Ansinnen.

»Du spinnst ja!«, entfuhr es der Blondine. Nervös sah sie sich in dem Café um. Alle Köpfe drehten sich uns zu. Dieses Schauspiel wollte niemand verpassen.

»Und du lügst!«

»Ich lüge nicht! Ich hab nur gesagt, was war!«

»Und das wäre?«

»Dass du und der junge Heuböck hier gewesen seid und ihr sehr vertraut miteinander gewirkt habt.«

»Johannes und ich sind zusammen aufgewachsen. Mal darüber nachgedacht, dass wir uns von klein auf gut kennen?«, spie ich Kerstin ins Gesicht.

»So hat das aber nicht ausgesehen ...«

»Wie denn?«

»Wie wenn zwischen euch was läuft!«, spuckte die Kellnerin endlich aus.

»Du spinnst ja!«, schleuderte ich ihr dieselben Worte entgegen wie sie zuvor mir. Dann stand ich auf und verließ das Café.

»Das glaube ich nicht!«, rief mir Kerstin hinterher. Sie war mir bis zur Tür nachgelaufen. »Die anderen sagen auch, dass du eine Schlampe bist!« Ihre Worte hallten über den Platz wie Schrotkugelhagel aus mehreren Jagdgewehren.

Ich blieb stehen, drehte mich um. Mein Körper bebte. Meine Seele brannte. Mir fiel nichts ein, was ich ihr an den Kopf werfen konnte. Was ausdrückte, wie es wirklich gewesen war.

»Vielleicht bist du es ja selber gewesen und hast deinen Mann umgebracht, damit du ihn endlich los bist«, zischte mir Ulrike Steiger von der Seite her zu. Sie und Annemarie Meierfried hatten vor dem Fenster des Cafés den Streit verfolgt.

Und Annemarie Meierfried sagte: »Hast ihn wohl aus dem Weg geräumt, damit du frei bist für deinen Lover. Und das ganze Theater, dass er sich nicht selbst umgebracht hat, dient nur dazu, um von dir als Mörderin abzulenken.«

»Ihr seid ja vollkommen übergeschnappt!«, schrie ich. »Ihr scheinheiliges Pack!«

»Selber scheinheilig«, scholl es mir doppelt entgegen.

»Der Apfel fällt bekanntlich nicht weit vom Stamm«, fügte Annemarie Meierfried hinzu.

»Was? Was soll das bedeuten?«, hakte ich nach.

Ulrike Steiger spuckte mir vor die Füße, beantwortete meine Frage aber nicht. Sie wandte sich ab und brachte Distanz zwischen sich und mich. Als hätte sie Angst, sie könnte sich bei mir anstecken.

Kerstin stand noch immer an der Tür und beobachtete dort den Disput, lächelte selbstgefällig.

Annemarie Meierfried verschränkte zufrieden die Arme vor der Brust, als würde sie darauf warten, was ich als Nächstes vorhatte.

Ihr aller Hass wälzte mich zu Boden. Ich drehte mich um und lief über den Dorfplatz, vorbei an dem Sportgelände, rannte, bis der Weg in das kleine Wäldchen mündete. Dort wurde ich langsamer. Wie eine Schwerverletzte schleppte ich mich nach Hause.

17. KAPITEL

Zitternd lag ich im Bett, eingewickelt in meine Decke. Ich verweigerte jeglichen Kontakt, ging nicht an mein Handy und öffnete nicht die Tür, wenn jemand von außen dagegenhämmerte. Ich hoffte zu sterben. Wie du. Zugrunde gegangen durch die giftigen Worte von Menschen, die nur das für richtig hielten, was sie selber kannten. Mein Innerstes zerfetzt von den Meinungen fremder Leute.

»I was made for lovin' you …«, dröhnte es wummernd durch meinen Kopf. Ich hielt mir die Ohren zu, wollte das Lied nicht mehr hören, das ich mit deinem Sterben verband. Doch weil ich die Geräusche der Umgebung aussperrte, wurde es nur noch lauter.

Mit letzter Kraft wälzte ich mich aus dem Bett und ging auf die Toilette. Durch diese Unterbrechung meiner Lethargie wurde die anklagende Melodie in meinem Kopf zwar leiser, verstummte jedoch nicht. Mein Leben drohte erneut zu zerbrechen. Mein sicheres Nest fiel auseinander und war gespickt mit lauter feinen Nadeln des Misstrauens.

Barfuß schleppte ich mich nach draußen, lediglich mit einem T-Shirt bekleidet, und dann weiter die Einfahrt entlang. Dabei trat ich auf die Glasscherben der zerborstenen Milchflasche. Ich hatte vergessen, sie wegzuräumen. Schmerz durchfuhr meinen Körper, doch meine Seele erreichte er nicht. Als ich weiterging, hinterließ ich auf dem Beton blutige Spuren. Vor der Mülltonne blieb ich stehen, hob den Deckel an und beugte mich über die übelriechende Öffnung, fischte die Tabletten von ganz unten heraus. Nahm sie, umklammerte sie. Querte damit erneut den Scherbenhaufen. Fühlte den Schmerz nicht. Die blutige Spur führte nun in beide Richtungen und sah zusammen mit dem Glas, das in der Sonne funkelte, beinahe wie ein abstraktes Kunstwerk aus. Zurück in der Wohnung füllte ich ein Glas mit Wasser. Eine Tablette nach der anderen drückte ich aus dem Blister, bis in meiner Handmulde ein kleines Häufchen dieser runden Dinger lag, öffnete den Mund und warf sie mir in den Rachen. Mit Wasser spülte ich die Hoffnung hinunter. Danach ging ich ins Bett, deckte mich zu und wartete.

*

»Diana!« Jemand schlug mir ins Gesicht. »Diana!« Wie aus weiter Ferne hörte ich die Stimme meiner Mutter. Sie rüttelte an mir, tätschelte meine Wange. »Wach auf, Kind!«

Hektik erfüllte den Raum. Meine Mutter entfernte sich von mir, Menschen redeten von Tabletten, Tod und Eile.

Jemand steckte mir etwas in den Mund. Ich würgte. Konnte mich nicht wehren. Übergab mich. Das Prozedere wiederholte sich, bis sich mein Magen entleert hatte. Bis mein Gehirn leer war, ebenso mein Herz. Kraftlos sank ich zurück und sah verschwommene Gestalten näher kommen und sich entfernen. Mir war schwindelig.

In meiner Armbeuge pikste es.

Dann war es wieder dunkel.

*

Ein regelmäßiger Ton weckte mich. Dazwischen war es angenehm ruhig.

Piep.

Wie ein Signal aus der Unterwelt.

Piep.

Ich strengte mich an und öffnete die Augen.

Piep.

Mutter saß zusammengesunken in einem Stuhl neben mir und schlief. Wo war ich?

Piep.

Ich richtete mich auf, stöhnte, mein Schädel war schwer wie der Hintern eines Elefanten.

»Diana! Bleib liegen und ruh dich aus.« Das Gesicht meiner Mutter war sofort neben mir, ebenso ihre Hände, die mich sanft in das Polster zurückdrückten.

»Mama, wieso bin ich im Krankenhaus?«, fragte ich, als ich meine Umgebung erkannt hatte. Die kahlen Wände, das Gestänge über mir, die klare Flüssigkeit in der Flasche, der Schlauch, der in meine Vene führte.

»Du hast versucht, dich umzubringen«, sagte Mutter leise. Tränen liefen ihr über die Wangen. Vermutlich konnte sie nicht glauben, dass ihre Tochter freiwillig aus dem Leben hatte gehen wollen. Ohne sich ihr anzuvertrauen. Ohne Bescheid zu geben. Ohne sich von ihr zu verabschieden.

»Wer füttert jetzt das Kälbchen?«, fragte ich, um sie auf andere Gedanken zu bringen. Und mich.

Sie lächelte. »Ich werde ihn Goliath nennen. Ich glaube, er ist übern Berg.«

»Das ist gut.«

»Wieso, Diana?« Diese Worte standen weder anklagend zwischen uns noch versetzten sie mich in Panik.

»Ich wollte, dass der Schmerz aufhört«, erwiderte ich, als wäre es die natürlichste Sache der Welt. Das war sie irgendwie auch. Niemand wollte leiden, wollte Schmerzen fühlen. Wir alle strebten nach Glück und einem guten Leben.

»Und da hast du keinen anderen Ausweg gesehen?«

»Ich habe nicht darüber nachgedacht, glaube ich.«

»Du kannst jederzeit zu mir kommen. Mit allem, verstehst du?«

»Auch Alexander?«

»Wie meinst du das?«

»Kann Alexander auch mit allem jederzeit zu dir kommen?«

»Natürlich! Ihr seid meine Kinder!«

Ich lächelte. »Dann ist es gut, Mama.«

Sie drückte meine Hand und gab mir einen Kuss auf die Stirn.

»Wo ist Alexander?«

»Er ist nach Hause gefahren, er hat die ganze Nacht neben dir Wache gehalten. Ja, so hat er es genannt. Ich glaube, er hätte jeden vor die Tür gesetzt, der es gewagt hätte, unbefugt den Raum zu betreten. Außer die nette Krankenschwester mit dem blonden Bob. Ich denke, sie gefällt ihm.« Mutter lächelte, obwohl ich wusste, dass es ihr schwerfiel. Sie war wohl knapp daran vorbeigeschrammt, ihre einzige Tochter zu verlieren.

»War es …?« Ich brach ab, da sich meine Gedanken nicht zu Worten formen wollten.

»Du willst wissen, wie nahe du dem Tod gewesen bist?«

Ich nickte.

»Sehr nahe. Ich glaube, du hast Oliver am anderen Ufer des Flusses bereits stehen sehen, und er hat dir gesagt, dass du verdammt noch mal zurückgehen sollst!« Sie drückte meine Hand so sehr, dass es mir wehtat. »Versprich mir, dass du das nie mehr machst!«

Ich blickte in die verzweifelten Augen meiner Mutter, erinnerte mich, wie sie mich als Kind in den Arm genommen hatte, wenn ich gestürzt war. Wie sie mich getröstet hatte, wenn ich mich vor den Monstern unter meinem Bett gefürchtet hatte. Jetzt war sie diejenige, die Trost brauchte.

»Ja, Mama. Ich verspreche es.«

18. KAPITEL

Eine Woche später wurde ich aus dem Krankenhaus entlassen. Es war ein seltsames Gefühl, die Schwelle zu meinem alten Leben zu übertreten, aus dem ich freiwillig hatte scheiden wollen. Eine neue Packung Antidepressiva befand sich in meiner Tasche, ich drückte sie an mich, sie gab mir Sicherheit. Doch sie täuschte mich nicht darüber hinweg, dass ich wieder am Anfang meines Weges zurück aus dem Nichts stand. Die Schnittwunden an meinen Füßen, verursacht durch den Gang über die Glasscherben, waren inzwischen gut verheilt.

Johannes hatte mich im Krankenhaus nicht besucht. Wahrscheinlich waren auch ihm die Gerüchte über unsere vermeintliche Affäre zugetragen worden. Ich konnte mir vorstellen, dass er diese mit seiner Gegenwart an meinem Krankenbett nicht weiter hatte anheizen wollen.

Mittlerweile redete das ganze Dorf darüber, was vorgefallen war. Dass ich mich aufgrund der Beschimpfungen hatte umbringen wollen. Alexander hatte mir erzählt, dass es deswegen Streit zwischen den Dörflern gegeben habe. Es gebe einige, die auf meiner Seite stünden, aber auch genügend, die mich als Schlampe bezeichneten und meinten, dass ich bekommen hätte, was ich verdiente. Es sei sogar zu einem handfesten Streit gekommen, und eine

Frau habe Kerstin eine Strähne ihrer wasserstoffblond gefärbten Haare ausgerissen. Die sei daraufhin weinend aus dem Café gelaufen und habe gebrüllt, dass ich das Miststück sei, das ihr das eingebrockt habe, und dass ich mich nie wieder in dem Café blicken lassen solle. Daraufhin habe der Chef ihr gekündigt.

Mein Vater vermied es, mich direkt anzuschauen, umarmte mich jedoch steif und unbeholfen wie eh und je, als hätte ich eine ansteckende Krankheit. Doch immerhin war es ein Versuch, die Kluft zwischen uns nicht noch größer werden zu lassen.

»Du hast Besuch«, sagte Mutter, und ihre Augen leuchteten warnend auf wie Leuchttürme in der Nordsee.

»Wer ist es?«, fragte ich alarmiert.

»Die Polizei. Wir haben es nicht verhindern können, nur hinausschieben. Sie wollten schon im Krankenhaus zu dir, aber das ...«

»Ist gut«, unterbrach ich Mutter. »Wo sind sie?«

»Bei uns in der Stube. Ich wollte nicht, dass sie alleine oben in deiner Wohnung auf dich warten. Es sind Polizisten, die interessieren sich bekanntlich für alles, man weiß nie, was denen einfällt.«

»Danke.«

Ich bereitete mich auf die Begegnung mit den Polizeibeamten vor, indem ich mir einredete, dass sie hier waren, weil sie eine neue Spur in deinem Fall hätten. Die hatten sie auch, doch ich wäre nie im Traum darauf gekommen, welche.

»Grüß Gott, Frau Heller«, begrüßte mich jener Polizist, der sich erst jüngst auf der Inspektion in Freistadt die Zeit genommen hatte, mit mir über deinen Tod zu sprechen. Er hatte Dienst gehabt an dem Tag, an dem du gestorben warst. Den anderen Uniformierten kannte ich nicht.

»Herr Braumüller«, erinnerte ich mich an den Namen des ersten. »Was führt Sie her? Gibt es etwas Neues?« Ich hegte immer noch die Hoffnung, dass mir die Polizei Glauben schenken würde, was deinen Tod durch Fremdverschulden anbelangte. Beide Männer erhoben sich, und ich reichte ihnen die Hand.

»Wir haben gehört, was passiert ist. Es tut uns leid, dass es so weit gekommen ist. Wie geht es Ihnen?«, fragte der Gruppeninspektor.

Ich wusste, dass dieses höfliche Vorgeplänkel lediglich als vertrauensbildende Maßnahme diente, bevor mich die Keule letztendlich treffen würde.

»Es geht mir entsprechend«, blieb ich vage. Vielleicht, um mir einen Rückzug zu ermöglichen. »Bitte setzen Sie sich wieder.«

»Danke«, erwiderte Braumüller. Sein Begleiter, ein junger Polizist, der gerade der Polizeischule entwachsen sein musste, sagte nichts.

»Sie haben meine Frage nicht beantwortet, ob es etwas Neues im Fall meines Mannes gibt.«

»Nun, wir haben die Ermittlungen wieder aufgenommen.«

»Das ist gut«, sagte ich erleichtert. Endlich hatte ich die Polizei auf meiner Seite, und niemand würde mehr mit dem Finger auf mich zeigen, mich bezichtigen, schuld an deinem Tod zu sein oder gar selber abgedrückt zu haben.

»Frau Heller, wir wollten Sie eigentlich auf die Inspektion bitten, aber aufgrund Ihres Zustandes ist Ihnen das ja nicht zuzumuten.«

»Dafür danke ich Ihnen.«

»Ihre Eltern haben uns freundlicherweise diesen Raum zur Verfügung gestellt. Ich frage Sie nur ungern, aber wo sind Sie gewesen, als Ihr Mann erschossen wurde?« Gruppeninspektor Braumüller betrachtete mich aufmerksam. Und auch der Blick des anderen Polizisten haftete an mir wie eine Klette an einem Lodenmantel.

Ich schluckte. Mir war sofort klar, in welche Richtung die Inspektoren ermittelten. Wahrscheinlich waren ihnen die Verdächtigungen der Dörfler zu Ohren gekommen.

»Ich war im Haus«, sagte ich. »Oben, in unserer Wohnung.« Plötzlich war es wieder *unsere* Wohnung, fiel mir auf, doch jetzt war nicht der richtige Zeitpunkt, um darüber nachzudenken.

»Was haben Sie gemacht?«

»Gekocht.«

»Was haben Sie gekocht?«

Ich dachte nach und erinnerte mich nicht. »Ich … ich weiß es nicht.«

»Sie erinnern sich nicht daran, was Sie gekocht haben, aber wissen genau, dass das Gewehr Ihres Mannes nicht neben ihm gelegen hat, als Sie ihn in der Scheune gefunden haben, sondern erst, als Sie zum zweiten Mal nach draußen gelaufen sind, nachdem Sie die Rettung und die Polizei alarmiert haben?«

Ich nickte. »Ja.«

»Was ist dann passiert?«

»Wie gesagt, ich habe die Rettung und die Polizei gerufen und dann meinen Vater neben Oliver stehen sehen. Und das Gewehr neben ihm liegen. Und der Mann von der Bank, dieser Binder, der war auch dort.«

»Dominik Binder?«

»Ja.«

»Das haben Sie nicht erwähnt, als Sie bei uns in der Inspektion gewesen sind, auch nicht bei Ihrer ersten Aussage.«

»Es ist mir erst neulich wieder eingefallen. Ich hatte einen Schock. Vieles, was an dem Tag vorgefallen ist, weiß ich nur noch bruchstückhaft oder kehrt bloß langsam zurück«, erklärte ich.

»Was ist mit diesem Johannes Heuböck? Hatten Sie mit ihm während Ihrer Ehe eine Affäre?«

»Was?«

»Hatten Sie mit Johannes Heuböck während Ihrer Ehe eine Affäre?«, wiederholte Braumüller.

»Nein!« Meine Stimme war schrill. »Fragen Sie Johannes, der wird Ihnen das bestätigen.«

»Das haben wir bereits.«

Scheiße! Deshalb hatte mich Johannes nicht besucht. Es war eine Sache, eine Affäre angedichtet zu bekommen, aber eine ganz andere, deswegen von der Polizei befragt zu werden.

»Sie glauben doch nicht, dass ich Oliver umgebracht habe?«, fragte ich fassungslos. »Wegen einer Affäre?«

»Menschen töten aus viel geringeren Anlässen«, warf der junge Polizist ein und erntete dafür von Braumüller einen rügenden Blick.

»Denken Sie nicht, dass ich dann Ruhe gegeben hätte, als Sie den Tod meines Mannes als Selbstmord eingestuft haben? Hätte ich nicht erleichtert sein müssen, dass Sie die Sache nicht weiterverfolgen?«

»Ich gebe zu, dass wir die Zusammenhänge noch nicht richtig einordnen können ...«, erwiderte Braumüller zögernd.

»Ich schwöre Ihnen, ich habe meinen Mann nicht erschossen, und ich hatte auch keine Affäre, weder mit Johannes noch mit sonst wem. Und ich wünschte, ich hätte nie mit Ihnen gesprochen.« Trotzig verschränkte ich die Arme vor der Brust. Meine Redebereitschaft war erschöpft.

Braumüller stand auf, um zu gehen, der junge Polizist tat es ihm gleich. »Halten Sie sich zu unserer Verfügung, Frau Heller. Sie dürfen das Land nicht verlassen.«

19. KAPITEL

Die Polizisten fuhren vom Hof. Vater und Mutter kamen zu mir in die Bauernstube, wo ich wie versteinert am Tisch saß und meine Situation zu verstehen versuchte.

»Wir haben alles mitgehört«, ließ mich Mutter wissen. Sie setzte sich zu mir und nahm meine Hand.

»Sie verdächtigen mich, Oliver umgebracht zu haben«, sagte ich dennoch, um diesem Geschwulst der Beschuldigung ein Ventil zu bieten. Ansonsten würde es mich von innen auffressen, bis nichts mehr von mir übrig war.

»Ich weiß. Aber es wird sich bald herausstellen, dass du es nicht gewesen bist«, versuchte Mutter, mich zu trösten.

»Und was, wenn nicht? Wie soll ich beweisen, dass ich ihn nicht ermordet habe?« Ich war verzweifelt. »Hab ich denn noch nicht genug gelitten? Ich hab den Mann verloren, den ich geliebt habe, und jetzt verdächtigen sie mich, ihn umgebracht zu haben.« Tränen bahnten sich den Weg nach draußen. Durch den wässrigen Schleier sah ich die Gesichter meiner Eltern unscharf, sie schienen genauso ratlos zu sein wie ich. Vater sagte kein Wort, doch seine Haltung veränderte sich. Sein Körper spannte sich an, und die Sehnen an seinem Hals und den Händen traten heraus.

»Papa?«

Vaters Fingerknöchel wurden weiß, als er sich an der Stuhllehne mit den Fäusten abstützte, und seine Augen füllten sich mit Tränen. Wie zuvor meine. Aber bei ihm waren es Tränen des Zorns. So hatte ich ihn noch nie gesehen, nicht einmal, wenn wir als Kinder etwas angestellt hatten und er drauf und dran gewesen war, uns windelweich zu prügeln. Er presste die Kiefer aufeinander und starrte aus dem Fenster. Dann drehte er sich um und stürmte zur Tür hinaus.

Mutter und ich warfen einander ratlose Blicke zu. Wir folgten Vater ins Vorhaus, wo er mit seinem Jagdgewehr in Händen an uns vorbei nach draußen rannte.

»Hans-Peter? Was hast du vor?«, rief Mutter ihm nach.

Vater antwortete nicht.

»Papa?« Auch meine Bemühung blieb ohne Reaktion.

Vater setzte sich in den Vitara, startete den Motor und fuhr mit quietschenden Rädern vom Hof.

»Er ist auf dem Weg zum Heuböck«, sagte Mutter. Wir beobachteten Vaters Fahrt bis zum Bauernhof unseres Nachbarn.

»Was will er von ihm?«

»Ich habe keine Ahnung.«

»Papa ist wütend, ich hoffe, er macht keine Dummheit.«

Die roten Bremslichter leuchteten auf, der Wagen hielt an. Die Fahrertür wurde aufgestoßen. Vater sprang heraus. Er hatte das Gewehr bei sich, suchte offenbar jemanden. Wahrscheinlich Horst Heuböck. Oder Johannes?

»Ich muss wissen, was er tut!«, rief ich Mutter zu und rannte über die Wiese in Richtung des Heuböck'schen Hofs.

»Sei vorsichtig, Diana!«

Ich lief, als ginge es um Leben und Tod. Vielleicht tat es das tatsächlich. Vaters Ausdruck in den Augen … Das Gewehr … Ich hatte das alles schon mal gesehen, und zwar, als du am kalten Betonboden in der Scheune gelegen hattest. Dieser Anblick hatte sich in mein Gedächtnis gebrannt wie ein Brandzeichen in die Haut eines Tieres. Ebenso das Gefühl, das daraufhin meinen Körper geflutet hatte und seither unweigerlich mit diesem Blick verknüpft war. Es war eben wieder in mir hochgekrochen und hatte einen bitteren Geschmack auf meiner Zunge hinterlassen.

Keuchend flog ich über die Wiese. Es vergingen Minuten, in denen alles Mögliche geschehen konnte.

Plötzlich zerfetzte ein Schuss die warme Luft.

Ich zuckte zusammen, hielt inne. Wurde unsicher und wandte mich um zu unserem Hof, wo Mutter eben noch gestanden hatte. Sie war nicht mehr da.

Sollte ich zurücklaufen und mich wie sie in Sicherheit begeben? Oder sollte ich bei meinem Plan bleiben und auf dem Hof von Heuböck nachsehen, was passiert war? Ob jemand verletzt am Boden lag mit einem klaffenden Loch in der Brust? Wenn Vater Horst Heuböck erschossen hatte, dann war er auch in der Lage gewesen, dich zu ermorden. Dieser Gedanke scheuchte mich weiter über die Wiese, wie ein Hirte seine ängstlichen Schafe antreibt, weil ein Wolf in der Nähe ist.

Als ich das Gebäude erreichte, stand die Haustür einen Spalt offen. Ich trat näher, drückte sie gänzlich auf.

»Papa?«, rief ich in das Vorhaus hinein, das mit alten handbemalten Truhen und Kästen vollgestellt war wie ein bäuerliches Museum. »Herr Heuböck?«

Von irgendwoher hörte ich Stimmen.

»Frau Heuböck?« Niemand antwortete mir. »Johannes?«

Es war gespenstisch, als ich durch das fremde Haus schlich, das ich aus Kindestagen gut kannte, weil ich damals unbekümmert bei den Heuböcks ein und aus gegangen war, lediglich Freude am Spiel im Sinn habend. Jetzt aber schossen mir Bilder von toten Menschen durch den Kopf, die hier irgendwo liegen könnten. Die Angst lähmte meine Beine.

»Reiß dich zusammen, Diana«, flüsterte ich mir selber zu.

Währenddessen erreichte ich die Küche. Sie war leer. Auf dem Tisch stand Geschirr. Ein Teller und ein Glas Saft. Jemand hatte begonnen, eine Jause einzunehmen. Ein angebissenes Brot zeugte davon, dass er oder sie mittendrin gestört worden war.

Laute Stimmen ließen mich herumfahren. Ich erkannte jene meines Vaters. Aufgrund ihrer Intensität wusste ich, dass etwas Schlimmes passierte. Ich stürzte zum Fenster und blickte in den Hof. Dort zielte Vater mit dem Gewehr auf Horst Heuböck.

»Mein Gott«, entfuhr es mir, obwohl ich schon lange nicht mehr gläubig war. Schnell stieß ich mich vom Fenster ab und eilte zurück ins Vorhaus, von wo aus eine Tür hinaus in den Innenhof führte. Ich riss sie auf und fand mich inmitten einer bizarren Situation wieder, die aus einem Krimi im Fernsehen hätte stammen können. In der mein Vater unseren Nachbarn mit einer Waffe bedrohte und ich darauf wartete, dass jemand rief, dass die Szene im Kasten sei und wir das toll gemacht hätten.

Doch es war Vater, der schrie: »Warum? Warum hast du Oliver umgebracht? Jetzt red endlich, oder ich blas dir den Schädel weg!«

»Ich war's nicht«, wimmerte Heuböck, die Hände wie zwei gehisste weiße Fahnen in die Höhe gestreckt. Auf seiner Stirn glänzte Schweiß.

»Du bist ein paar Minuten weg gewesen! In denen hättest du Oliver leicht töten können.«

»Da war ich austreten, das hab ich dir schon hundertmal gesagt.«

»Papa!«, sagte ich, um auf mich aufmerksam zu machen.

»Verschwinde!«, zischte Vater mir zu, ohne mich anzusehen.

»Hör auf deine Tochter ...«

»Halt dein verdammtes Maul! Du bist ein Lügner und ein Betrüger! Wenn du deinen Mund aufmachst, kommen nur Unwahrheiten heraus. Warum also sollte ich auf dich hören?«

»Ich war es nicht«, beteuerte Heuböck wiederholt, was offensichtlich zu viel für Vater war. Er hob den Lauf des Gewehrs und feuerte in die Luft.

Erschrocken zuckte ich zusammen. Heuböck hielt sich schützend die Arme über den Kopf. In diesem Augenblick traute ich Vater alles zu. Auch dass er Horst Heuböck erschießen würde, wenn der ihm nicht sagte, was er hören wollte. Ebenso, dass er in seinem Jähzorn dich getötet hatte und Heuböck jetzt zum Sündenbock machte, indem er ihn zu einem Geständnis zwang. Um von sich abzulenken. Oder weil sie es gemeinsam getan hatten und er ihm die Schuld dafür gab, dass er dadurch selber zum Mörder geworden war.

»Das ist die Wahrheit, ich schwör es dir! Du musst mir glauben, Seeleitner!«, bettelte Heuböck. Er sank vor meinem Vater auf die Knie. An seiner Hose befand sich im Schritt ein nasser Fleck.

»Ich glaube dir nicht! Ich hätte dir nie vertrauen dürfen!« Vater trat näher und zielte auf Heuböcks Stirn. Der weinte bitterlich, Speichel tropfte auf sein Arbeitshemd. Er hatte Todesangst.

»Papa …«

»Diana, verschwinde!«

»Ich kann nicht«, sagte ich mit ruhiger Stimme, was mich selbst überraschte, da ich am liebsten Vaters Befehl befolgt hätte und losgerannt wäre. Ganz weit weg von hier. »Ich ertrage es nicht, wenn noch etwas Schlimmes passiert.«

»Es ist doch schon alles kaputt.« Zwar konnte ich Vaters Gesicht nicht sehen, da er halb von mir abgewandt stand, doch ich hörte an seiner Stimme, wie verzweifelt er war.

»Nein, Papa. Ist es nicht. Oliver ist tot, aber wir leben, und ich will nicht auch noch meinen Vater verlieren.« Ich trat näher und legte ihm die Hand auf den Arm. Jenen, der die todbringende Waffe auf Horst Heuböck richtete. Sanft drückte ich ihn nach unten.

Vater drehte sich zu mir um, auch er weinte. Diese beiden Männer, ansonsten stark und überheblich, heulten wie zwei kleine Jungen, die sich die Knie blutig geschlagen hatten.

»Komm, Papa! Wir gehen nach Hause.«

»Aber er …«

»Papa!«, ließ ich meinen Vater nicht ausreden, da ich wusste, dass dies vielleicht meine einzige Chance war, ein weiteres Unglück zu verhindern. Vater war gerade in einer emotionalen Verfassung, in der er für mich empfänglich zu sein schien. Wenn die sich änderte, konnte es gut sein, dass meine Worte an seinem Stolz und seiner Dickköpfigkeit wieder abprallten. »Lass es gut sein. Wenn du ihn erschießt, bist du nicht besser als er, falls er Oliver ermordet hat.«

Vater ließ tatsächlich von Heuböck ab, und ich führte einen gebrochenen Mann vom Hof, setzte ihn auf den Beifahrersitz des Vitara. Ich selbst stieg auf der Fahrerseite ein. Der Schlüssel steckte und ich startete den Motor.

»Das hab ich nicht gewollt«, sagte Vater und starrte aus dem Fenster. »Das musst du mir glauben, Diana!«

»Was hast du nicht gewollt?«, fragte ich nach, da mir nicht klar war, was er meinte. Die Sache mit Horst Heuböck? Oder deinen Tod? Oder ging es um das geheime Projekt?

Vater antwortete nicht.

Ich stoppte den Vitara in unserer Zufahrt. Wir stiegen aus, und ich folgte Vater in die Stube. Dort saß Mutter am Tisch, ich glaubte, dass sie gebetet hatte.

»Was ist passiert?« In ihren Augen lag Angst, dass wir ihr etwas sagen könnten, das sie nicht hören wollte.

Ich schwieg, was gleichzeitig meinen Vater anklagte und aufforderte, von dem eben Erlebten zu berichten. Und vor allem von dessen Hintergründen. Schließlich hatte Vater auf Heuböcks Kopf gezielt, hätte beinahe abgedrückt und alles nur noch schlimmer gemacht. Ich war gespannt, wie er uns das erklären würde.

»Ich hab geglaubt, dass der Heuböck den Oliver ...«
Vater verstummte und schluckte. »Ich bin zu ihm rüber
und wollte, dass er mir gesteht, dass er ihn ... Aber er
war's entweder nicht, oder er ist ein verdammter Stur-
schädel, der das Maul nicht aufmacht.«

»Wie kommst du auf die Idee, dass der Heuböck Oliver umgebracht hat?«, fragte Mutter verständnislos.

»Weil Oliver dahintergekommen ist, dass wir, also der
Heuböck und ich, unser Land verkaufen wollen«, ließ
Vater die Bombe platzen.

Für einen Augenblick herrschte Schweigen. In der
ansonsten so gemütlichen Bauernstube meiner Eltern
breitete sich eisige Kälte aus.

»Was heißt das genau?«, fragte ich. Nicht nur, dass ich
deinen Tod verkraften musste, so sah ich jetzt auch noch
mein Erbe, auf das ich mich mein Leben lang vorberei-
tet hatte, die Donau hinunterschwimmen. Alles, was ich
kannte, womit ich aufgewachsen war, waren dieser Hof
und dessen Übernahme.

»Das heißt, dass wir unsere Wiesen und Felder an die
Bank verkaufen werden, weil hier eine riesige Ferienanlage samt Hotels, Supermärkten, Discounter, Boutiquen
und was weiß ich noch alles entstehen soll. Ach ja, und
ein exquisites Kurhotel mit einem Golfplatz.«

»Auf unserem Land?« Mutters Stimme war schrill. »Ja,
spinnst du? Das kannst du nicht machen! Ohne mich zu
fragen? Das ist schließlich der Hof meiner Eltern, den ich
bekommen habe und nicht du!« Mit dem ausgestreckten
Zeigefinger wies sie auf ihren Ehemann, der beschämt
den Kopf senkte. Ihre Reaktion machte deutlich, dass
sie genauso wenig Ahnung von dem geplanten Vorhaben gehabt hatte wie ich.

»Für die Region ist so eine Ferienanlage mit allem Schnickschnack ein Gewinn, ein wirtschaftlicher Magnet, der viele Arbeitsplätze für die Leute im Dorf bringt«, versuchte Vater, Verständnis bei uns zu erzeugen. »Genau wie dieses Kurhotel. Und der Golfplatz! Da kommen ganz viele Menschen!«

»Für manche mag das vielleicht zutreffen, aber längst nicht für alle.«

»Es werden plötzlich viele Touristen bei uns sein, die alle versorgt werden müssen …«

»Die meisten von uns wollen ihre Ruhe haben und in Frieden hier leben, deshalb wohnen wir ja im schönen Mühlviertel und nicht in der Stadt«, fuhr Mutter ihn an.

Mir wurde plötzlich klar, was die Dörflerin gemeint hatte, als sie gesagt hatte, dass der Apfel nicht weit vom Stamm fiele. Offenbar hatte so mancher im Ort bereits Kenntnis von den ehrgeizigen Plänen meines Vaters, unseres Nachbarn und der Bank. In der Woche, in der ich im Krankenhaus gewesen war, hatte sich demnach nicht nur das Gerücht über meine Affäre mit Johannes weiter verbreitet, sondern ebenso das über die Ferienanlage samt der dazugehörigen Infrastruktur – mit dem Unterschied, dass jenes mich betreffende eine Lüge war.

»Deshalb die Treffen mit Heuböck und Binder«, resümierte ich. »Aber warum verdächtigst du Heuböck, Oliver ermordet zu haben?«

Vater ließ sich mit einer Antwort Zeit. Ich glaubte zu erkennen, dass er erleichtert war, endlich reinen Tisch zu machen und nicht mehr dieses Geheimnis wie einen Berg frisch aufgeworfener Erde vor sich herzuschieben. »Wir haben uns an dem Tag, an dem Oliver gestorben ist, hier bei uns auf dem Hof getroffen. Der Binder, der

Heuböck und ich. Der Binder hat Druck gemacht, weil ihm alles viel zu langsam gegangen ist und er befürchtet hat, dass die Investoren abspringen und sich ein anderes schönes Platzerl im Mühlviertel für ihr Investment suchen ...«

»Pff! Für ihr Investment«, wiederholte Mutter abfällig. »Wie du das sagst!«

»Und da ist der Heuböck mal für ein paar Minuten weg gewesen, und ich dachte ...«

»Was dachtest du? Nichts hast du gedacht!«, keifte Mutter ihn an.

»War das, als der Schuss gefallen ist?«, fragte ich.

»Ja. Dieser Saukerl! Aber er behauptet, dass er nur schiffen gewesen ist und dass er Oliver nicht umgebracht hat.«

»Und glaubst du ihm jetzt?«

Vater zuckte mit den Schultern. »Keine Ahnung. Wer kann schon wissen, was in einem anderen vorgeht?«

»Kannst du mir mal erklären, warum du das machst?«, schrie Mutter ihren Ehemann an. »Warum du meinen Hof verkaufen willst?«

»Das liegt klar auf der Hand, Helga. Unser Hof ist zu klein, um ordentlich davon zu leben, und zu groß, um zu verhungern ...«

»Wir haben doch alles, was wir brauchen«, rief Mutter. Die Verzweiflung war ihr deutlich anzusehen.

»Schon, aber das ist nicht viel. Ich will auch noch was vom Leben haben und nicht immer nur jeden Tag bis zum Umfallen schuften und im Dreck stecken.«

»Hast du eine Midlifecrisis?«, zischte Mutter abfällig. »Willst du dir dann auch so einen Porsche kaufen und jungen Frauen hinterherstellen?«

»Geh, red nicht so einen Schmarrn!«, fuhr Vater sie an.

»Hast du dem Heuböck und dem Binder erzählt, dass Oliver von eurem gemeinsamen Projekt gewusst und dich damit konfrontiert hat?«, wechselte ich das Thema. Die Frage brannte mir unter den Fingernägeln.

Vater wandte sich wieder mir zu und sagte: »Sicher. Was hätte ich denn sonst tun sollen?«

»Ihr seid solche verlogenen Mannsbilder!«, rief Mutter dazwischen. Sie war über den Vertrauensbruch ihres Ehemannes zutiefst erschüttert und verteufelte alle, die daran beteiligt waren. Von ihrer Pragmatik, die sie sonst so eisern pflegte und die mich manchmal an den Rand der Verzweiflung brachte, war heute nichts zu erkennen. Für einen Fall wie diesen schien sie keinen ihrer weisen Sprüche in petto zu haben.

»Und was heißt das überhaupt, dass Oliver dahintergekommen ist?«, wollte ich erklärt haben. »Wie hat er es herausgefunden? Von wem wusste er davon?«

»Er hat es halt irgendwie erfahren, ich weiß nicht, von wem. Und dann ist er sofort damit zu mir gerannt«, erzählte Vater.

»Wann ist das gewesen?«

Vater atmete tief ein, vermied es aber, mich anzusehen. »An dem Tag, an dem er gestorben ist.«

Die daraufhin einsetzende Stille in der Bauernstube war wie dünnes Glas, filigran und zerbrechlich. Sollte sie bersten, wäre sie scharf wie die Schneide einer Rasierklinge.

Ich stellte die Frage, die mich seit deinem Tod quälte. »Hast du ihn umgebracht?«

»Nein, natürlich nicht! Ich hab ihm das Versprechen abgenommen, dass er es für sich behält, und ihm im

Gegenzug einen gehörigen Batzen vom Geld zugesagt. Er ist damit einverstanden gewesen.«

Vaters Worte rasten durch meinen Kopf wie ein Hochgeschwindigkeitszug. Du hattest davon gewusst, mir aber nichts erzählt. So wie du mir auch nicht gesagt hattest, dass Alexander homosexuell war.

Langsam begann ich zu glauben, dass ich dich nicht wirklich gekannt hatte.

20. KAPITEL

An unserer Haustür schlug der Klöppel mehrmals gegen sein Metallpendant. Jemand begehrte dringlich Einlass.

Vater, Mutter und ich tauschten vielsagende Blicke aus. Ich stand auf und verließ die Stube, vielleicht weil ich instinktiv wusste, was bevorstand. Vaters Entgleisung würde bestimmt nicht ohne Folgen bleiben, dafür würde Horst Heuböck sorgen. Ich öffnete die Eingangstür und war nicht überrascht, Gruppeninspektor Sepp Braumüller und zwei weiteren Uniformierten gegenüberzustehen.

»Grüß Gott, Frau Heller.«

»Herr Braumüller, ich kann nicht behaupten, dass ich mich freue, Sie nach so kurzer Zeit wiederzusehen«, sagte ich.

»Wir sind wegen Ihrem Vater hier. Ihr Nachbar, Horst Heuböck, hat ihn angezeigt. Er behauptet, Ihr Vater hätte ihn mit einem Gewehr bedroht.«

Ich nickte, sagte aber nichts, sondern trat zur Seite und ließ die Beamten ein. Hinter ihnen schloss ich die Tür mit den Worten, dass mein Vater in der Bauernstube sei. Den Weg dorthin hatten die Beamten noch gut in Erinnerung, ihr letzter Besuch lag gerade ein paar Stunden zurück.

Die Männer betraten den Raum, und sofort änderte sich die Atmosphäre. Es war seltsam mitanzuschauen, als die Beamten mit der Befragung begannen, dass mein

Vater, der zuvor erleichtert gewesen war, uns von dem Projekt mit der Ferienanlage und dem Golfplatz zu erzählen, nun kein Wort mehr sagte.

Nachdem zumindest ich den Polizeibeamten von dem Vorfall berichtet hatte, sagte Braumüller abschließend, dass sie gezwungen seien, Vater auf die Polizeiinspektion mitzunehmen, um seine Aussage zu protokollieren, falls er sich doch noch dazu entschließe, mit ihnen zu reden.

»Und was, wenn nicht?«, fand Vater seine Sprache wieder.

»Dann werden wir Sie vorläufig festnehmen, Herr Seeleitner, damit Sie keine Gefahr für Ihre Umgebung darstellen. Schließlich haben Sie einen Mann mit einer Waffe bedroht.« Und an mich gewandt sagte er: »Ich rate Ihnen, besorgen Sie Ihrem Vater einen guten Anwalt.«

»Das werde ich.«

»Und da Sie Ihren Vater abgehalten haben, Horst Heuböck zu erschießen, brauchen wir natürlich auch Ihre Aussage.«

»Verstehe.«

»Ich möchte Sie bitten, dass Sie uns hinterherfahren.«

»Ich ziehe mir nur rasch etwas anderes an.«

Braumüller nickte. »Gut. Sie wissen ja, wo die Inspektion ist.«

»Ja.« Das wusste ich in der Tat.

»Wir sehen uns also dort. Kommen Sie, Herr Seeleitner. Sie begleiten uns!«

Die Beamten führten Vater aus der Stube. Als einer der Polizisten die Eingangstür öffnete, drangen laute Stimmen von draußen in unser Vorhaus. Reporter befanden sich auf unserem Grundstück und hielten fest, wie Vater abgeführt wurde. Wie er sich auf die Rücksitzbank des Polizeiwagens setzen musste. Wie die Polizisten einstiegen und mit ihm davonfuhren. Danach machten sie Fotos von Mutter und mir, wie wir in der Tür standen – fassungslos über das, was gerade passierte.

Unter den Menschen entdeckte ich Horst Heuböck, und mir fiel auf, dass er sich zurechtgemacht hatte mit sorgfältig nach hinten gekämmten Haaren, frischer Hose und frischem Hemd. Von dem gedemütigten, verzweifelten Mann, der vor meinem Vater auf die Knie gefallen war und um sein Leben gebettelt hatte, war nichts mehr zu erkennen. Wie es aussah, hatte er nicht nur die Polizei geholt, sondern außerdem die Presse. Ein Gegenschlag, weil Vater ihn verdächtigt hatte, Oliver umgebracht zu haben, da war ich mir sicher.

Aus den Neugierigen löste sich Johannes heraus, er kam zu mir an die Tür. »Es tut mir leid, was gerade passiert, Diana. Ich hab versucht, Papa davon abzuhalten, die Polizei und die Presse zu informieren, aber er war so stinksauer auf deinen Vater, dass jedes Wort von mir sinnlos gewesen ist. Es tut mir so unendlich leid.«

»Du solltest nicht hier sein«, flüsterte ich ihm zu. »Du weißt, dass die Leute glauben, wir hätten eine Affäre.«

»Es ist mir scheißegal, was die Leute glauben«, erwiderte Johannes, was mich einerseits freute, da er sich nicht um die Meinungen anderer scherte und ich einen Freund jetzt gut gebrauchen konnte, andererseits fand ich seine Einstellung leichtsinnig. Das uns angedichtete Verhältnis gab ein gutes Mordmotiv ab, deshalb war es ratsam, mich von ihm fernzuhalten.

»Ich muss zur Polizeiinspektion fahren, um meine Aussage zu Protokoll zu bringen«, sagte ich mit fester Stimme, da die Kameras weiterhin auf uns gerichtet waren.

»Frau Heller! Geben Sie uns ein Interview?«, rief ein Reporter.

»Nur ein, zwei kurze Fragen«, rief ein anderer.

Hastig schloss ich die Tür und trennte die Szene in zwei Welten. In eine, die außerhalb dieser Tür lag und in der sich die Menschen eifrig Geschichten darüber zusammenreimten, was passiert und warum mein Vater verhaftet worden war. Und in jene innerhalb unseres Hauses, in der meine kleine Welt aus Vaters Mund eben Lügen gestraft worden war, weil nichts so zu sein schien, wie ich bislang gedacht hatte. Weil du ein anderer Mann gewesen warst, als der, den ich geliebt hatte. Weil Vater beinahe zu einem Mörder geworden wäre, um deinen Tod zu rächen. Den Tod eines Mannes, der mir zunehmend fremder wurde.

*

Auf der Polizeiinspektion bat man mich, im Wartebereich Platz zu nehmen, bis Braumüller Zeit für mich habe. Er vernehme gerade meinen Vater, teilte man mir mit.

»Hallo, Diana.« Wie aus dem Nichts stand Johannes plötzlich vor mir. Ich hatte ihn nicht bemerkt.

»Johannes? Was machst du hier? Bist du mir gefolgt?«

»Vater ist hier, um eine Aussage zu machen. Ich hab ihn hergefahren. Nach allem, was heute vorgefallen ist, ist er ziemlich fertig«, erzählte Johannes und setzte sich neben mich.

»Das kann ich verstehen«, erwiderte ich.

»Wie geht es dir?« Johannes war der Erste, der sich seit diesem Zwischenfall für mein Wohlbefinden interessierte.

»Beschissen«, antwortete ich wahrheitsgemäß.

Johannes lehnte sich in dem Stuhl zurück und starrte die gegenüberliegende Wand an. »Was haben sich unsere Alten nur dabei gedacht? Die verhalten sich wie Kinder, die sich um eine Spielfigur oder um Süßigkeiten streiten.«

Ich schwieg und ließ mir seine Worte durch den Kopf gehen. Kinder prügelten sich, weil sie haben wollten, was der andere gerade besaß. Aber hier ging es um etwas anderes, viel Größeres. Vielleicht sogar um Mord. Und ganz gewiss ging es um meine Zukunft. »Hast du gewusst, dass dein Vater euer Land verkaufen will?«

»Nein, davon hatte ich keine Ahnung.« Ich sah Johannes an, dass er deswegen sauer auf seinen Erzeuger war. »Mutter sitzt zu Hause und weint sich die Augen aus. Nicht, weil Vater mit ihr nach Spanien in eine Finca ziehen will, wovon die beiden übrigens schon immer geträumt haben, sondern weil sie Angst davor hat, was die Leute reden. Dass Vater ihr Zuhause verkaufen will, er und dein Vater einen Ausverkauf des Mühlviertels veranstalten, solche Dinge.«

»Er verkauft euren Besitz und nicht den von jemand anderem«, warf ich zugegeben etwas naiv ein.

»Die Menschen sehen das anders, das weißt du. Dort, wo sie jetzt ihre Seele baumeln lassen, ist später alles zubetoniert. Die Kinder können nicht mehr über Wiesen laufen und in den Wäldern spielen, sondern werden auf kleinen Spielplätzen zusammengepfercht. Aber das Schlimmste ist, dass massenhaft Touristen in unsere Gegend einfallen werden, und du weißt, wie die Leute hier darüber denken. Erinnerst du dich noch daran, wie das damals mit den Flüchtlingen gewesen ist? Mal ehrlich, unser Dorf steht Neuem gegenüber nicht besonders aufgeschlossen gegenüber, schon gar nicht, wenn es sich um fremde Menschen handelt.«

»Ich erinnere mich«, sagte ich. »Alle sind damals auf den Beinen gewesen, um die Unterbringung von Geflüchteten zu verhindern. Das war ein trauriger Tag, finde ich.«

»Ja, das war er. Und es hat damit ja leider nicht aufgehört. Die Flüchtlinge, die man trotzdem hierhergebracht hat, waren froh, als sie unser Dorf wieder verlassen konnten. Eine Flucht vor der Flucht sozusagen. Und ich bin froh, dass ich nun in München lebe, das sage ich dir ganz ehrlich, Diana.«

Johannes hatte ja irgendwie recht, und das teilte ich ihm auch mit. Durch die vehemente Ablehnung der Flüchtlinge während und nach der Flüchtlingskrise hatte sich unser Dorf wahrlich nicht mit Ruhm bekleckert. Bei uns hatte zu keiner Zeit eine Willkommenskultur geherrscht, nicht einmal ansatzweise. Die wenigen Einwohner, die für eine Aufnahme gewesen waren, waren mit Drohungen rasch mundtot gemacht worden. Was würde nun geschehen, wenn sich die Nachricht einer geplanten Ferienanlage samt Hotels und allem, was dazugehörte, verbreitete?

Ich war erschöpft, die Aufregung der jüngsten Ereignisse zerrte an mir. Wir warteten schon seit über einer Stunde.

Plötzlich spürte ich, wie Johannes meine Hand berührte. Zuerst meinte ich, dass es zufällig geschah, doch dann fiel mir auf, dass er nach meinen Fingern fischte, mit ihnen spielte.

»Ich frage mich, wie es heute wäre, wenn früher alles anders gekommen wäre«, sagte er und fuhr sanft über meine Handinnenfläche.

»Was meinst du?« Ich zog die Hand nicht weg, sondern verfolgte aufmerksam Johannes' Tun. Fühlte den Weg seiner Finger. Meine Müdigkeit war wie weggeblasen.

»Wenn du Oliver nicht geheiratet hättest.«

Gestern wäre ich noch entrüstet aufgesprungen und hätte geantwortet, dass du meine große Liebe gewesen seist und es gar keine andere Möglichkeit für mich gegeben hätte, als dich zum Mann zu nehmen. Nun fragte ich mich, ob du genauso gefühlt hattest wie ich oder ob es für dich einen anderen Grund gegeben hatte, mich zu heiraten. Ich erinnerte mich daran, wie wir uns kennengelernt hatten. Zufällig, in einer Diskothek. Vielleicht genauso zufällig, wie Johannes zuvor meine Hand berührt hatte. Dann wäre auch das eine Lüge gewesen.

»Vielleicht hätten wir beide eines Tages geheiratet und unsere Höfe zusammengelegt«, sagte ich, obwohl ich keinesfalls dieser Meinung war. Johannes und ich waren Freunde und kein Liebespaar, waren es nie gewesen.

Johannes rückte näher. »Das können wir immer noch.«

Ich suchte in seinen Augen nach Spuren, ob er es ernst meinte oder mich neckte, fand jedoch nichts.

»Was meinst du? Heiraten oder die Höfe zusammenlegen?«, fragte ich deshalb ein wenig provokant.

»Was du möchtest.« Johannes' Gesicht war nah an meinem. Ich wusste, dass er mich küssen wollte, und irgendwie wollte ich es auch. Seit ich Zweifel an dir hegte, ob du der Mann warst, für den ich dich gehalten hatte, erschien es mir nicht mehr wie Verrat, wenn ich mich zu jemand anderem hingezogen fühlte.

»Störe ich?« Die Stimme meines Bruders fuhr wie ein Blitz zwischen Johannes und mich und schaffte Distanz.

»Äh … was machst du denn hier?«, fragte ich, während ich ein Stück von Johannes abrückte.

»Mama hat mir gesagt, was passiert ist. Ich dachte, ich seh mal nach, wie es dir geht, aber ich denke, dass hätte ich mir sparen können.« Alexander grinste.

»Da ist nichts«, zischte ich ihm halblaut zu, was zur Folge hatte, dass sich Johannes neben mir aufrecht auf seinen Stuhl setzte. Ich bemerkte die Enttäuschung in seinem Gesicht, denn natürlich hatte ich eben gespürt, dass zwischen uns etwas war, das über platonische Freundschaft hinausging. Trotzdem waren diese Worte aus mir herausgesprudelt, ohne dass ich sie hatte aufhalten können.

Alexander hob abwehrend die Hände. »Wer im Glashaus sitzt, wirft bestimmt nicht mit Steinen«, sagte er und ließ sich neben mir auf einem Stuhl nieder.

»Johannes' Vater muss seine Aussage zu Protokoll geben, deshalb ist er da.«

»Schon gut! Mir musst du nichts erklären.« Alexander grinste weiter vor sich hin.

Ein Polizeibeamter kam auf mich zu und sagte: »Frau Heller! Sie sind dran.«

Ich stand auf und folgte ihm in das Büro des Dienststellenleiters, froh, der peinlichen Situation zu entfliehen. Dennoch hatte ich ein ungutes Gefühl, Johannes und Alexander allein zurückzulassen.

In seinem Büro bot mir Sepp Braumüller einen Stuhl an und sagte: »Danke, dass Sie gekommen sind.«

»Die Möglichkeit, es nicht zu tun, schien mir nicht vorhanden zu sein«, antwortete ich wahrheitsgemäß.

»Da haben Sie recht. Ich nehme unser Gespräch auf Band auf. Dadurch können wir es jederzeit noch einmal anhören, falls das nötig sein sollte.« Er lächelte mich freundlich an. Dann erzählte ich ihm, wie Vater aus unserer Stube gestürmt war, bis hin zu seiner Offenbarung, dass er und Heuböck Land verkaufen wollten, auf dem eine Ferienanlage samt Infrastruktur, Kurhotel und Golfplatz errichtet werden sollte.

»Und Sie haben davon nichts gewusst?«, hakte Braumüller nach. Es war ihm deutlich anzumerken, dass er mir nicht glaubte.

»Bis zu Vaters Beichte hatte ich nicht den blassesten Schimmer«, antwortete ich.

»Sollten Sie eines Tages den Hof übernehmen oder Ihr Bruder?«, wollte der Gruppeninspektor wissen.

»Ich bin die Hoferbin. Mein Mann wollte einen Biobetrieb daraus machen, mit artgerecht gehaltenen Kühen und jeder Menge selbst hergestellter Produkte«, erwiderte ich.

»Ihr Vater hat uns erzählt, Ihr Ehemann habe von den Verkaufsplänen gewusst. Und Sie behaupten allen Ernstes, er habe Sie darüber nicht in Kenntnis gesetzt?« Misstrauen schwang in seiner Stimme mit.

»Ich wünschte, es wäre anders gewesen.«

»Halten Sie Ihren Vater für den Mörder Ihres Mannes?«, fragte Braumüller plötzlich, obwohl ich genau deswegen schon einmal bei ihm gewesen war und meine Befürchtungen diesbezüglich zwar nicht ausgesprochen, aber zumindest angedeutet hatte.

»Ich … ich denke nicht, dass er es gewesen ist«, sagte ich.

Braumüller zog überrascht die Augenbrauen hoch.

»Ich weiß, das hört sich verwirrend an …«

»Ja, das tut es.«

»Ich kann das erklären«, sagte ich und rutschte nach vorn auf die Kante meines Stuhls. »Als ich letztens angedeutet habe, dass Vater Oliver erschossen haben könnte, da hatte ich noch nicht so mit ihm geredet, wie ich es hätte tun sollen. Ich meine, ich hab natürlich mit ihm gesprochen und ihn gefragt, ob er Oliver getötet hat, aber da ist er mir immer ausgewichen, weil er sich aufgrund dieses Projektes schuldig gefühlt hat, das er gemeinsam mit Horst Heuböck und der Bank umsetzen möchte. Weil er nicht wusste, ob Heuböck Oliver ermordet hat. Deswegen ist er ja zu ihm und wollte eine Antwort aus ihm herauspressen.« Ich nahm zumindest an, dass es so gewesen war, denn einen Beweis für all das hatte ich nicht.

»Mit Waffengewalt?«

»Leider.«

Braumüller seufzte. »Und? Halten Sie Horst Heuböck für schuldig?«

»Oder den Binder!«, schoss es aus mir heraus.

»Den Banker?«

»Ja, der war an dem Tag, an dem Oliver starb, bei uns auf dem Hof. Zuerst konnte ich mich nicht daran erinnern, aber jetzt weiß ich es wieder. Außerdem hat es Vater mir gegenüber erwähnt.«

Der Gruppeninspektor machte sich Notizen, obwohl unser Gespräch auf Band aufgenommen wurde. Anschließend spielte er mit dem Kugelschreiber und ließ ihn durch seine Finger gleiten.

»Was hat Ihnen mein Vater erzählt, als Sie ihn vernommen haben?«, fragte ich.

»Nicht viel. Er zieht es weiterhin vor, die wichtigen Fragen nicht zu beantworten. Wir werden ihn über

Nacht hierbehalten und morgen früh aufs Landeskriminalamt nach Linz bringen.«

»Er ist es nicht gewesen! Ich meine, das mit unserem Nachbarn natürlich schon, aber er hat Oliver nicht erschossen.«

»Zuerst ist er es, dann ist er es nicht. Sie müssen sich entscheiden, Frau Heller. Ich muss gestehen, es fällt mir schwer, Ihnen zu glauben. Aus meiner Sicht gibt es vier Möglichkeiten, wie es gewesen sein könnte ...« Der Gruppeninspektor machte eine Pause und lehnte sich in seinem Stuhl zurück. Aus dieser Position musterte er mich abschätzend.

Ich fühlte mich zunehmend unwohler, fragte aber dennoch: »Wie sehen diese vier Möglichkeiten aus?«

»Die eine ist, Ihr Vater hat Oliver umgebracht, und er wollte Heuböck dazu bringen, die Schuld auf sich zu nehmen, und ihn quasi zu einem falschen Geständnis zwingen. Zweitens, Horst Heuböck ist tatsächlich der Mörder von Oliver und Ihr Vater wollte die Wahrheit aus ihm herauspressen, indem er ihn mit dem Tod bedrohte. Und den Binder schauen wir uns auch noch genauer an. Das wäre die dritte Möglichkeit.«

»Was ist die vierte? Sie haben gesagt, es seien vier.«

»Sie sind die Mörderin Ihres Ehemannes und Ihr Vater versucht, Sie um alles auf der Welt zu beschützen.«

21. KAPITEL

Ich soll deine Mörderin sein! Dieser Satz hallte in meinem Kopf wie ein Echo in den Bergen wider. Ich hatte schlecht geschlafen und mich die halbe Nacht herumgewälzt. Jetzt am Morgen fühlte ich mich furchtbar.

Noch einmal drehte ich mich auf die andere Seite, wollte nicht aufstehen. Wollte nicht wissen, was mir der Tag brachte. Also blieb ich liegen, sinnierte darüber nach, was geschehen war, und kam zu dem Schluss, dass alles so wäre wie früher, wenn du noch am Leben wärst. Ich wäre weiterhin glücklich und wüsste nicht, dass du Geheimnisse vor mir gehabt hattest.

Dieser Gedanke trieb mich dann doch aus dem Bett, und ich fing an, deine Sachen zu durchwühlen.

Ich hatte nichts von dir weggeräumt, dafür war ich noch nicht bereit gewesen. Zuerst durchsuchte ich die Taschen deiner Jacken, wie es die eifersüchtigen Ehefrauen in den Filmen immer taten. Außer ein paar Münzen und deinem Haustürschlüssel fand ich nichts. Als Nächstes nahm ich mir deine Hosen, deine Geldbörse und den Badezimmerschrank vor. Deine Schublade in unserem Schreibtisch, wo ich Erinnerungsstücke entdeckte. Kleinigkeiten, die ich dir zu den verschiedensten Anlässen geschenkt hatte. Zu Geburtstagen, Valentinstagen oder einfach nur, um dir eine Freude zu bereiten. Tränen füllten meine Augen, und mein schlechtes Gewissen keimte auf, weil ich an dir zweifelte.

Ich fand Tabletten, von denen ich nicht wusste, für was sie gut waren oder wogegen sie dir geholfen hatten, aber sie erinnerten mich sofort an die Antidepressiva, die ich nehmen sollte. Ich sah zu der Kommode, auf der die unangetastete Packung lag und anklagend zu mir herüberstarrte, atmete tief durch und blieb entschlossen dabei, sie nicht anzurühren.

Eine Lade darunter befanden sich unsere Dokumente. Heiratsurkunde, Geburtsurkunden, Reisepässe. Unsere Sparbücher. Wir hatten bereits einiges zur Seite gelegt, um für den Umbau der Landwirtschaft auf einen Biobetrieb gerüstet zu sein, doch es reichte bei Weitem nicht aus, das wusste ich. Nun waren unsere Pläne ohnehin hinfällig. Nichts mehr wert.

Ich schloss die Lade und sah wieder zu der Kommode, stand auf und ging hinüber. Nahm die Tablettenpackung, steckte sie in die Handtasche und zog deren Reißverschluss zu. Ich hielt die Gegenwart der Antidepressiva nicht aus, ertrug ihren stillen Vorwurf nicht länger, dass irgendetwas in dem Haus nicht stimmte und ich deshalb gezwungen war, diese bitteren Pillen zu schlucken. Ich wollte ja dagegen ankämpfen, aber mit jedem Tag wurde mein Kampf schwerer. Weil mein Leben auf den Kopf gestellt wurde. Weil sich täglich neue Gräben auftaten, in die unser einstiges Leben stürzte, wo es von meinem Misstrauen verschüttet und erstickt wurde.

Wütend warf ich die Handtasche zu Boden. Ich brauchte dringend frische Luft! Da fiel mein Blick auf die Sparbücher, ich hatte sie auf dem Schreibtisch liegen lassen. Ich machte kehrt, nahm sie, zog die Lade auf und legte sie auf ihren Platz zurück …

Irgendetwas ließ mich innehalten.

Irgendetwas schickte mir eine Botschaft.

Ich nahm die Sparbücher wieder heraus und schlug das erste auf.

Mir stockte der Atem! Schwindel überfiel mich, und ich musste mich an der Schreibtischkante festhalten.

Unser Geld war weg!

Hastig blätterte ich in dem zweiten Büchlein bis zur letzten Seite, wo eine Auszahlung einen Stand von null Euro ergab.

Mein Gehirn raste. Jemand hatte unsere Sparbücher leergeräumt! Unser gesamtes Erspartes gestohlen!

Ich sah auf das Datum. Die Abhebung war zwei Tage vor deinem Tod getätigt worden …

Mit zitternden Knien setzte ich mich. Nur du und ich hatten Zugriff auf das Geld …

Wofür brauchtest du die hohe Summe?

200.000 Euro! Die du von deinem Vater geerbt hattest. Die ich gespart hatte. Die wir zusammen verdient und zur Seite gelegt hatten. Alles weg!

Ich war wie gelähmt, und doch schien mein Geist zu funktionieren. Irgendetwas aus meinem Unterbewusstsein klopfte gegen den Schatten des Vergessens wie das dumpfe Hämmern einer Faust gegen eine massive Holztür. Ich fühlte mich, als hätte ich das alles schon einmal erlebt. Als hätte ich schon einmal herausgefunden, dass unser Geld weg war …

Hattest du mir davon erzählt? Ich konnte mich nicht daran erinnern, dennoch wirkte diese Entdeckung irgendwie vertraut.

Hatte ich davon gewusst?

Hatten wir deshalb Streit gehabt?

Übelkeit breitete sich in meiner Magengegend aus und stieg rasch höher. Eilends lief ich zur Toilette und übergab mich.

22. KAPITEL

»Diana?«, hörte ich jemanden meinen Namen rufen. »Diana!«

Ich lag im Bett und rührte mich nicht. Sobald ich mich bewegte, drohte mein Magen überzuschwappen.

»Diana!« Meine Mutter klang energisch.

»Ich bin hier«, drang es leise aus meiner Kehle.

»Darf ich reinkommen?« Aufgrund der immer lauter werdenden Stimme wusste ich, dass Mutter meine Wohnung bereits betreten hatte und ihre Frage nur eine nachgeholte Bitte war, deshalb ersparte ich mir eine Antwort. »Mein Gott, wie siehst du denn aus? Bist du krank?« Mutter fühlte meine Stirn, wie sie es immer getan hatte, als ich noch klein gewesen war. Ich sehnte mich danach, wieder ein Mädchen zu sein, unbeschwert auf den blühenden Wiesen herumzutollen und Schmetterlingen hinterherzujagen. Im Wald den Eichhörnchen heimlich Nüsse zuzustecken. Auf die Felsen zu klettern und Steine in die Tiefe zu werfen, bis sie platschend im seichten Wasser des Baches landeten. All das vermisste ich in diesem Augenblick so sehr, als Mutters Hand auf meiner Stirn ruhte und sie zu ergründen versuchte, ob ich fiebrig war.

»Ja, wahrscheinlich bin ich das«, antwortete ich, froh über die mir von Mutter unbeabsichtigt verschaffte Ausrede, warum ich um diese Uhrzeit im Bett lag. Ähnlich einem Schutzschild versteckte ich mich die nächsten Stunden dahinter. Verschwieg meine Entdeckung von den geplünderten Sparbüchern.

Mutter brachte mir Tee, redete mit mir, ging wieder und tauchte wenig später mit Tabletten und Saft auf. In meinem Kopf wummerte das Lied »I was made for lovin' you« unaufhörlich vor sich hin und ließ mich nicht zur Ruhe kommen. Mutters Anwesenheit hingegen tat mir gut, ich wurde schläfrig. »I was made for lovin' you …« Mit einem Löffel flößte sie mir Hühnersuppe ein. Dann, irgendwann, holte ich den fehlenden Schlaf der vergangenen Nacht nach. Bis es wieder Nacht wurde. Und erneut Morgen.

Als ich aufwachte, fühlte ich mich besser. Das Lied in meinem Kopf war verstummt. Ich schälte mich aus dem Bett und ging zur Toilette. Auf dem Weg dorthin sah ich meine Tasche auf dem Tisch stehen. Komisch, denn ich war mir sicher, dass ich sie zu Boden geworfen hatte. Langsam trat ich näher und blickte in ihren geöffneten Schlund. Die Antidepressiva lagen ganz oben, die Verpackung war aufgerissen, zwei der runden weißen Dinger waren herausgedrückt worden und fehlten.

Mutter hatte mir Tabletten gebracht, erinnerte ich mich, zusammen mit Tee. Ich hatte sie genommen und gedacht, dass es Schlaftabletten seien. Doch wenn ich jetzt in mich hineinhörte, war da wieder dieser widerliche Nebel, der die Stunden verschleierte, bevor ich geschlafen hatte. Dem ich zu entkommen versuchte, da er Teile meiner Erinnerungen für sich behielt, mir keinen Zugang zu ihnen gewährte. Ich strengte mich an … Die Sparbücher fielen mir ein. Ich zog die Lade des Schreibtisches auf und wusste selber nicht, was ich mir davon versprach. Erwartete ich, dass die Bücher weg waren? Dass sie jemand herausgeholt und mitgenommen hatte? Oder dass ich mich geirrt hatte und das Geld noch da war?

Ich fasste in die Schublade, beide Sparbücher befanden sich an ihrem Platz. Dann blätterte ich darin bis zu jenen Seiten mit dem aktuellen Guthaben. Das Geld war weg, daran hatte sich also nichts geändert. Daran erinnerte ich mich. Ebenso an das Gefühl, das diese Tatsache hervorgerufen hatte. Panik. Wut. Und der Verdacht, dass wir deswegen gestritten hatten und ich dich …

Nein! Auf keinen Fall!

Ich steckte die Sparbücher in den Schreibtisch zurück und ging ins Bad. Dort spritzte ich mir kaltes Wasser ins Gesicht, um mich zu beruhigen. Rubbelte über meine Haut, bis sie rot und gut durchblutet war. Anschließend versuchte ich, die Nebenwirkungen der Tabletten durch eine Dusche mit abwechselnd heißem und kaltem Wasser aus meinem Körper zu spülen. Doch die Unruhe blieb. Ich musste mich ablenken und beschloss, auf die Bank zu fahren, um den geplünderten Sparbüchern auf den Grund zu gehen.

*

»Wie geht es dir heute?«, fragte Mutter eine Stunde später, als ich ihr im Flur begegnete.

»Schon besser, danke. Hast du etwas von Papa gehört?«, fragte ich und ließ mir nichts anmerken.

»Sie haben ihn gestern gehen lassen, nachdem sie ihn in Linz verhört haben. Heuböck hat ihn angezeigt, und er hat sich daraufhin volllaufen lassen.«

»Bist du alleine im Stall gewesen?« Ich bekam Schuldgefühle, da auch ich unpässlich gewesen war und Mutter bei der Arbeit eigentlich hätte helfen sollen.

»Nein, Alexander war da.«

»Alexander«, wiederholte ich. »Das ist gut. Hat er …?« Ich brach ab und biss mir auf die Lippen. Eigentlich hatte ich fragen wollen, ob er ihr erzählt habe, dass er homosexuell sei, unterließ es aber. Wie ich meinen Bruder einschätzte, würde er sein Outing gegenüber unseren Eltern so lange hinauszögern, wie es ihm möglich war.

»Hat er was?«, hakte Mutter nach.

»Hat er etwas gesagt?«

»Natürlich hat er etwas gesagt. Er arbeitet doch nicht die ganze Zeit stumm neben mir im Stall. Manches Mal stellst du seltsame Fragen, Diana, weißt du das?«

Natürlich wusste ich das, sagte aber: »Entschuldige, es ist nur im Augenblick jede Menge los. Ich weiß auch nicht, vergiss es einfach.«

»Alles in Ordnung?«

»Ja.« Ich brachte sogar ein Lächeln zustande. »Natürlich.«

»Und das gestern?«

»Ich glaube, mir ist alles zu viel geworden. Das mit Oliver, und dann Papa …«

Mutter nickte. »Verstehe.«

»Mama?«

»Ja?«

»Hast du mir Antidepressiva gegeben anstatt Schlaftabletten?«

Mutter betrachtete mich und schien von meinem Gesicht ablesen zu wollen, weshalb ich danach fragte.

»Ja, hab ich. Ich dachte, du brauchst dringend eine Auszeit. Ich hab vorher mit Doktor …«

»Bitte gib mir keine mehr, ganz egal, wie sehr du denkst, ich könnte sie gebrauchen«, bat ich.

»Aber …«

»Bitte, Mama.«

»Wenn du meinst.«

»Danke. Ich bin dann mal weg.«

»Wohin gehst du?«

»Zur Bank. Ich muss ein paar Dinge wegen Olivers Tod erledigen.«

»Soll ich mitkommen?«

»Nein, ich schaffe das schon!« Ich eilte zur Tür hinaus, in meiner Handtasche die leeren Sparbücher. Ich erhoffte mir, von Dominik Binder Informationen wegen der Geldabhebung zu erfahren.

»Warte, Diana! Ich begleite dich! Ich brauch eh noch Sachen vom Bäcker und vom Fleischer. Ich zieh mir rasch etwas anderes an.«

Ich wurde das Gefühl nicht los, dass Mutter in Wahrheit gar nicht einkaufen musste, sondern bloß ein Auge auf mich haben wollte. Den Bäcker und den Fleischer schob sie lediglich vor, damit ich nichts einwenden konnte. Und anstatt zu protestieren, stimmte ich zu, wahrscheinlich, weil ich mich durch ihre Begleitung tatsächlich besser fühlte.

Während ich auf sie wartete, überlegte ich, wofür du das Geld gebraucht haben könntest. Doch alles, was mir einfiel, mutete mir viel zu unwahrscheinlich an, als dass ich es ernsthaft in Erwägung zog. Immerhin waren 200.000 Euro ein Batzen Geld.

»So, da bin ich.« Mutter trug wie immer Jeans und

ein bequemes T-Shirt. Nur sonntags und an Feiertagen, wenn sie in die Kirche ging, schlüpfte sie in ihr Dirndl.

»Los geht's.«

Während der Fahrt redeten wir über Belangloses, beide vermieden wir das Thema, weswegen Vater verhaftet worden war. Im Verdrängen war meine Familie wirklich gut, war es immer schon gewesen. Das würde sich jetzt nicht ändern.

Ich parkte den Wagen vor der Bank, wir stiegen aus und Mutter verabschiedete sich in Richtung Bäcker. Als ich das Gebäude der Bankfiliale betrat, erkannte ich am Gesicht von Marianne Kögler hinter dem Schalter, dass sie über mein Erscheinen nicht sonderlich erfreut war.

»Kann ich dir helfen?«, fragte sie und gab sich nicht die Mühe, ihre Abneigung mir gegenüber zu verbergen. Beate Machauer, die auch im Dorf lebte, machte sich gerade am Überweisungsautomaten zu schaffen und linste neugierig dahinter hervor.

»Ich möchte bitte Herrn Binder sprechen«, bat ich höflich.

»Der hat im Augenblick keine Zeit.«

»Dann warte ich so lange.«

Marianne sog genervt die Luft ein, griff zum Telefon und flüsterte einige Worte in den Hörer. Nach wenigen Sätzen legte sie auf und schob auf ihrem Platz ein paar Dinge zurecht.

Im hinteren Bereich der Bank fiel eine Tür ins Schloss. Kurz darauf trat Dominik Binder in den Schalterraum.

»Frau Heller, was wollen Sie hier?«, bellte er mich unfreundlich an.

»Ich habe etwas zu klären«, sagte ich ausweichend, da ich nicht wollte, dass alle mitbekamen, dass du unser

Geld verschleudert hattest. Gerade hatte Michael Struglehner, der Gastwirt, bei dem der Leichenschmaus nach
deinem Begräbnis stattgefunden hatte, die Bank betreten und lauerte wie die Dame hinter dem Überweisungsautomaten auf die Fortsetzung des Schauspiels, das wir
ihnen boten.

»Und was ist das, das Sie angeblich klären möchten?«,
fragte Binder distanziert.

»Das will ich lieber nicht in aller Öffentlichkeit besprechen.«

Der Banker zögerte, blickte sich um und stellte sich
demonstrativ neben seine Kollegin. Die sah nun von noch
weiter oben auf mich herab als zuvor, und ich wünschte
mir, dass sie von diesem hohen Ross fallen möge und ich
es hoffentlich mitbekäme.

Ich machte einen Schritt auf die beiden zu, beugte
mich über den Tresen und sagte: »Bankgeheimnis, Sie
wissen schon.«

Binder presste verärgert die Lippen aufeinander, gab
mir aber zu verstehen, dass ich ihm folgen solle. Übertrieben freundlich schenkte ich Marianne Kögler ein
Lächeln und schritt hinter Binder her in den rückwärti-
gen Bereich, wohl wissend, dass sich gerade drei Augenpaare wie Dolche in meinen Rücken bohrten. Bestimmt
würden deren Besitzer gleich über mich tuscheln.

In seinem Büro ließ sich der Banker in den Chefses-
sel hinter seinem Schreibtisch fallen, bot mir jedoch keinen Platz an.

Ich setzte mich trotzdem.

»Sie haben Mumm, sich hier blicken zu lassen!«,
fauchte mich Binder an. »Wegen Ihnen habe ich die Polizei am Hals!«

»Es tut mir leid, aber ich …«

»Es tut Ihnen leid, dass Sie mich als Mörder angeschwärzt haben?«, echauffierte sich Binder weiter. »Ich
glaube es nicht!«

»Das liegt daran …«

»Und Heuböck! Er hat mir erzählt, was vorgefallen
ist!«, ließ mich Binder nicht ausreden, so sehr war er in
Rage. »Ihm haben Sie sogar Ihren Vater auf den Leib
gehetzt, der ihm mit dem Gewehr den Kopf wegpus-
ten wollte!«

Ich schwieg und wartete, bis er genügend Dampf abgelassen hatte.

»Na, was sagen Sie dazu? Sitzen Sie nicht nur da und
starren mich an, sondern machen Sie endlich den Mund
auf«, blaffte er mich an. Dass er mir keine Gelegenheit
dazu gegeben hatte, mich zu äußern, schien ihm gar nicht
aufgefallen zu sein.

»Ich habe Sie und Heuböck an dem Tag, an dem Oliver gestorben ist, bei uns auf dem Hof gesehen, und
zwar unmittelbar nachdem ich Oliver sterbend am
Boden der Scheune liegend gefunden habe«, sagte ich
mit fester Stimme, ohne Binder aus den Augen zu lassen. Sofort veränderte sich seine Haltung, und seine zur
Schau gestellte Aufregung verpuffte wie die Magie eines
Zauberkünstlers, bei dessen Trick enthüllt worden war,
wie er funktionierte. »Ich habe mich nicht gleich daran
erinnert, aber nach und nach kehrt alles zurück. Was
haben Sie bei uns gemacht?«, fragte ich, obwohl ich die
Antwort darauf bereits von Vater wusste.

»Äh …« Binder lockerte seine Krawatte, als wäre die
Temperatur in seinem Büro eben um ein Vielfaches ange-
stiegen. »Wir mussten etwas besprechen.«

»Was denn?«

»Äh … Sie wissen, dass ich Ihnen das nicht sagen darf, wegen dem Bankgeheimnis, auf das Sie sich schließlich selbst berufen.«

»Geben Sie sich keine Mühe, ich weiß Bescheid.«

»Ja?« Binder war überrascht.

»Vater hat uns davon erzählt, dass auf unserem und Heuböcks Grund eine Ferienanlage, ein Kurhotel und ein Golfplatz samt Infrastruktur gebaut werden sollen.«

Binder nickte mehrmals und fragte: »Und? Was halten Sie davon?«

Ich wollte ihm darauf nicht antworten, da nicht auszuschließen war, dass ich danach nichts mehr von ihm erfahren würde.

»Wie war mein Mann in dieses Projekt eingebunden?«, fragte ich stattdessen.

Binder zögerte. »Soviel ich weiß, hat Ihr Vater mit ihm alles geklärt und ihn an seinem Anteil beteiligt.«

»Mussten Vater und Oliver Geld vorstrecken oder anderweitig investieren, damit dieses Projekt zustande kommt?«

»Nein!«, wehrte Binder entschieden ab. »Es geht lediglich darum, dass Ihre Familie und die vom Heuböck den Grund verkaufen, und zwar als Bauland. Sie wären hernach eine reiche Frau, Frau Heller.« Binder grinste und sah mich anzüglich an. »Und niemand würde mehr sein Maul aufreißen und irgendwelche dummen Gerüchte in die Welt setzen.«

»Was meinen Sie?«

»Dass Sie eine Affäre mit dem jungen Heuböck haben zum Beispiel. Das ganze Dorf redet darüber.«

»Sie wissen, dass das nicht stimmt«, erwiderte ich.

»Gerüchte sind schnell gestreut …«

»Heißt das, dass Sie es in die Welt gesetzt haben?«
Binder antwortete mit einem Lächeln.

»Warum?«

»Ich behaupte nicht, dass ich es getan habe, Frau Heller. Ich will Ihnen nur aufzeigen, wie rasch der Ruf ruiniert sein kann. Was denken Sie, wie lange es dauern wird, bis sich herumgesprochen hat, dass die Polizei bei mir gewesen ist und mich wegen dem Tod Ihres Mannes vernommen hat?«

»Ich hab mich dafür entschuldigt …«

»Das ist nicht genug!«, rief Binder plötzlich. »Verkaufen Sie Ihr Land! Reden Sie mit Ihrer Familie darüber! Und zwar bevor es sich die Investoren anders überlegen.«
Aus zusammengekniffenen Augen musterte er mich, als würde er jeden Moment auf mich losgehen.

»Schon möglich, dass ich das mache«, sagte ich. »Zuvor müssen Sie aber etwas für mich tun.«

Binder runzelte fragend die Stirn. »Und das wäre?«

»Oliver hat zwei Tage vor seinem Tod das ganze Geld von unseren Sparbüchern abgehoben.« Ich griff in meine Handtasche, holte die geplünderten Bücher heraus und schob sie Binder über den Schreibtisch zu. »Ich will wissen, weshalb.«

Der Banker nahm die Sparbücher und blätterte sie auf. Als er sie kontrolliert hatte, sagte er: »Niemand ist verpflichtet, uns mitzuteilen, was er mit seinem Geld macht.«

»Haben Sie davon gewusst?«

»Wenn ich davon wüsste, dürfte ich es Ihnen wegen dem Bankgeheimnis nicht …«

»Verstecken Sie sich nicht immer hinter diesem verdammten Bankgeheimnis!«, unterbrach ich ihn. »Ich habe ein Recht zu erfahren, wo das Geld ist!«

Binder sah mich an. Er schien zu prüfen, wie ernst es mir damit war und welches Risiko er einging. Eines war inzwischen aber klar: Sollte er sich mir jetzt verweigern, würde er in Sachen Bauland für die Ferienanlage und den Golfplatz nicht weiterkommen. Er stand auf und verließ mit den Sparbüchern das Büro. Das wäre die Gelegenheit, in seinen Unterlagen zu stöbern und nach etwas zu suchen, was mir Informationen lieferte. Zumindest wurde das in den Filmen immer so gezeigt. Ich aber blieb auf dem Stuhl regelrecht kleben, unfähig, auch nur die oberste Zeile des ersten Dokumentes auf Binders Schreibtisch zu lesen. So zu tun, als wüsste ich, was Sache war, kostete mich derart viel Kraft, dass ich die wenigen Minuten, die der Banker nicht in seinem Büro war, als Pause dringend benötigte. Als er zurückkehrte, streckte ich den Rücken durch – die Show ging weiter.

»Es tut mir leid, wir haben keinerlei Kenntnisse darüber, wofür Ihr Mann das Geld gebraucht hat. Er hat es abgehoben und mitgenommen. Er hat keine Überweisung veranlasst, weder auf sein Konto noch sonst wohin.« Binder ließ die Sparbücher vor mir auf den Schreibtisch fallen und setzte sich. Dort lagen sie nun und machten mir klar, wie wenig ich über dich gewusst hatte.

»Werden Sie mit Ihrer Familie reden?«, blieb Binder hartnäckig.

Ich nahm die Sparbücher, steckte sie in meine Tasche und stand auf. Vor der Tür blieb ich stehen und drehte mich um. Ich blickte Binder in die Augen. »Haben Sie Oliver umgebracht?«

Er sprang auf und rief: »Raus!«

»Auf Wiedersehen«, sagte ich und verließ das Büro, ebenso die Bank.

Draußen auf der Straße entdeckte ich Mutter, wie sie sich mit ein paar Dörflerinnen unterhielt. Als ich näher kam, erkannte ich, dass es sich nicht um ein freundliches Gespräch handelte.

»Ich kann es nicht glauben, Helga! Deine Eltern würden sich im Grab umdrehen, wenn sie davon wüssten«, sagte Maria Sinfunker und deutete mit dem ausgestreckten Zeigefinger anklagend in Richtung Friedhof.

»Was soll ich dir denn noch sagen? Ich hab davon nichts gewusst«, verteidigte sich Mutter.

»Aber man kann doch nicht seine eigene Existenz verkaufen!«, meinte eine andere Frau, die ich als Mostbäuerin kannte. Ihre Familie betrieb eine kleine Jausenstation und stellte alle Produkte, die sie dort verkaufte, selber her. Sollte die Ferienanlage samt der dazugehörenden Infrastruktur gebaut werden, würden hier bestimmt große Restaurants sowie Filialen von Fast-Food-Ketten eröffnen, damit wäre ihre Jausenstation dem Untergang geweiht.

»Das werden wir auch nicht«, versuchte Mutter, die aufgebrachten Frauen zu besänftigen.

»Hast du überhaupt noch was mitzureden?«, fragte Maria Sinfunker giftig. »Wie es ausschaut, fragt dich der Hans-Peter ja gar nicht mehr. Dabei seid ihr immer das Vorzeigeehepaar gewesen. Alle haben geschaut, wenn die Seeleitners wo aufgekreuzt sind. Der Hans-Peter ein stattliches Mannsbild und du, Helga, eine fesche Frau. Und schau dich jetzt an!« Abfällig zeigte sie auf Mutter.

»Was willst du damit sagen?«, parierte Mutter kampfeslustig.

»Na ja, ein Mann, der dich bei den wichtigen Entscheidungen übergeht, eine Tochter, die eine Affäre gehabt hat oder immer noch hat und was weiß ich alles gemacht hat …«

Wie erstarrt blieb ich stehen. Die wütenden Frauen entdeckten mich nicht weit von ihnen entfernt. Ihre feindseligen Blicke trafen mich hart. Ich war unfähig, auf ihre Anschuldigungen zu reagieren.

»Ihr seid so ein ausgeschamtes Gesindel!«, rief Mutter.

»Wir? Schaut euch doch selber an!«, erwiderte Maria Sinfunker. »Deine Eltern hört man nachts auf dem Friedhof schreien, vor lauter Gram, was da bei euch zu Hause los ist. Ich hab sie ja gut gekannt, deine Eltern. Dass du dich nicht schämst! Ihr stürzt das ganze Dorf ins Unglück!«

»An dem Tag, an dem der Hans-Peter den Horst Heuböck hat umbringen wollen, sind am Friedhof die Lichter ausgegangen«, sagte die Mostbäuerin. »Und zwar alle!«

»Woher willst du das denn wissen? Du wohnst ja außerhalb«, erwiderte Mutter.

»Das hat man mir erzählt«, behauptete die Mostbäuerin.

»Ach was, lauter dummes Geschwätz! Früher hätte man euch als Hexen verbrannt, und heute dürft ihr ungestraft verbreiten, was ihr wollt!« Mutter ließ die Frauen stehen. »Komm, Diana! Bei so viel Dummheit muss ich gleich kotzen.« Sie packte mich am Arm und zog mich zum Auto. Wir stiegen ein und brausten los. Als wir das Dorf hinter uns ließen, fiel mir auf, wie sehr Mutter zitterte.

23. KAPITEL

Als wir nach Hause kamen, wartete Johannes auf der Bank neben unserer Eingangstür und ließ sich die Sonne ins Gesicht scheinen. Natürlich hatte er keine Ahnung, was uns eben widerfahren war, und ich wünschte mir ja selbst Normalität in mein Leben zurück, dennoch ärgerte mich seine Unbekümmertheit. Als wir aus dem Wagen stiegen, lächelte er uns freundlich entgegen, was mich noch mehr gegen ihn aufbrachte.

»Johannes, was machst du hier?«, blaffte ich ihn an. Mutter ging sofort ins Haus, ihr war nicht nach einer weiteren Konversation zumute. Außerdem war ohnehin klar, dass Johannes zu mir wollte.

»Ich will sehen, wie es dir geht«, antwortete er, sichtlich überrascht von meiner Schroffheit.

»Beschissen!«, sagte ich und wusste im selben Augenblick, dass es unfair war, meine schlechte Laune an ihm auszulassen. Meine Erfolglosigkeit bei der Bank und das Getratsche der Dorffrauen hatten mich nicht gerade fröhlich gestimmt, ebenso seine Sorglosigkeit, auf der Bank vor unserem Hof in der Sonne zu sitzen. Wenn ihn jemand dabei beobachtet hatte, würde das abermals das Getratsche im Dorf befeuern. Trotzdem war meine heftige Reaktion unangebracht. »Magst du einen Kaffee?«, fragte ich versöhnlich.

»Gerne.« Johannes lächelte wieder und folgte mir in meine Wohnung. Ich brühte Kaffee auf und legte auf einen Teller die Kekse, die du so gemocht hattest und von denen noch einige Packungen vorrätig waren.

»Wie geht es deinem Vater? Sinnt er weiterhin auf Rache?«, fragte ich mit dem Rücken zu Johannes stehend.

»Oh ja, das tut er. Er kann deinem Vater nicht verzeihen, dass er ihn verdächtigt, Oliver ermordet zu haben. Und dieses gemeinsame Projekt, du weißt schon, diese Ferienanlage und der Golfplatz, ich glaube, daraus wird nichts mehr.«

»Das ist doch gut, oder?«

»Keine Ahnung. Ich muss gestehen, dass es mir egal ist. In ein paar Wochen fahre ich so oder so zurück nach München«, erinnerte mich Johannes, während die Kaffeemaschine gurgelnd eine braune Brühe produzierte.

»Aber es geht doch um dein Erbe, Johannes«, sagte ich und stellte Milch, Zucker und den Teller mit den Keksen auf den Tisch. Ich verstand nicht, dass es für ihn keine Rolle spielte, ob sein Vater den Hof verkaufte oder nicht.

»Ich bin mit all dem hier nicht so verbunden wie du, Diana. Ich will kein Landwirt sein. Du hast keinen Tag frei, weil du die Tiere füttern musst, bist abhängig vom Wetter und den Preisen, welche die großen Supermarktketten bereit sind zu zahlen. So ein Leben ist nichts für mich. Ich will nicht gebunden sein an ein Stück Land und einen Hof, der bald zu klein sein wird, um davon leben zu können.«

Ich kannte die alte Leier. Unsere Höfe waren anders als die der großen Fleisch- und Milchproduzenten in der Europäischen Union. Ebenso unterschied sich unser

Land von den riesigen Feldern der landwirtschaftlichen Kommunen. Es war hügeliger, kleinflächiger und deswegen auch schöner, fand ich. Deshalb war ein Umdenken notwendig, damit die Struktur unseres Landes aufrechterhalten blieb. Damit sich Modernes mit Altem vereinigen konnte. Dass jedoch die Lösung im Verkauf unseres Landes lag, bezweifelte ich genauso wie einst du. Oder zumindest hatte ich geglaubt, dass du es getan hattest.

Ich setzte mich Johannes gegenüber und goss ihm aus der Glaskanne Kaffee in seine Tasse. »Es ist ja nicht so, dass ich dich nicht verstehe«, gab ich zu. »Aber ich fühle mich all dem hier doch verpflichtet.«

»Was hält dich noch?«, fragte Johannes.

Ich überlegte und mir fiel nichts Gewichtiges ein. Du warst tot, mein Vater offenbar bereit, alles aufzugeben. Meine Mutter würde sich mit ihrem pragmatischen Wesen an die Situation anpassen, sie eines Tages sogar als den einzig gangbaren Weg bezeichnen, und Alexander war woanders ohnehin besser aufgehoben als auf dem prüden Land, in diesem engstirnigen Dorf.

»Nichts«, antwortete ich. »Wahrscheinlich ist es Gewohnheit, die mich hält.«

»Oder Angst, eine Veränderung herbeizuführen?«

»Gut möglich.«

»Komm mit mir nach München, Diana. Ich kann dir ein sorgenfreies Leben bieten.« Johannes griff über den Tisch nach meiner Hand, und ich ließ ihn gewähren.

»Das Stadtleben ist nichts für mich«, sagte ich, ohne den Blick von unseren vereinten Händen zu nehmen. »Ich würde dort eingehen wie eine Blume, die zu wenig Wasser bekommt. Oder zu wenig Licht.«

»Was willst du dann?«

»Ich weiß es nicht. In einem Augenblick will ich so frei leben, wie du das möchtest, Johannes, und im nächsten möchte ich am liebsten sterben.«

Johannes ging um den Tisch herum und kniete sich vor mich hin. »Mein Armes«, sagte er und streichelte meine Wange. »Ich mag mir gar nicht vorstellen, was du in letzter Zeit hast durchmachen müssen.«

»Es war eine Scheißzeit«, sagte ich und kämpfte gegen die aufsteigenden Tränen. Ein paar liefen mir dennoch die Wangen herunter.

»Ich weiß«, flüsterte Johannes und küsste die Tränen von meiner Haut. Es fühlte sich gut an, seine Lippen waren weich und warm. Ich sehnte mich danach, dass sie weiterwandern würden, sich auf meinen Mund pressten. Als dies geschah, war ich erleichtert und aufgeregt zugleich. Wild und zart. Zurückhaltend und fordernd.

Johannes hob mich hoch und trug mich ins Schlafzimmer. Wir zogen einander aus, ohne etwas zu sagen. Ohne zu fragen, ob es in Ordnung war, was wir taten. Wir legten uns ins Bett, und Johannes streichelte meinen Körper. Der Verzicht machte mich ungeduldig. Ich spürte seine Finger über meine Haut gleiten, aber viel intensiver war sein Blick, der mein Verlangen nährte. Ungeduldig drängte ich mich an ihn, wollte ihn spüren, auf meiner Haut, in meinem Körper, in meiner Seele. Seine Hände erkundeten jede Stelle von mir, bis ich in einen Zustand geriet, der mich keinen Gedanken mehr fassen ließ. Er rollte sich auf mich, küsste mich leidenschaftlich, drang in mich ein. Viel zu lange hatte ich das nicht erlebt. Eine Welle aus Lust und Verlangen überschwemmte mein Innerstes, bis sie sich in einer schäumenden Gischt entlud, die mit aller Heftigkeit gegen die Klippen schlug.

Ich war erschöpft, doch ich fühlte mich so entspannt wie seit einer Ewigkeit nicht mehr. Ich ließ mich in das wohlige Gefühl sinken und genoss den Moment. Dachte in den nächsten Minuten an nichts, nur daran, dass ich vielleicht noch eine zweite Chance bekam, glücklich zu werden. Nach einer Weile lag Johannes mit geschlossenen Augen neben mir. Sein regelmäßiger Atem ließ mich wissen, dass er eingeschlafen war. Ich erinnerte mich an so manche seiner Blicke und fragte mich, warum er mir nie gesagt hatte, dass er in mich verliebt war. Und ob er das tatsächlich seit unserer Kindheit war, als wir noch sorglos Räuber und Gendarm gespielt hatten. Oder Cowboy und Indianer, als er und mein Bruder mich als Gefangene an einen Baum gefesselt hatten. Oder hatte er sich erst später in mich verknallt? Als Teenager vielleicht?

Ich musste unbedingt Nora alles beichten. Sie würde mich hassen für das, was ich getan hatte. Was ich ihr damit antat. Tatsächlich hasste ich mich selbst dafür, doch ich fühlte mich ebenso glücklich, weil ich nicht mehr allein war in dieser mir grausam erscheinenden Zeit. Weil endlich wieder jemand an meiner Seite stand, der zu mir hielt. In guten wie in schlechten Tagen.

Ich sah Johannes an, seine blonden Haare fielen ihm ins Gesicht und verliehen ihm ein jungenhaftes Aussehen. Ich genoss die Geborgenheit, die er mir schenkte, und legte meinen Kopf auf seine Brust.

*

Stimmen drangen in mein Unterbewusstsein. Wurden lauter. Ich schreckte hoch. Wie lange hatte ich geschlafen? Draußen war es dunkel.

Jemand schrie. Aufgeregt. Ich richtete mich auf und weckte Johannes.

»Was ist los?«, fragte er verschlafen.

»Keine Ahnung. Irgendjemand ist da draußen.« Ich stieg aus dem Bett und drückte den Vorhang zur Seite. Vor unserem Haus hatte sich gefühlt das halbe Dorf versammelt, genauso viele waren auf dem Weg zu Heuböcks Anwesen. Die Menschen hielten Fackeln in Händen. Ein Lichterzug erstreckte sich über die Straßenverbindung unserer Höfe und bewegte sich in der Dunkelheit wie eine leuchtende Schlange vorwärts.

Johannes trat neben mich und sah aus dem Fenster. »Was haben die vor?«

»Bestimmt nichts Gutes.«

Die Menschen wirkten entschlossen. Sie schrien Parolen, dass sie gegen den Ausverkauf ihrer Heimat seien. Dass sie keine Ferienanlage, keine Hotels, keine überteuerten Geschäfte und keinen Golfplatz für reiche Leute haben wollten, ebenso kein Kurhotel. Dass die Natur so bleiben solle, wie sie war. Dass sie in Ruhe und Frieden leben wollten und keine Mörder unter sich duldeten. Das alles brüllten sie uns entgegen, durch die geschlossenen Fenster und Türen. Durch die Mauern. Ihre Augen sprühten vor Hass, und das, was ich gerade noch als meine Heimat empfunden hatte, wurde mir plötzlich fremd.

»Das ist eine Warnung, Seeleitner!«, rief einer. »Wir werden ernst machen, wenn du unser Land an irgendwelche ausländischen Konzerne verkaufst, damit die hier Luxushotels errichten!«

Glas klirrte. Jemand hatte mit einem Stein ein Fenster im Erdgeschoss eingeschlagen.

»Scheiße!«, entfuhr es Johannes. »Die sind zu allem

bereit. Soviel ich weiß, hat es heute im Dorf eine Versammlung gegeben.«

»Eine Versammlung?«, wiederholte ich. »Davon wusste ich gar nichts.«

»Wir waren auch nicht eingeladen.«

»Um was ging es?«

»Um uns. Deine Familie und meine. Und um dieses scheißverdammte Bauprojekt.« Johannes zog sich hastig an und warf noch einmal einen Blick nach draußen. Wahrscheinlich wollte er nach Hause laufen, um sicherzugehen, dass dort alles in Ordnung war.

»Nicht! Wenn dich jemand sieht!«, versuchte ich, ihn zurückzuhalten. Sollte er beim Verlassen des Hofes entdeckt werden, würde in jedem Kopf einzementiert, dass wir eine Affäre hatten und Oliver deswegen hatte sterben müssen. Das wäre dann keine Behauptung mehr, sondern Realität. Und niemand würde sich dafür interessieren, dass wir erst vor wenigen Stunden zu einem Liebespaar geworden waren.

Johannes knöpfte eilends sein Hemd zu. »Ich gehe hinten raus. Ich weiß ja, wo ich lang muss.«

»Aber was, wenn sie auch dort sind?«

Er trat an mich heran und küsste mich. »Mach dir keine Sorgen, ich pass schon auf mich auf.«

Ein Gegenstand flog krachend gegen die Scheibe meines Schlafzimmerfensters. Wir zuckten zusammen, duckten uns. Instinktiv und aus Angst, durch den nächsten Schlag könnte das Glas bersten und etwas hereingeschleudert werden. Ein Stein. Oder eine Fackel.

»Bleib von den Fenstern weg!«, sagte Johannes und eilte zur Tür. Dort drehte er sich noch einmal um, blickte mich an und verschwand.

Ich schlüpfte ebenfalls schnell in mein Gewand und lief die Treppe hinunter in die Küche, wo Vater und Mutter beisammenstanden und durch die geborstene Scheibe des Küchenfensters hinaus auf die wütende Meute starrten.

»Wir lassen uns nicht vertreiben«, knurrte Vater und strich meiner Mutter übers Haar. Ich hatte die beiden seit Ewigkeiten nicht mehr so eng beieinander gesehen, sich gegenseitig festhaltend, vereint. Nicht einmal beim Begräbnis meiner Großeltern. Oder deinem. Noch nie, wenn ich mich richtig entsann. Mutter streckte ihren Arm nach mir aus. Ich kam hinzu, wir standen einfach nur da und hielten einander fest. Wie eine richtige Familie.

»Wo ist Alexander?«, fragte ich.

»Er ist nicht zu Hause«, schluchzte Mutter.

»Er ist überall besser aufgehoben als auf dem Hof«, meinte Vater. »Dort draußen kann ihm nichts passieren, hier schon. Wer weiß, zu was die fähig sind.«

Ein Schuss heizte die Atmosphäre vor unseren Toren noch weiter an. Während jemand rief, dass es genug sei, grölten andere unaufhörlich ihre Parolen in die Dunkelheit hinaus.

In diesem Tumult war das An- und Abschwellen von Sirenen zu hören.

»Die Polizei«, seufzte Mutter erleichtert.

Das blau blinkende Licht der Einsatzwagen mischte sich mit dem orangeroten Feuer der Fackeln zu einem Meisterwerk von Lichtkunst in der Nacht, untermalt von den immer lauter werdenden Sirenen. Dieses bizarre Schauspiel wirkte wie ein Anschlag des Ku-Klux-Klans in Amerika, den man aufführte und ins Mühlviertel projizierte. Doch das alles war real, keine Inszenierung und kein Film, es spielte sich direkt vor unseren Augen ab.

Das Geschrei vor unserem Haus schwoll an. Die Polizisten versuchten, die Leute zum Nachhausegehen zu bewegen. Die Menschen protestierten nun auch gegen die Einmischung der Exekutive.

Ich spähte aus dem Fenster und suchte die Wiesen nach einem hellen Punkt ab. Bestimmt wollte Johannes abseits der Straße, auf der die wütenden Dorfbewohner gegen uns Stimmung machten, nach Hause laufen, und sein Hemd würde sich ein wenig von dem Dunkel der Nacht abheben. Ich bildete mir ein, an der Grenze zum Wald einen hellen Schatten sich vorwärtsbewegen zu sehen. Das musste Johannes sein! Mein Herz schlug schneller.

Plötzlich breitete sich am Anwesen unseres Nachbarn der Schein der Flammen rasant aus. Zuckend wurde er größer.

»Dort! Seht!«, rief ich und deutete zum Bauernhof der Heuböcks hinüber.

»Die haben die Scheune vom Heuböck angezündet«, sagte Vater. Das Flammenmeer wuchs. Gierig fraß es sich durch das alte Holz und loderte in den Nachthimmel hinauf.

Vater wählte den Notruf der Feuerwehr und bekam als Antwort, dass sie schon alarmiert worden und unterwegs seien.

Die Menschen vor unserem Haus wurden ruhiger. Sie starrten auf den immer größer werdenden Feuerball. Anscheinend machte die Betroffenheit sie mundtot, vielleicht hatten sie nicht gewollt, dass es so weit ging.

Die Sirenen der Löschfahrzeuge kündigten ihr Kommen an. Augenblicke später preschten sie um die Kurve und drängten die Menschen zur Seite, die sich auf der Straße und in der Zufahrt zum Bauernhof der Heuböcks aufhielten. Die Polizei fuhr hinterher und sperrte das Gelände ab. Dem wütenden Mob wurden die Zähne gezogen. Mehr und mehr Menschen verließen unseren Hof Richtung Dorf oder gingen hinüber zu den Heuböcks, um zu begaffen, was sie angerichtet hatten.

Zurück blieben Vater, Mutter und ich. Ohne dass es uns bewusst war, hielten wir einander immer noch fest.

24. KAPITEL

Am nächsten Morgen war es unnatürlich ruhig. Selbst die Vögel zwitscherten nicht. Ich stand vor dem Hof und starrte hinüber zum Anwesen der Heuböcks, wo in der vergangenen Nacht eine rote Linie überschritten worden war. Vater trat neben mich, ohne dass ich ihn hatte kommen hören.

»Johannes war gestern bei uns, als das passiert ist«, sagte er. »Was hat er gewollt?«

Ich erschrak. Irgendwie hatte ich angenommen, dass niemand seine Anwesenheit bemerkt hatte. Deshalb zögerte ich mit einer Antwort, denn ich wusste nicht, wie viel ich preisgeben sollte. »Mir beistehen. Ich hatte einen beschissenen Tag«, erwiderte ich. Das war nur halb gelogen.

»Pass auf, Diana, dass du dir nicht die Finger verbrennst«, sagte Vater, was bestimmt eine unabsichtliche Metapher in Bezug darauf war, dass die Dörfler die Scheune der Heuböcks niedergebrannt hatten. Ich schätzte Vater nicht so ein, dass er dieses Wortspiel absichtlich benutzte.

»Wir brennen doch alle schon«, sagte ich.

Mein Vater nickte. »Du hast recht. Ich frag mal nach, ob ich irgendwie helfen kann.«

Vater ging zu Fuß in Richtung Hof der Heuböcks. Das hatte er zuletzt vor Jahren gemacht. Vielleicht wollte er

Zeit gewinnen und seinem Kontrahenten ein paar Augenblicke später gegenübertreten. Oder er wollte, dass ich ihn begleitete, da ich stets den Weg über die Wiese nahm, wenn ich zu unseren Nachbarn ging.

»Ich komme mit«, sagte ich und glaubte zu erkennen, dass sich Vater darüber freute. Vielleicht bildete ich mir das aber auch nur ein.

Schweigend querten wir die Wiese, den Blick auf die schwarze Ruine vor uns gerichtet. Gott sei Dank hatte es lediglich die Scheune erwischt und nicht das Gehöft, wo Menschen und Tiere untergebracht waren. Ich hielt nach Johannes Ausschau und entdeckte ihn zwischen den ausgebrannten Maschinen, die sich in der Scheune befunden hatten und wegen der rasch umgreifenden Flammen nicht mehr hatten herausgeholt werden können. Lediglich der Mercedes-Benz GLE 400 stand sauber glänzend vor dem Hof. Ein krasser Gegensatz.

Die Familie packte gemeinsam an, um das noch Brauchbare von dem Zerstörten zu trennen. Als sie uns entdeckte, hielten Vater, Mutter und Sohn in ihrem Tun inne.

Ich suchte Johannes' Blick, doch er wich mir aus. Irgendwie rechnete ich damit, dass uns die Heuböcks davonjagen würden, aber nichts dergleichen geschah. Niemand sagte ein Wort. Im stummen Einverständnis ging Vater in die Scheune und besah sich mehrere Teile, reichte sie mir, und ich trug sie weg. Ebenfalls ohne etwas zu sagen. In unserer Wortlosigkeit lag in den nächsten Stunden eine Verbundenheit, die unsere Familien wieder näherbrachte. Irgendwann kamen auch Mutter und Alexander. Weitere Stunden später, als die Sonne langsam unterging und die Baumwipfel des Waldes in ein sattes Orange tauchte, gingen wir nach Hause. Mit dem Gefühl in der Brust, ein wenig von der Schuld, warum das alles geschehen war, getilgt zu haben.

»Wo bist du gestern gewesen?«, fragte ich Alexander, als wir in der Küche meiner Eltern gemeinsam unser Abendbrot einnahmen. An dem Tisch, an dem wir schon als Kinder gesessen hatten, wobei er stets versucht hatte, mir gegen mein Schienbein zu treten. Anfangs waren seine Beine zu kurz gewesen, irgendwann hatte es jedoch geklappt.

»Bei einem Freund«, antwortete mein Bruder ausweichend. Ich spürte einen Tritt gegen meine Beine wie damals und fragte mich, wie lange es noch dauern würde, bis er unseren Eltern von seinem Geheimnis erzählte. Jetzt aber, so fand ich, und anscheinend waren Alexander und ich in dieser Angelegenheit einer Meinung, war dafür nicht der richtige Zeitpunkt.

»Die Leute hassen uns, weil wir unser Land verkaufen wollen«, sagte ich, was unnötig war, da jeder von uns wusste, was die Menschen hierhergetrieben hatte.

»Nicht wir wollen das Land verkaufen«, stellte Mutter richtig. »Sondern euer Vater.«

Der nahm die Anschuldigung wortlos hin.

»Was hat dich überhaupt dazu veranlasst?«, wollte ich von ihm wissen. Ich erinnerte mich, dass Vater uns bereits von seinen Motiven erzählt hatte. Dass er noch etwas anderes erleben wolle, als jeden Tag die Tiere zu füttern und von der Arbeit dreckig zu werden, und Mutter ihm eine Midlifecrisis unterstellt hatte. Konnte das tatsächlich der Grund für den Hofverkauf sein?

Vater schwieg weiterhin.

»Wahrscheinlich der schnöde Mammon«, antwortete Alexander an seiner Stelle.

Vaters Miene versteinerte sich. In seinem Inneren wütete ein Orkan, der die Hauptschlagadern an seinen Schläfen zum Pulsieren brachte. Es erweckte den Eindruck, als ärgerte ihn die Antwort meines Bruders dermaßen, dass es ihn immense Mühe kostete, sich zu beherrschen. Ich fragte mich, weshalb, und hoffte, dass Vater sich im Griff hatte, nach allem, was passiert war. Gleichzeitig wollte ich, dass er uns endlich reinen Wein einschenkte.

»Papa?« Meine Stimme klang fordernd.

Vater wand sich wie ein Fisch, der auf dem Trockenen lag.

»Jetzt erzähl halt!«, fuhr Mutter ihn an.

»Ich will nicht verkaufen, davon kann keine Rede sein«, presste er heraus, als kitzelte ihn eine Gräte im Hals.

»Warum tust du es dann?« Mutters Stimme war schrill.

Vater deutete mit dem Kinn auf Alexander. »Wegen ihm.«

»Wegen mir?« Alexander schien ebenso überrascht zu sein wie Mutter und ich. »Warum das denn?«

Vater quälte sich mit einer Antwort. »Weil er schwul ist!«, spuckte er aus, als hätte er etwas Verdorbenes im Mund.

»Weil er was …?« Mutter sah verständnislos zwischen Vater und Alexander hin und her.

»Er ist homosexuell«, sagte ich, da ich Vater ersparen wollte, es noch einmal laut aussprechen zu müssen. Ich wusste, dass es für ihn nicht leicht war, diese Tatsache anzuerkennen – wenn er es denn tat.

Mutter fiel das Brot aus der Hand. Natürlich landete

es mit der bestrichenen Seite nach unten auf dem Teller. Sie schlug die Hände vor den Mund und starrte Alexander an. Sollte ich mich geirrt haben und es fiel Vater leichter als ihr, den Sohn als Homosexuellen zu akzeptieren?

»Seit wann weißt du es?«, fragte ich Vater.

»Seit der Binder und der Heuböck mich gefragt haben, ob ich verkaufen möchte. Als ich nein gesagt habe, haben sie mir erzählt, dass Alexander einen Freund hat, mit dem er sich heimlich in der Stadt trifft.« Diese Vorstellung ekelte Vater sichtlich.

»Es ist halt nun mal so«, sagte Alexander, ohne aufzublicken.

»Sie haben mir gesagt, wenn ich nicht verkaufe, wird das ganze Dorf erfahren, dass er … Was hätte ich denn machen sollen? Hier bei uns schwul … Ihr wisst selber, was das bedeutet! Die engstirnigen Weiber und die großkotzigen Männer würden sich ihre Mäuler zerreißen und uns wie Aussätzige behandeln!«, echauffierte er sich. »Ich hab mir gedacht, wenn ich den Verkauf lange genug hinauszögere, dass die Investoren dann vielleicht abspringen und dadurch alles hinfällig ist. Für einen Verkauf brauche ich die Zustimmung eurer Mutter, weil der Hof ja uns beiden gehört, und damit habe ich dem Binder und dem Heuböck gegenüber immer argumentiert.«

Ich hatte die ganze Zeit falsch gelegen mit meinen Verdächtigungen gegenüber meinem Vater. Sein seltsames Verhalten war ja der Grund dafür gewesen, dass ich angenommen hatte, er hätte dich wegen dieses Projekts umgebracht. Dabei war alles ganz anders. Ein Vater, der seinen Sohn beschützte. Ein wenig schämte ich mich jetzt deswegen, auch wenn ich insgeheim froh war, dass ich mich geirrt hatte.

»Und? Was sagst du?« Alexander sah Vater an. In seinem Blick lag Angst, gleichzeitig auch Stolz.

»Dass das gar nicht so schlecht geklappt hat. Der Binder ist zwar immer ungeduldiger geworden …«

»Das hab ich nicht gemeint.«

Vater zuckte mit den Schultern. »Ja mei, was soll ich sagen? Dass mir das nicht gefällt, kannst du dir ja vorstellen.«

Alexander nickte.

»Aber je länger ich davon gewusst hab, dass du … desto mehr ist es mir wurscht geworden, wen du magst. Hauptsache, du bist glücklich, oder?«

Alexander fing an zu weinen. Dann sprang er auf, umrundete den Tisch, blieb bei Vater stehen und schlang seine Arme um ihn. Lange Zeit hatte ich nicht mehr gesehen, dass Vater und mein Bruder sich umarmten. Oder anderweitig geherzt hatten. Über die Jahre hinweg war eine Distanz entstanden, die immer weiter gewuchert hatte wie ein bösartiger Tumor. Vater klopfte Alexander auf den Rücken. Es war offensichtlich, dass er sich unwohl fühlte wegen der ungewohnten Geste, aber auch, dass er sich freute, seinem Sohn für einen Augenblick so nahe zu sein.

»Also hat dir die Krankenschwester mit dem blonden Bob gar nicht gefallen«, stellte Mutter nüchtern fest.

»Nein, Mama.« Alexander löste sich von Vater, trat an Mutter heran und drückte sie an sich. »Ich bin froh, dass es endlich raus ist.«

»Wieso hast du nie etwas gesagt?«

»Weil ich Angst davor hatte, wie ihr reagiert. Du weißt selber, dass es bei uns am Land als Makel gilt, wenn man homosexuell ist.«

»Ja, das weiß ich.« Mutter setzte sich wieder und drehte das Brot mit der beschmierten Seite nach oben, damit alles seine Ordnung hatte.

»Was machen wir jetzt?«, fragte ich.

»Wir verkaufen nicht«, erwiderte Alexander entschieden.

»Dann werden die dem ganzen Dorf erzählen …«

»Das halte ich aus, Papa. Wenn ihr es auch aushaltet.« Ich nickte und lächelte meinen Bruder an.

»Die sollen sich zum Teufel scheren!«, sagte Mutter nicht gerade damenhaft.

»Und Oliver? Wie hing der in der Sache drin?« Vielleicht ergab sich hier endlich eine konkretere Spur, was zu deinem Tod geführt hatte.

»Ich weiß nicht, woher Oliver von dem Projekt mit den Hotels und dem Golfplatz gewusst hat. Jedenfalls hat er mich damit konfrontiert. Ich hab ihm einen Teil des Geldes angeboten, das wir durch den Verkauf erhalten hätten, ich hab ja noch nicht gewusst, wie ich aus der ganzen Sache rauskomme. Aber er hat abgelehnt. Er wollte den Hof nicht verkaufen, nicht einmal ein kleines Stückerl Land wollte er hergeben wegen eurer Biolandwirtschaft. Oliver ist ein guter Mensch gewesen, wenn auch ein wenig unbeholfen in manchen Dingen. Aber das hätte er noch gelernt, wenn er erst mal länger am Hof mitgearbeitet hätte.«

Vaters Worte sollten sicher zu meiner Beruhigung dienen, doch ich dachte an die verschwundenen 200.000 Euro von unseren Sparbüchern. Was hattest du damit getan?

»Und wer hat Oliver dann erschossen, wenn er ein so guter Mensch gewesen ist?« Herausfordernd sah ich

Vater an, obwohl ich wusste, dass er darauf keine Antwort hatte. »Und vor allem: Warum hat er sterben müssen?«

»Ich zermartere mir ständig das Hirn deswegen, Diana. Ich bin schon hundertmal alle Möglichkeiten durchgegangen, doch es kommt nichts dabei raus.«

»Wer weiß sonst noch von diesem Projekt? Ich meine, wer wusste davon, bevor es das ganze Dorf erfahren hat?«, ließ ich nicht locker.

»Der Heuböck, der Binder und ich. Später noch Oliver. Sonst niemand. Und die Investoren natürlich«, sagte Vater, und ich glaubte ihm.

»Wer sind die überhaupt, die die ganze Gegend zubetonieren wollen?«, fragte Alexander.

»Der Binder redet immer nur von den Investoren, die nach so einer Gelegenheit wie bei uns im Mühlviertel suchen, um ihr Geld gewinnbringend anzulegen. Die Touristen werden ja auch so schon immer mehr, weil halt nicht jeder auf Mallorca oder Teneriffa Urlaub machen will, und das nicht erst seit Corona, wo das Fliegen nicht möglich gewesen ist. Am Johannesweg sind an schönen Tagen mehr Menschen unterwegs als Autos auf der A7. Und die Lage ist wie geschaffen für dieses Projekt, behauptet zumindest der Binder. Aber Namen hat er nie genannt.«

»Und der Heuböck verkauft freiwillig? Oder wird der ebenfalls vom Binder erpresst?«

»Nein, der macht das freiwillig. Der nimmt das Geld und geht hernach in den Ruhestand. Er und seine Frau träumen schon ewig von einem Häuschen im Süden. Der hat ja niemanden, der den Hof weiterführt. Der Johannes will lieber in Frankfurt leben oder in Hamburg oder sonst irgendwo in Deutschland ...«

»In München, Papa. Johannes lebt in München«, stellte ich richtig.

»Dann halt München. Ist doch egal.«

Nein, das war nicht egal. Es war weit weg. Weg von all dem hier, ebenso von mir.

»Und wenn das Projekt genehmigt ist, braucht es ja noch jede Menge an Infrastruktur. Supermärkte, Geschäfte, Friseure. Ganz modern soll es werden. Natürlich darf da eine neue Bankfiliale auch nicht fehlen, weil die jetzige zu klein sein wird, meint der Binder. Weil dann ja so viele Touristen und Erholungswillige zu uns kommen und ihre Bankgeschäfte bei uns erledigen werden.«

»Und die Leute im Dorf?«, hakte Mutter nach.

»Die sollen in dem Rehazentrum arbeiten oder im Supermarkt oder in den Hotels, was weiß ich«, gab Vater wieder, was Binder und Heuböck ihm über Wochen gepredigt hatten.

»Der Bäcker und der Fleischer sollen im Supermarkt arbeiten? Habt ihr euch das so vorgestellt?« Mutter sah ihren Ehemann fassungslos an.

Vater zuckte mit den Schultern. »Na ja …«

»Die sind jetzt ihre eigenen Herren und wären später nur noch Angestellte im Handel. Dass die sich darüber aufregen, ist euch Mannsbildern doch wohl klar, oder?«

»Schon, aber …«

»Soweit habt ihr nicht gedacht«, nahm Mutter Vater die Antwort vorweg.

»Das Dorf würde nie mehr so sein, wie es heute ist«, fasste ich zusammen.

»Das nennt man Fortschritt«, warf Vater ein. »Das sagt zumindest der Binder.«

»Nicht jeder will ein Sklave der Gesellschaft sein, Papa. Getrieben in einem Hamsterrad. Ich will lieber den Hof bewirtschaften, als in einem der Hotels die Betten frisch beziehen, verstehst du das? Ich hab dann halt ein bisschen weniger, dafür bin ich ein freier Mensch und die Natur bleibt, wie sie ist. Und zwar für uns alle.«

»Natürlich verstehe ich das. Ich wollte halt den Alexander schützen und hab mich an die Argumente geklammert, die der Binder und der Heuböck mir genannt haben.«

»Schöngeredet hast du es dir!«, schnauzte ihn Mutter an.

»Vielleicht hast du auch dich selbst beschützen wollen, Papa, und nicht mich. Weil du nicht gewollt hast, dass alle wissen, dass du einen schwulen Sohn hast«, sagte Alexander. »Aber keine Angst, ich nehme dir das nicht übel.«

»Egal, wie es gewesen ist. Tatsache ist, dass wir nicht verkaufen werden.« Mutter sagte dies mit fester Stimme und stand auf. »Ich schau mal nach dem Kälbchen.«

»Lass nur, Mama, das mache ich.« Ich hatte ohnehin fertig gegessen und war froh, auf andere Gedanken zu kommen. Da tat mir die Gesellschaft des schwarz-weiß gefleckten Rabauken bestimmt gut.

»Pass bitte auf, dass die nicht auch noch kaputtgeht«, sagte Mutter und deutete auf die Milchflasche für das Kalb. »Es ist die letzte. Eine andere haben wir nicht.«

25. KAPITEL

Mit der Milchflasche in der Hand ging ich in den Stall und versuchte zu verstehen, warum du Geheimnisse vor mir gehabt hattest. Und was sagte das über mich als deine Ehefrau aus, dass ich nichts davon bemerkt hatte? Vier Jahre hatten wir einander gekannt, vor einem Jahr die Hochzeit gefeiert und seither in der Wohnung im ersten Stock unser Liebesnest gehabt. Unsere sichere Burg, deren Mauern nun bröckelten.

Mutters Sorgenkind blickte mir freudig entgegen, als ich in die Reihe mit den Boxen trat. Das Kalb vertraute darauf, dass Mutter oder ich es fütterten. Ich inhalierte dieses Gefühl von Gebrauchtwerden und Vertrauen und fühlte mich besser.

»Hey, wie geht es dir?«, fragte ich, fasste mit der Hand durch die Stäbe und streichelte das Kalb. Aufgeregt wippte es hin und her und steckte den Kopf zwischen das Gitter. Lachend bot ich ihm die Gummizitze an. »Hier!«

Schmatzend trank das Kalb. Ich nutzte die Gelegenheit und kraulte seine Stirn, der kleine Rabauke ließ sich dadurch nicht vom Trinken abbringen.

»Mama sagt, dass sie dich Goliath nennt. Magst du den Namen? Also mir gefällt er. Er bedeutet, dass du einmal ein großer, kräftiger Bulle wirst und …«

Ein Geräusch ließ mich verstummen. Ich sah mich im Stall um, entdeckte aber niemanden. Jedoch würde ich mir nicht noch einmal Angst von meinem Bruder einjagen lassen. »Alexander?«

Niemand antwortete.

»Ich weiß, dass du da bist. Ich hab dich gehört. Deine Fähigkeiten, dich anzuschleichen, sind äußerst bescheiden, wenn ich das mal so sagen darf.«

Draußen bellte ein Hund, wahrscheinlich Azuro.

»Verdammt, Alexander, das ist nicht lustig!«

Die Kühe muhten, sie wurden zunehmend unruhiger. Ein Zeichen dafür, dass jemand im Stall war, der nicht hierhergehörte.

Ich zog die Milchflasche zwischen den Gitterstäben zurück, wogegen das Kalb protestierte. Es war noch nicht satt, doch darauf konnte ich keine Rücksicht nehmen.

»Wer ist da?«, fragte ich. Nach allem, was vorgefallen war, hatte ich Angst, jemand aus dem Dorf könnte in den Stall eingedrungen sein. Was hatte Vater unlängst gesagt? Dass es in letzter Zeit in der Umgebung einige Brände gegeben habe und er und Horst Heuböck über eine Bürgerwehr nachdächten. Eine Ausrede für seine vielen Treffen mit Heuböck – hatte ich angenommen. War es das etwa doch nicht? Ich griff nach der Mistgabel, die neben mir an der Wand lehnte, mit der Absicht, sie wenn nötig einzusetzen.

»Hallo?«

Angespannt ging ich den Gang zwischen den Stallungen entlang in Richtung des Tors, bewaffnet mit der Mistgabel wie einst die Menschen in den Bauernkriegen.

»Buh!« Johannes trat mit erhobenen Armen und zu Krallen geformten Händen hinter den Kühen hervor.

»Ah!«, schrie ich erschrocken auf, die spitzen Zinken der Mistgabel in seine Richtung haltend und bereit, zuzustechen. »Johannes? Was machst du hier?«

»Als ich gekommen bin, bist du gerade in den Stall gegangen. Da dachte ich, ich folge dir. Diana, ich wollte dich sehen. Ich meine, dich alleine und nicht, wenn unsere Familien dabei sind.« Johannes' blaue Augen hafteten sehnsuchtsvoll an mir und streichelten meine Seele.

Ich nahm die Mistgabel runter und stützte mich darauf. »Du hast mich erschreckt.«

»Tut mir leid, das war nicht meine Absicht. Eigentlich wollte ich unter deinem Fenster stehend ein Lied für dich singen, damit du mich wie Rapunzel ihren Prinzen in dein Gemach lässt. Aber dann …« Johannes ließ den Satz offen und zwinkerte mir zu.

»Du bist ein Romantiker, Johannes«, sagte ich und wandte mich von ihm ab. Ich wollte zurück zu dem Kalb und ihm die restliche Milch geben.

»Diana, warte!« Johannes war hinter mir und packte mich am Ellbogen. Sanft zog er mich an sich. »Ich hab dich vermisst.«

»Ich war doch bis vor wenigen Stunden bei euch«, erwiderte ich.

Er nahm mir die Mistgabel aus der Hand und ließ sie zu Boden fallen. »Ich weiß«, flüsterte er. »Aber das war nicht genug.«

Wir küssten uns leidenschaftlich. Dabei begann er, mein T-Shirt hochzuschieben. Unsere Lippen lösten sich und Johannes zog das Shirt über meinen Kopf. Achtlos warf er es zu Boden und fuhr mit seinen Händen über meinen Rücken. Beim BH stoppte er und hakte den Verschluss auf. Sofort fühlte ich die Erleichterung in mir, die Vorfreude auf das, was kommen würde. Ich befreite mich von dem Bekleidungsstück und schob mich wieder näher an Johannes heran. Der sah mich an, packte mich unter meinen Pobacken und hob mich hoch. Dabei vergrub er den Kopf zwischen meinen Brüsten, saugte an meinen Brustwarzen, während ich ihn zu dem Stroh dirigierte, das Vater bereits für das nächste Ausmisten in den Stall hereingebracht hatte. Dort ließ er sich mit mir nieder, drückte mich in die getrockneten Halme, die mit ihren harten Enden in meine Haut stachen. Doch ich ignorierte es, da Johannes mit den Händen meinen Körper liebkoste und meine Lust den Schmerz weit übertraf.

»Ich will dich«, hauchte ich ihm ins Ohr.

In Johannes' Blick lag Verlangen. Ich knüpfte sein Hemd auf und riss es ihm vom Leib. Ungeduldig fummelte ich an dem Reißverschluss seiner Hose, spürte seine Erregung, wollte selber nicht mehr länger warten. Ich zog den Reißverschluss nach unten und …

Irgendwo fiel eine Tür ins Schloss.

»Diana?«, rief Vater. Er kam näher, das hörte ich an seinen Schritten. Er wusste, dass ich im Stall das Kalb fütterte. Wovon er allerdings keine Kenntnis hatte, war, dass ich nicht allein war.

Johannes und ich verharrten regungslos. Wir hofften beide, dass Vater nicht bei dem Stroh nach mir suchte. Mir graute vor der Vorstellung, was geschähe, wenn er uns entdeckte. Die Mistgabel fiel mir ein. Sie lag mitten am Gang zwischen den Stallungen. Genau wie mein BH und mein T-Shirt.

Vaters Schritte wurden langsamer. Er blieb stehen. Ich hörte, wie die eisernen Zinken der Mistgabel auf dem Beton auftrafen, also hatte Vater sie aufgehoben. Wahrscheinlich ebenso meine Klamotten. Zumindest musste er sie entdeckt haben. Verdammt, fluchte ich innerlich, wagte jedoch nicht, mich zu bewegen. Aus Angst, ich könnte ein Geräusch verursachen und auf uns aufmerksam machen.

»Diana?« Vaters Stimme war plötzlich ganz nahe. Gleich würde er um die Ecke biegen und uns sehen. Davonlaufen war keine Option. Vater würde sofort wissen, was los war.

»Was zum Teufel …!« Vater starrte uns an, die Mistgabel in der Hand.

Johannes sprang auf, ich bedeckte meine Brüste mit einem Arm. Mit der Hand des anderen stützte ich mich auf dem Boden ab.

»Ja, seid ihr denn total übergeschnappt? Die Leute warten doch nur auf so etwas! Genau das ist es, was sie wollen!« Vater war außer sich.

»Papa, ich kann dir das erklären …«

»Verschwinde!«, zischte Vater Johannes zu. »Hau ab, sonst vergesse ich mich.« Vaters Miene war vor Wut verzerrt, sein Körper signalisierte Angriff.

Johannes sah mich unschlüssig an.

»Bitte geh!«, bat ich ihn.

Johannes griff nach seinem Hemd und eilte in Richtung Tor. Dort blieb er noch einmal stehen und drehte sich um.

»Hau ab!«, brüllte Vater ihm hinterher. Dann wandte er sich mir zu. »Von dir hätte ich mehr erwartet, als dich dem Erstbesten an den Hals zu werfen.«

»Ich hab auch ein Recht, glücklich zu sein …«

»Glücklich? Mit dem da?« Vater warf mir mein T-Shirt und den BH zu. Rasch bedeckte ich damit meine Blöße.

»Oliver war nicht der, für den ich ihn gehalten habe. Er hatte Geheimnisse vor mir.«

»Jeder hat Geheimnisse. Oder glaubst du, dass ich deiner Mutter alles erzähle? Oder sie mir?«

»Was für eine Beziehung du und Mama führt, geht mich nichts an«, sagte ich trotzig, stand auf und drängte mich an Vater vorbei.

»Ach, das geht dich nichts an? Wohin willst du?« Vater lief mit großen Schritten hinter mir her.

»Zu Johannes …«

»Nichts tust du!« Vater packte mich am Arm und hielt mich zurück.

»Au! Du tust mir weh!«

»Du gehst nirgendwo hin! Verstanden?«

»Was willst du dagegen tun? Mich schlagen?« Trotzig streckte ich ihm mein Gesicht entgegen. Ich sah die Wut, den Zorn, der Besitz von ihm ergriffen hatte und ihn zu einem Monster machte. Das Monster, vor dem ich mich zeit meines Lebens geängstigt hatte. Dem wollte ich nun ein Ende bereiten. Nie mehr wollte ich mich vor Vater fürchten.

Vaters Hand landete auf meiner Wange. Ich wurde nach hinten geschleudert. An den Stallungen hielt ich mich fest.

»Das traust du dich, was? Eine Frau zu verprügeln, deine eigene Tochter. Was bist du doch für ein Kerl!« Ich lachte und wusste, dass ich ihn provozierte. Doch ich spürte, dass ich nichts mehr zu verlieren hatte. Dass mir bereits alles genommen worden war. Du. Johannes. Meine Zuversicht. Mein Vertrauen …

Vater packte mich an den Haaren, zerrte mich hinter sich her den Gang im Stall entlang.

»Au!«, brüllte ich. »Du verdammter Mistkerl!«

Vater erwiderte nichts.

»Das tut verdammt noch mal weh!«, kreischte ich und trat nach meinem Erzeuger. Der wehrte die Tritte geschickt ab, griff meinen Arm, drehte ihn mir in den Rücken und führte mich wie eine Gefangene über den Hof.

Zuerst schrie ich. Dann heulte ich.

»Das hättest du dir vorher überlegen müssen. Tu jetzt bloß nicht so, als wärst du das Opfer«, zischte mir Vater zu.

Ich gab meinen Widerstand auf und ließ mich von ihm bis zu meiner Wohnung bringen. Er stieß mich hinein, zog innen den Schlüssel von der Tür ab und versperrte sie von außen.

»Papa!«, rief ich. Gleichzeitig hämmerte ich mit den Fäusten gegen das Holz. »Lass mich raus!« Instinktiv wusste ich, dass meine Bemühungen erfolglos sein würden. Vater musste sich erst mal beruhigen. So lange war ich hier drinnen zumindest vor ihm sicher.

»Was hast du getan?«, hörte ich unten am Treppenansatz Mutter fragen. »Hans-Peter, bleib stehen und sag mir sofort, was du gemacht hast!«

»Ich hab sie eingesperrt«, antwortete Vater.

»Du hast was?« Mutter wollte es anscheinend nicht glauben.

»Sie hat mit diesem Johannes im Stall rumgemacht«, erklärte ihr Vater. »Ich hab sie dabei erwischt. Das hättest du sehen sollen, es war … ohne jede Scham! Wenn das die Leute rausbekommen …«

Von Mutter kam keine Antwort. Keine Erwiderung. Keine Forderung, mich aus der Wohnung zu lassen. Mich nicht einzusperren.

»Ich frag mich, ob die vorher auch schon etwas miteinander hatten«, hörte ich Vater sagen. »Vielleicht ist an dem, was die Leute im Dorf reden, etwas dran, und sie hat Oliver ...«

Mir stockte der Atem. Vater verdächtigte mich tatsächlich, deine Mörderin zu sein!

26. KAPITEL

Es regnete. Dicke Tropfen prallten gegen die Fenster und wuschen den Blütenstaub des Frühlings vom Glas, den Fensterbänken, der Einfahrt. Hernach würde die Luft wieder klar sein und man würde die Sauberkeit riechen können. Die Sonne würde die Feuchtigkeit verdampfen lassen und der Kreislauf von Neuem beginnen.

Ich saß in meiner Wohnung am Boden, mit ausgestreckten Beinen, und lehnte mit dem Rücken an der Tür, die Vater abgesperrt hatte. Die Finger ließ ich durch die Fransen meines Ponchos gleiten. Der Riss in seinem Stoff erinnerte mich an meine Flucht vor Vater und Horst Heuböck durch den Wald. Bislang hatte ich ihn noch nicht genäht. Nun aber würde ich wohl Zeit dafür finden, ich konnte eh nichts anderes tun.

Mutter saß wie ich an die Tür gelehnt, nur außen, und das bereits seit über einer Stunde.

»Wir wollten unbedingt Kinder haben«, erzählte ich ihr, was Mutter aber ohnehin wusste. »Mindestens zwei. Oliver hat von mehr geträumt, vier, sechs, keine Ahnung … Wir sollten es drauf ankommen lassen, hat er gemeint. Auf gar keinen Fall wollte er ein Einzelkind haben, wahrscheinlich, weil er selber eines gewesen ist. Das will er niemandem antun, hat er gesagt. Er hat darunter gelitten, dass er keine Geschwister hatte, vor allem, als sein Vater gestorben ist.«

»Er hat mir davon erzählt«, erwiderte Mutter. Ihre Stimme drang nur gedämpft durch das Holz, trotzdem wusste ich, dass sie lächelte. Sie hatte Oliver gemocht, anders als Vater und Alexander, die meinem Ehemann misstrauisch gegenübergestanden waren, schon alleine deswegen, weil er ursprünglich aus der Stadt kam.

»Leider hat es mit einer Schwangerschaft nicht geklappt«, redete ich weiter.

»Vielleicht ist es besser so.«

»Wenn ich schwanger wäre, hätte ich jetzt etwas, das mich an Oliver erinnert. Ein Kind, Mama!«

»Ein Kind, das ohne Vater und Geschwister aufwachsen müsste. Das hätte Oliver nicht gewollt.«

Sofort erkannte ich meinen Irrtum. »Du hast recht. Das ist genau das, was er nicht gewollt hat. Was bin ich doch für eine dumme Kuh!«

»Du bist nicht dumm, Diana. Du bist geblendet von deinem Schmerz, der dich nach allem greifen lässt, was dir Linderung verspricht«, erwiderte Mutter. Sie hatte lediglich einen Pflichtschulabschluss, doch das sagte nichts über ihre Klugheit aus. Sie war eine weise Frau. Das Leben selbst war ihr beständiger Lehrer. Ich wünschte mir im Augenblick niemand anderen an meiner Seite als sie.

»Warum hast du Papa nie verlassen?«, fragte ich.

Eine Weile hörte ich nichts. Ich gab ihr genügend Zeit, um die richtigen Worte zu finden. Oder um mir zu sagen, dass mich das nichts anging.

»Weißt du, Diana, das ist nicht so einfach. Mit zwei kleinen Kindern und einem Hof in der damaligen Zeit hätte ich das nicht geschafft. Ich wäre daran zugrunde gegangen und hätte weder für dich noch für Alexander da sein können. Zumindest nicht so, wie ich mir das vorgestellt habe.«

Ich rief mir Mutters Rolle in meiner Kindheit ins Gedächtnis. Sie war bei all meinen Erinnerungen gegenwärtig. Alexander und ich waren wilde Kinder gewesen, hatten es geliebt, im Freien herumzutollen. Wir hatten es Mutter bestimmt nicht immer leicht gemacht. Wenn wir etwas angestellt hatten, hatte uns Vater zur Strafe verprügeln wollen. Wie eine Löwin hatte sie sich dazwischengeworfen und die Schläge oftmals für uns abgefangen. Manches Mal hatte sie es aber nicht verhindern können, dass wir Vaters Zorn auf unseren kleinen Leibern zu spüren bekommen hatten. Bis heute fühlte ich den Schmerz des aufklatschenden Gürtels auf meiner Haut.

»Du bist eine gute Mutter«, sagte ich, den Gedanken an die Schläge verdrängend.

»Ach was, ich hab so vieles falsch gemacht.«

»Du hast nie auf dich selbst geschaut, immer nur auf die anderen. Auf uns, Mama!«

»Ich hab oft darüber nachgedacht, zu gehen. Mit dir und Alexander. Obwohl ich den Hof von meinen Eltern übernommen habe. Aber wo hätten wir denn hin sollen? Und von was hätten wir leben sollen? Ich hab doch nichts anderes gelernt, als auf einem Bauernhof zu arbeiten.«

»Es hätte sich bestimmt etwas aufgetan …«

»Dazu hatte ich nicht die Kraft. Ich hatte gehofft, dass es nicht noch schlimmer wird, und als ich merkte, dass ich mich geirrt hatte, war es zu spät. Du und Alexander seid plötzlich erwachsen gewesen. Ich wünschte, ich könnte die Zeit zurückdrehen und von vorne beginnen.«

»Um deinetwillen?«

»Um euretwillen. Für dich und deinen Bruder.«

Ich hörte, dass sie weinte. »Mama«, sagte ich und drückte mich ganz dicht an das Holz der Tür. »Ich hab dich lieb.«

»Ich hab dich auch lieb, Diana.«

Eine Weile saßen wir so da und sagten nichts. Ich wollte diesen Augenblick nicht zerstören, indem ich etwas aussprach, von dem ich nicht wusste, ob es überhaupt existierte. Als der Drang, mit Mutter darüber zu reden, schließlich zu groß wurde, tat ich es trotzdem.

»Mama, weißt du, ob Oliver und ich an dem Tag, an dem er gestorben ist, gestritten haben?« Die Stunden vor deinem Tod und jene danach lagen nach wie vor im Nebel, der zwar hin und wieder aufriss und mir die Sicht auf einzelne Ereignisse gewährte, doch noch war ich nicht in der Lage, ein vollständiges Bild zusammenzusetzen.

»Wieso fragst du?«

»Ich hab das Gefühl, dass es so gewesen sein könnte.«

»Ich weiß es nicht, Diana. Ich glaube nicht. Und wenn doch, hab ich nichts davon mitbekommen. Du weißt ja, dass ich an dem Tag bei Theresa gewesen bin und ihr mit den Umzugskisten geholfen habe.«

Ich war enttäuscht. Mutters Antwort brachte mich nicht weiter. Gleichzeitig hatte ich mich davor gefürchtet, dass sie meine Vermutung bestätigen könnte. Dass wir lautstark gestritten hätten. Wegen des verschwundenen Geldes.

»Ich hab Angst, Mama«, gestand ich ihr.

»Wovor?«, drang es durch das Holz.

»Dass Papa recht hat und ich es gewesen bin, die Oliver umgebracht hat.«

Auf der anderen Seite war es still.

»Mama?«

»Warum hättest du Oliver umbringen sollen?«

»Ich weiß es nicht genau. Wegen Geld, Mama. Oliver hat zwei Tage vor seinem Tod unser gesamtes Erspartes abgehoben. Ich glaube, ich habe es herausgefunden oder er hat mir davon erzählt, und deshalb sind wir in Streit geraten, und dann ist es möglicherweise passiert.«

Stille.

»Mama? Bist du noch da?«

»Gibt es dafür Beweise?«

»Nein. Es ist, wie gesagt, nur ein Gefühl.«

»Also ist es auch nicht so gewesen«, sagte Mutter in ihrer pragmatischen Art. In diesem Moment wünschte ich mir, ich könnte wie sie denken, dann wären die Dinge vermutlich einfacher für mich. »Zerbrich dir darüber nicht den Kopf, Diana. Es wird sich bestimmt bald herausstellen, dass du mit Olivers Tod nichts zu tun hast.«

»Wie kannst du dir da so sicher sein?«, fragte ich. Diese Enge in meiner Brust, weil sich etwas Wichtiges an die Oberfläche drängte, was vielleicht mit deinem Tod zu tun hatte, ließ sich nicht verscheuchen.

»Weil ich dich kenne, Diana. Ich bin deine Mutter, und Mütter spüren solche Sachen.«

Ich war ebenso der festen Überzeugung gewesen, dass ich dich gekannt hatte, doch in den letzten Tagen hatte ich feststellen müssen, dass es eine Seite an dir gegeben hatte, die mir fremd war. Deren Existenz ich nicht für möglich gehalten hatte. Du hattest mir verschwiegen, dass Alexander auf Männer stand, und du hattest für dich behalten, dass Vater unser Land verkaufen wollte. Was hattest du mit unserem Geld gemacht? Und was zum Henker hatte ich damit zu tun?

Ich wünschte, Mutter könnte mich in den Arm nehmen, doch die Tür zwischen uns verhinderte es. Also rollte ich mich wie ein Ungeborenes zusammen und umklammerte mich selbst.

27. KAPITEL

Ich musste eingenickt sein. Als ich die Augen aufschlug, merkte ich, dass ich noch immer vor der Tür auf dem Boden lag. Jeder Knochen tat mir weh und mich fröstelte.

»Mama?«, fragte ich durch das Holz, in der Hoffnung, gleich Mutters Stimme zu hören, da ich nicht wusste, wie lange ich geschlafen hatte. Doch sie antwortete nicht.

Ich setzte mich auf und wickelte mich in den Poncho, der mir im Schlaf von der Schulter gerutscht war. Dann rappelte ich mich hoch und streckte meine steifen Gliedmaßen durch. Mein Blick fiel durch das Fenster, draußen war es dunkel. Anschließend drückte ich die Klinke, die Tür zu meiner Wohnung war noch immer versperrt. Wütend auf Vater, weil er mich wie in meiner Kindheit eingesperrt hatte, trat ich ans Fenster und sah in die Dunkelheit hinaus. Alles lag unter einem friedlichen schwarzen Mantel verborgen. Keine aufgebrachten Dörfler, die uns beschimpften. Kein ungehaltener Banker, der in unserer Einfahrt Geschäfte mit Vater machte, ebenso kein Nachbar …

Doch Halt! Im Hof der Heuböcks stand jemand an einem hellerleuchteten Fenster. Ich erkannte klar die Umrisse, sie hoben sich schwarz von dem grellen Gelb des Lichtes ab. Der Gestalt nach zu urteilen könnte es Johannes sein.

Sehnsucht packte mich, aber auch mein schlechtes Gewissen.

Die Person verschwand irgendwo im Gebäude und kehrte erst nach Minuten, die ich hoffend auf ihr neuerliches Erscheinen ausgeharrt hatte, wieder zurück.

Ich führte das Fernglas – das trotz deines Todes noch immer seinen Platz auf der Blumenbank hatte – vor meine Augen und stellte es auf die richtige Entfernung ein. Jemand winkte mir zu. Es war Johannes! Er sah wie ich durch einen Feldstecher.

Mein Herz trommelte wild. Ich hob meine Hand und tat es ihm gleich, freute mich, einen Weg gefunden zu haben, trotz der Distanz irgendwie mit ihm zusammen zu sein. Nun wollte ich ihn auch hören.

Rasch holte ich mein Handy und wählte seine Nummer. Gleichzeitig stellte ich mir vor, wie es in dem hellerleuchteten Zimmer im Heuböck'schen Bauernhof klingelte. Johannes verschwand für einen Augenblick aus meinem Sichtfeld, dann vernahm ich endlich seine Stimme.

»Diana, wie geht es dir? War es sehr schlimm?« Sorge schwang in seinen Worten mit.

»Er hat mich eingesperrt«, erzählte ich ihm. »Zum Glück in meiner Wohnung und nicht wie früher in unserem Rübenkeller.«

»Hat er dir wehgetan?«

»Nein ... doch.«

»Dieser ...« Johannes schluckte die Beschimpfung unausgesprochen hinunter.

»Es ist ja nichts passiert«, erwiderte ich. »Was ist mit dir? Hat dich jemand gesehen, als du von unserem Hof weg bist?«

»Ich glaube nicht«, meinte Johannes. »Ich bin gegangen, wie ich gekommen bin. Gleich hinter eurem Stall bin ich in den Wald und dann am Waldrand entlang bis nach Hause. Die letzten Meter über die Wiese hätte ich von überall herkommen können, wenn ich jemandem begegnet wäre. Aber wie gesagt, da war keine Menschenseele.«

»Das ist gut.« Ich blickte durch das Fernglas zu Johannes hinüber. Er saß mit aufgeknöpftem Hemd auf der Fensterbank und beobachtete mich auf die gleiche Weise.

»Diana, willst du immer noch hierbleiben?«, drang es leise an mein Ohr.

»Ich weiß es nicht«, gab ich zu, ohne die Augen von ihm abzuwenden. Ich fragte mich, warum es mir vorher nie aufgefallen war, dass er diese anziehende Wirkung auf mich hatte. Vielleicht, weil ich ihn bloß als Freund betrachtet hatte.

»Komm mit mir! Lass uns schon morgen abhauen. Hier gibt es doch nichts, was dich hält. Zumindest nicht mehr.«

Ich spürte, dass Johannes recht hatte. Meine Bereitschaft, meine Heimat zu verlassen, wuchs mit jedem Tag, den ich in diesem Dorf zubrachte. An dem etwas vorfiel, was mich noch mehr entwurzelte.

»Ich dachte, du fährst erst in ein paar Wochen«, erwiderte ich überrascht.

»So wie sich die Dinge hier entwickeln, fühle ich mich in München bestimmt wohler«, antwortete er.

Ich verstand ihn gut.

»Bitte, Diana, sieh es dir nur einmal an. Wenn es dir nicht gefällt, kannst du jederzeit auf den Hof zurückkehren.«

»Gib mir ein wenig Zeit, um darüber nachzudenken«, bat ich.

»Ich liebe dich, Diana. Das hab ich schon mein ganzes Leben getan«, gestand mir Johannes.

Ich blickte durch das Fernglas. Seines war ebenso auf mich gerichtet. Er war so weit weg und doch so nah. Vielleicht wäre es die richtige Entscheidung, mit ihm zu gehen, aber um ihm zu sagen, dass ich ihn liebte, dazu war ich noch nicht bereit. »Ich weiß, Johannes, und das tut mir gut. Deine Liebe lässt meine Wunden schneller heilen.«

»Empfindest du denn wenigstens auch etwas für mich?«

»Natürlich«, sagte ich rasch. »Das weißt du doch.«

Johannes erwiderte darauf nichts.

»Gute Nacht«, sagte ich und schickte ihm einen Kuss durch die Nachtluft, wohl wissend, dass er diese Geste durch den Feldstecher gut erkennen konnte. Er fing ihn theatralisch auf und legte ihn sich auf den Mund.

Ich lachte.

Dann entsandte er einen Kuss in meine Richtung. Ich wartete ein paar Augenblicke, bis ich vorgab, ihn auf meinen Lippen zu spüren. Abschließend winkte ich und zog den Vorhang zu. Als ich fünf Minuten später erneut nach draußen schaute, war Johannes verschwunden.

Langsam sank ich auf die Couch und dachte darüber nach, meine Heimat zu verlassen. Ich spürte, dass ich bereit für einen Neubeginn war, ob mit Johannes oder ohne, würde sich noch herausstellen. Aber ich fand Gefallen an dem Gedanken, diesen Ort zu verlassen, der mein Leben völlig aus der Bahn geworfen hatte.

Bevor ich meine Zelte hier allerdings abbrach, musste ich mit Nora reden und ihr reinen Wein einschenken, was die Sache zwischen Johannes und mir anbelangte. Sie würde mich dafür hassen, dessen war ich mir sicher, trotzdem hoffte ich, dass sie es zumindest ein ganz klein wenig verstand.

Ich wählte ihre Nummer. Sie hob nicht ab, was ungewöhnlich war, da sie ihr Handy normalerweise überallhin mitnahm, selbst auf die Toilette. Kurze Zeit später versuchte ich es erneut und landete prompt nach dem zweiten Mal Läuten auf der Mailbox. Ein klares Zeichen, dass sie mich weggedrückt hatte und nicht mit mir reden wollte. Wahrscheinlich waren ihr die Gerüchte über Johannes und mich längst zu Ohren gekommen.

»Na gut, wenn du es so haben willst ...«, raunte ich, legte das Handy auf den Tisch und ging ins Schlafzimmer, um mich umzuziehen. Ich verstand durchaus, dass Nora sauer auf mich war, aber ein wenig fand ich ihre Reaktion doch übertrieben. Beste Freundinnen redeten miteinander, egal, was vorgefallen war.

Als ich mein Handy in meiner Tasche verstaut hatte, prüfte ich noch einmal die Tür. Sie war nach wie vor versperrt, daran hatte sich nichts geändert. Doch ich hatte einen anderen Weg im Sinn, wie ich aus meinem Gefängnis fliehen konnte.

Unter meinem Badezimmer war ein Blumenbeet. Wenn ich dort in die Tiefe sprang, würde ich weich landen. Ich öffnete im Bad das Fenster und lauschte. Nur die Geräusche der Nacht waren zu hören. Aus der Wohnung meiner Eltern fiel Licht in den Garten, ich musste also leise sein. Vorsichtig kletterte ich auf die Fensterbank, drehte mich auf den Bauch und rutschte nach draußen. Mit angespannten Muskeln ließ ich mich wie beim Krafttraining nach unten gleiten. Meine Finger schmerzten, mein ganzes Gewicht hing an ihnen. Als ich dann mit ausgestreckten Armen am Fensterbrett baumelte, ließ ich los und landete wie eine Katze auf allen vieren inmitten der Blumen.

Eilends richtete ich mich auf und horchte. Es blieb ruhig. Niemand war auf mich aufmerksam geworden. Ich wischte die Erde von meinen Händen und schlich über den Hof zu dem Tor, entriegelte es und entschwand in die Freiheit. Als ich vor meinem Auto stand, wurde mir klar, dass ich vergessen hatte, den Schlüssel dafür mitzunehmen. Ich sah im Vitara meiner Eltern nach, aber auch dort steckte keiner. Also musste ich zu Fuß ins Dorf gehen, was mir nichts ausmachte.

Ich nahm den Weg durch den Wald und über den Bach und überlegte, wie ich Nora erklären sollte, was geschehen war. Am besten war vermutlich, ich blieb bei der Wahrheit und versuchte nicht, irgendwelche Ausflüchte zu erfinden.

Nach 20 Minuten erreichte ich das Dorf. Es wirkte wie ausgestorben, nur die Lichter in den Häusern straften diesen Schein Lügen. Die Menschen liebten ihr Zuhause, ihr Leben an diesem Ort, welches von Ruhe und Regelmäßigkeit geprägt war. Das Dorf präsentierte sich friedlich in dieser wunderschönen Landschaft, und die Einwohner gingen ihrer gewohnten abendlichen Routine nach. Als ich den Ortsplatz querte, dachte ich, dass es mit der Ruhe bald vorüber sein könnte, wenn die Ferienanlage gebaut würde. Der Charakter des Dorfes würde sich verändern, ebenso die Menschen, die hier lebten.

Die Tür des einzigen Gasthauses schwang auf und eine Gruppe Männer trat heraus. Es war offensichtlich, dass sie betrunken waren. Sie lachten und kamen in meine Richtung. Auch sie hatten mich entdeckt. Als wir aneinander vorbeigingen, grüßte ich freundlich. Sie hingegen schickten mir anzügliche Sprüche hinterher.

»Was macht denn ein so fesches Mädel so spät alleine noch draußen?«

»Hast Lust auf einen Vierer?«

»Wir sind ja selber schon vier, du Depp!«

»Dann halt einen Fünfer?«

Grölendes Lachen folgte auf diese Richtigstellung.

»Hey, das ist doch die Tochter vom alten Seeleitner, oder?«

»Was? Wirklich?«

Ich zog meinen Kopf ein und beschleunigte meinen Schritt. Das Letzte, was ich jetzt gebrauchen konnte, war das angetrunkene Gerede der Männer.

»Hey, warte doch mal!«, scholl es mir hinterher.

Ich fühlte mich unwohl, Angst kroch mir den Rücken hinauf, und ich begann zu laufen.

»Die rennt vor uns weg, wie krass ist das denn!«, schrie einer, und anhand der trampelnden Geräusche hinter mir wusste ich, dass sie mir folgten. Grölend und in der Absicht, ihre Beute zu erlegen.

»Lasst mich in Ruhe!«, rief ich ihnen über die Schulter hinweg zu, in der Hoffnung, sie würden mich dann nicht durch den Ort hetzen wie ein Jagdhund ein Reh durchs Unterholz. Doch stattdessen spornte ich sie durch meine Flucht nur weiter an. Ich hörte ihr Keuchen, ihre Anstrengungen, mich einzuholen.

Und dann war es so weit.

Einer von ihnen bekam meine Weste zu fassen, ich geriet ins Straucheln, wurde langsamer. Eine Hand fasste nach meinem Arm, der Griff fest wie der eines Schraubstocks. Ich fiel. Plötzlich waren die Männer alle über mir. Schnauften ihren alkoholgeschwängerten Atem in die Dunkelheit der Nacht hinaus und mir ins Gesicht.

»Verdammt noch mal«, rief einer. »Was sollte das denn?«

Ich wollte aufstehen, davonlaufen. Zu Nora, meiner Freundin, die sauer auf mich war und der ich die Situation mit Johannes erklären musste.

Hände drückten mich zu Boden, eine Gestalt beugte sich zu mir herab und zischte mir zu: »Hey, sag deinem verdammten Vater, dass er sein Land nicht verkaufen darf!«

»Ja, mach ich«, stimmte ich zu. Vielleicht würden sie mich jetzt endlich gehen lassen.

»Und? Hast du deinen Mann umgebracht oder nicht?«, wollte eine andere Stimme von mir wissen. Ich spürte die Aggression, die in dieser Frage mitschwang.

»Nein, natürlich nicht!«, erwiderte ich entschieden.

»Die Leute behaupten aber etwas anderes ...«

»Diese Leute waren nicht dabei und saugen sich irgendwelche Hirngespinste aus den Fingern«, konterte ich.

»Und was ist mit deinem Gspusi, dem Sohn vom Heuböck? Vielleicht seid ihr es zusammen gewesen ...«

»Das ist eine verdammte Lüge!«, schrie ich.

Die Männer standen so nah, sie ließen mir kaum genügend Platz zum Atmen. Ich roch ihre Alkoholausdünstungen, vermischt mit ihrem Schweiß. Mir wurde übel und ich versuchte, nach hinten zu rutschen, was nicht gelang, da mir Beine den Weg versperrten.

Die Stimmung wurde zunehmend aggressiver, lud sich auf mit einer Mischung aus roher Männlichkeit und dem Bedürfnis, sich zu beweisen.

Ich sah mich um, wir befanden uns neben dem Friedhof in einer dunklen Gasse. Niemand außer uns war auf der Straße. Niemand, der mir helfen würde.

»Vielleicht sollten wir sie selber ausprobieren, so wie es der junge Heuböck gemacht hat«, meinte einer lüstern. »Dann wissen wir, ob sie es wert ist.«

Die Männer lachten. Hände begrabschten mich.

»Wenn dein Vater das Land verkauft, dann ist das das Mindeste, was uns zusteht«, raunte mir einer ins Ohr.

»Hilf…!«, schrie ich, doch eine Hand presste sich auf meinen Mund. Erstickte jeglichen Laut. Drückte meinen Kopf auf den kalten Boden.

Ich spürte, wie mir einer der Kerle die Jeans auszog. Den Slip. Die Beine spreizte. Wie sich ein anderer auf mich legte. In mich einzudringen versuchte. Ich bekam kaum noch Luft, wehrte mich, versuchte mich unter dem Gewicht wegzudrehen.

»Jetzt ist es aber genug«, sagte einer der vier Männer.

Hoffnung schlich sich in mein Gehirn.

Keiner der anderen reagierte. Derjenige, der mich zu vergewaltigen versuchte, wurde ungeduldig und spuckte mir ins Gesicht. »Schlampe! Wenn du die Beine für den jungen Heuböck breitmachst, kannst du das auch für mich tun.«

Ein Finger des Mannes, der mir den Mund zuhielt, rutschte zwischen meine Zähne. Ich biss zu. So kräftig ich konnte.

»Ah!«

Der Schrei ließ mich wissen, dass ich zumindest einen kleinen Erfolg errungen hatte. Die Hand wurde weggerissen, ich schmeckte Blut auf meiner Zunge.

»Das Drecksweib hat mich gebissen!«

Ein Schlag traf mich ins Gesicht. Dann noch einer. Ich hielt die Arme schützend über meinen Kopf. Daraufhin landete ein Hieb in meiner Seite. Ich krümmte mich, gab den Widerstand auf. Die Gestalt auf mir fummelte zwischen meinen Beinen herum.

Ich schloss die Augen und wollte nur noch sterben.

28. KAPITEL

Ich blinzelte. Die aufgehende Sonne überwand gerade die weiß verputzte Friedhofsmauer und schien mir ins Gesicht. Mein ganzer Körper schmerzte. Mir war kalt.

Ich lag neben deinem Grab, dessen aufgeworfene Erde mittlerweile eingesunken war. Die Blumen und Kränze waren welk. Als Boten der Zeit schienen sie mir sagen zu wollen, dass alles vergänglich war, auch ich. Oder mein Schmerz.

Wie lange lagst du nun schon unter der Erde, fragte ich mich? Es fühlte sich an wie eine Ewigkeit.

Ich streckte den Arm aus und riss eine Rose aus einem der Gebinde, die dein Grab zierten. Als ich sie ansah, fiel mir auf, dass meine Hand blutig war. Doch ich erschrak nicht, denn ich hatte einen metallischen Geschmack im Mund, wusste also, dass ich verletzt war. Irgendwie rechnete ich damit, dass dies längst nicht alles war, dass ich letzte Nacht noch mehr Wunden davongetragen hatte.

Mein rechtes Auge war zugeschwollen wegen der Hiebe, die mich am Kopf getroffen hatten. Sie hatten mich getreten, bis meine Lippe aufgeplatzt war. Ich prüfte, ob ich meine Jeans anhatte, die meinen geschändeten Körper bedeckte, und war erleichtert, dass ich sie gestern wohl noch angezogen hatte. Bevor ich hierhergekrochen war, um neben dir zu liegen.

Die Gegenwart der Toten und die unzähligen rot leuchtenden Kerzen auf den Gräbern hatten mir in der Nacht Trost gespendet. Ich hatte gehofft, nie mehr wach zu werden, und war irgendwann mit diesem Gedanken eingeschlafen.

Mühsam rappelte ich mich auf und wollte nach Hause gehen. In den letzten Stunden waren all meine Gefühle aus mir gewichen. Als hätten die Männer sie mir aus dem Leib gerissen. Damit ich nicht mehr spürte, was sie mir angetan hatten. Wie ein Zombie wankte ich über die schmalen gekiesten Wege des Friedhofs, vorbei an den Gräbern, die mich mit ihrer Endlichkeit in den letzten Stunden getröstet hatten. Ich hatte keine Schuhe an, hatte sie wohl verloren. Keine Ahnung, wo.

Auf der Flucht?

Während der Vergewaltigung?

Oder als ich auf allen vieren in den Friedhof gekrochen war?

Die spitzen Steine auf dem Weg stachen mich in die Fußsohlen, dennoch spürte ich sie kaum, ging einfach weiter, passierte das eiserne Friedhofstor und trat hinaus in den Ort, der langsam zum Leben erwachte. Hie und da waren schon Dorfbewohner unterwegs, Fahrzeuge rollten lärmend durch die Straßen. Menschen drehten sich nach mir um, als ich mich durch das Dorf schleppte. An ihren Reaktionen erkannte ich, dass meine Erscheinung sie entsetzte. Manche schlugen sich die Hand vor den Mund, andere starrten mich unverhohlen an. Als müssten sie prüfen, ob die Bilder wahr sein konnten, die ihre Augen an ihre Gehirne schickten.

Niemand bot mir seine Hilfe an.

Es überraschte mich nicht. Meine Erwartungen in

Bezug auf die Dorfbewohner waren nach den Ereignissen der letzten Tage äußerst gering. Vielleicht sogar nicht mehr vorhanden.

Als ich die Straße querte, die mitten über den Platz führte, hupte jemand. Ich reagierte nicht, setzte einen Fuß vor den anderen.

Immer mehr Autos blieben stehen, deren Fahrer mich anstarrten wie einen Affen, der aus einem Zoo entflohen war. Einige machten Fotos mit ihren Smartphones und würden die Bilder später auf Facebook oder Instagram posten. Ich sah die Nachrichten schon vor meinem geistigen Auge. »Irre aus Anstalt entflohen! Wer ist der Zombie, der unsere Straßen unsicher macht?« Aber auch das war mir egal. Einem Instinkt folgend schleppte ich mich Meter für Meter meinem Ziel entgegen.

»Diana!«, hörte ich meinen Namen. Nun blieb ich stehen, wandte mich um. Der dressierte Affe in mir wollte wissen, wer sich in diesem Leben noch für mich interessierte.

Vielleicht, um mir den Todesstoß zu versetzen?

Johannes stand neben der geöffneten Tür eines der Fahrzeuge und blickte zu mir herüber. Ich glaubte, er war sich nicht sicher, ob tatsächlich ich diese Frau war, die die Aufmerksamkeit aller auf sich zog. Ich musste einen üblen Anblick abgeben, schoss es mir durch den Kopf. Vielleicht starb in diesem Augenblick seine Liebe zu mir, weil ich wie ein gequältes Tier aussah. Weil ich für Aufsehen in dem auf Ruhe und Frieden bedachten Dorf sorgte. Jedem war klar, dass mir das jemand aus unseren Reihen angetan hatte. Aber nur Johannes eilte zu mir und hob mich hoch.

»Du musst dringend zu einem Arzt«, sagte er und trug mich zum Wagen. Es war der Mercedes-Benz GLE 400 seines Vaters.

»Ich will lieber nach Hause«, sagte ich leise, obwohl ich mich anstrengte, möglichst laut zu sprechen.

»Das geht nicht, Diana. Deine Verletzungen muss sich jemand ansehen ...«

»So schlimm ist es nicht.«

»Doch! Genau so schlimm ist es.« Ich fühlte, dass Johannes aufgebracht war. Dass ihn mein Zustand schockierte und gleichzeitig wütend machte. Beim Wagen setzte er mich ab und öffnete unter den Augen der Schaulustigen die Beifahrertür.

Ich hatte Mühe, allein zu stehen. Wankend hielt ich mich am Rahmen fest. »Ich mache alles schmutzig«, sagte ich und blickte an mir hinunter.

»Das ist egal«, erwiderte Johannes.

»Dein Vater wird stinksauer sein.« Ich wusste selber nicht, weshalb ich darauf herumritt. Denn eigentlich wollte ich nichts Dringlicheres, als mich endlich in diesen Wagen zu setzen, die Tür hinter mir zu schließen und mich in Sicherheit zu fühlen.

»Na und wenn schon. Ich denke, dass er eine Mitschuld an dem trägt, was dir zugestoßen ist. Zumindest indirekt.«

Ich war Johannes dankbar. Er war ein guter Mensch, wahrscheinlich der einzig ehrliche auf diesem Planeten. Jeder andere, den ich kannte, hatte etwas zu verbergen. Mein Bruder. Sogar meine Eltern, wenngleich Mutter nur unaufrichtig war, was ihre Ehe anbelangte. Ich kletterte in den SUV. In dem Augenblick, als ich mich setzte, wich jegliche Energie aus mir. Nun musste ich nicht mehr stark sein, musste nicht mehr alles allein aushalten. Johannes war bei mir, er würde mir helfen.

Die Menschen auf dem Dorfplatz tuschelten und zerrissen sich ihre Mäuler über mich. Ich bemühte mich, nicht aus dem Fenster zu schauen, um sie nicht ansehen zu müssen. Ruhig saß ich neben Johannes im Wagen. Meine Lider senkten sich und hüllten mich in eine Lichtlosigkeit, die meine Umgebung vor mir verbarg. Darüber war ich erleichtert. Ich begab mich ganz in Johannes' Hände und hoffte, dass er das Richtige tat.

*

Als ich wieder zu mir kam, lag ich in einem Bett. Es fühlte sich fremd an. Ich fühlte mich fremd an. Befleckt. Nicht mehr gänzlich ich selbst.

Ich schlug die Augen auf und bemerkte, dass ich mich nicht in meinem Schlafzimmer befand, demnach auch nicht in meiner Wohnung war. Bilder, die ich nicht kannte, hingen an der gelb gestrichenen Wand. Den grünen Vorhang, den Holzboden, den gestreiften Teppich, das alles hatte ich noch nie gesehen.

Ich setzte mich auf. In einem goldenen Rahmen stand auf einer Kommode ein Bild von Alexander, Johannes und mir, als wir Teenager gewesen waren. Wir hatten gerade eine Fahrradtour durchs Mühlviertel unternommen und saßen, die erhobenen Finger zu einem V gespreizt, auf einer hölzernen Bank neben einem Bach, im Rücken eine saftgrüne, mit Löwenzahnblüten übersäte Wiese. Von einem vorbeikommenden Wanderer hatten wir uns fotografieren lassen. Wir hatten viel gelacht, waren ausgelassen gewesen und hatten von unserer Zukunft gesprochen, die wir uns damals noch ganz anders ausgemalt hatten, als sie heute war. Ich wusste, dass ich mich in Johannes' Zimmer aufhielt, welches sich seit unserer Kindheit völlig verändert hatte. Aus dem einstigen Jugendzimmer war ein edles Schlafzimmer mit einem Arbeitsplatz in der Ecke gleich neben dem Fenster geworden. Johannes nutzte es, wenn er seine Familie besuchte. Ich freute mich, dass er das Foto aufgehoben hatte, ja, es sogar eingerahmt und aufgestellt hatte.

»Johannes?«, fragte ich in die Stille hinein. Als mir niemand antwortete, stieg ich aus dem Bett. Mir fiel auf, dass ich ein Herrenhemd trug. Auch waren meine Hände nicht mehr blutig. Jemand hatte mich gewaschen und meine Wunden versorgt. Seltsam, dass ich davon nichts mitbekommen hatte. Mit den Fingern tastete ich nach meiner Lippe und spürte die Kruste, die sich gebildet hatte. Sofort setzte ein stechender Schmerz ein, als ich darüberfuhr, also ließ ich es bleiben.

Ich ging zu der Kommode, nahm das Foto, betrachtete es und erinnerte mich an diesen glücklichen Moment. Anschließend stellte ich es ab und inspizierte weiter meine Umgebung, entdeckte ein Fernglas am Fenster, schob den Vorhang beiseite, führte es vor meine Augen und nahm unseren Bauernhof ins Visier, ohne eine Veränderung der Einstellungen. Ich konnte alles scharf erkennen. Natürlich, schließlich hatten Johannes und ich uns gestern durch unsere Ferngläser angesehen. Bestimmt hatte er den Feldstecher danach hier abgestellt.

Auf dem Schreibtisch entdeckte ich einen Krug Wasser, eine Packung Orangensaft, zwei Gläser und einen Laptop. Auf einem Stoß lagen mehrere Unterlagen. Stifte,

Lineal und Schere steckten sorgfältig in einem Behälter. Zweifelsohne hatte Johannes ein Faible für Ordnung.

»Diana, du bist ja wach.« Johannes stand in der offenen Tür und beobachtete mich.

»Johannes …« Ein wenig war ich erschrocken und fühlte mich unwohl, da ich mich in dem Zimmer umgesehen und er mich dabei ertappt hatte. Außerdem war ich mit nichts als dem Hemd bekleidet. Ich vermutete, dass es ihm gehörte. Und auch wenn er mich schon nackt gesehen hatte, wäre es mir lieber gewesen, ich hätte jetzt meine Klamotten getragen. »Schön hast du es hier«, sagte ich, um von meiner Verlegenheit abzulenken.

»Wie fühlst du dich?« Johannes trat näher.

»Als hätte mich ein Zug überrollt«, gab ich zu.

»Was ist passiert? Wer hat dir das angetan?« Johannes' Stimme war eindringlich. Seit er mich aufgelesen hatte, hatten wir nicht darüber gesprochen, was mir zugestoßen war. Ich hatte die Auszeit dringend gebraucht, und er hatte sie mir gewährt, trotz seiner Ungeduld, endlich zu erfahren, was geschehen war. Zu warten musste eine Qual für ihn gewesen sein, und ich zweifelte nicht im Geringsten daran, dass er diejenigen zur Verantwortung ziehen würde, die wie Tiere über mich hergefallen waren. Auf eine gewisse Weise wünschte ich mir das auch.

»Ich weiß es nicht, es war zu dunkel, ich hab sie nicht erkannt«, sagte ich und setzte mich aufs Bett.

»Es waren mehrere?«, fragte Johannes ungläubig und ließ sich neben mir nieder. Haben sie dich …?« Er stockte, sprach das Unbeschreibliche nicht aus.

Ich nickte. Tränen liefen mir über die Wangen. Johannes küsste sie weg, zog mich an sich, und ich lehnte meinen Kopf an seine Schulter. Er streichelte über meine

Haare, ich fühlte mich geborgen. Wollte das alles hinter mir lassen, wollte sehen, wie endlich auch in meinem Leben wieder die Sonne aufging.

»Ich hab mich entschieden, Johannes. Ich werde mit dir nach München gehen«, sagte ich – für mich selbst völlig überraschend. Doch als ich es ausgesprochen hatte, fühlte es sich richtig an.

Johannes schob mich eine Armlänge von sich weg, hielt mich aber weiterhin fest. Wie ein kleiner Junge vor dem Weihnachtsbaum, der eben sein heißersehntes Geschenk unter den mit Kugeln und Süßigkeiten behangenen Ästen entdeckt hatte, strahlte er mich an. »Ist das dein Ernst?«

»Ja, ist es.« Ich lächelte ebenfalls.

»Du hast keine Ahnung, wie glücklich du mich machst.« Er schloss mich in die Arme und küsste mich. Ich spürte den Schmerz in meiner Lippe und bekam Angst, dass er mehr wollte. Dass er mit mir schlafen wollte. Dazu war ich nicht bereit. Nicht jetzt. Die letzte Nacht war schlagartig gegenwärtig, das Keuchen der Männer. Ihr schlechter Atem. Wie sie mir die Beine auseinanderdrückten. Ihr Lachen schallte durch meinen Kopf, und die damit einhergehende Demütigung wurde wieder nach oben geschwemmt. Mit ihr Wut. Und Hass. Der innerliche Schrei nach Vergeltung.

»Keine Angst«, sagte Johannes. Anscheinend spürte er, was in mir vorging. »Ich wollte dir nicht zu nahe treten und kann mir nur im Entferntesten vorstellen, was du durchgemacht hast. Ich werde dich auf gar keinen Fall zu etwas drängen, was du nicht möchtest.«

Ich lächelte und war erleichtert, dass Johannes mich fürsorglich in seinen Armen hielt. Dass er nicht mehr wollte. Alles andere wäre für mich unmöglich gewesen. Seine Reaktion war die Bestätigung, dass es richtig war, mit ihm zu gehen. Alles Weitere würde sich zeigen.

»Wann willst du fahren?«, fragte er, wieder ganz der ungeduldige Junge voller Vorfreude.

Ich lachte ob seiner Aufregung. »Vorher muss ich noch mit Mama und Papa reden. Das haben sie sich verdient. Wenn ich schon von hier weggehe und auf mein Erbe verzichte, sollten sie zumindest den Grund dafür erfahren.«

»Sicher«, pflichtete mir Johannes bei und drückte mich an sich. Ich spürte die Wärme seines Körpers, die Stärke seiner Arme und hörte, wie sein Herz pochte. Ich wusste, dass er mich liebte, mehr brauchte ich nicht.

»I was made for lovin' you …« Der Song erfüllte plötzlich den Raum.

Ich erstarrte in Johannes' Umarmung.

»Entschuldige«, sagte Johannes und ließ mich los. »Ich hätte mir längst mal einen anderen Klingelton zulegen sollen. Ich weiß, das Lied ist nicht mehr cool.« Er zog sein Handy aus der Hosentasche und warf einen Blick auf das Display.

Ich bekam keine Luft mehr. Ein eiskalter Schauder rannte meinen Rücken hinab. Dieses Lied begleitete mich seit deinem Tod. Flutete mein Gehirn. Riss mich aus dem Schlaf. Machte mich beinahe wahnsinnig.

»Was ist los?«, fragte Johannes, als er mich ansah.

Ich schüttelte den Kopf. War unfähig, zu antworten.

»Es ist nicht so wichtig«, sagte Johannes und drückte den Anruf weg. Das Lied verstummte. In meinem Kopf wummerte es weiter. »I was made for lovin' you …«

»Ich glaube, ich muss nach Hause«, sagte ich, bemüht, mein aufgewühltes Inneres vor ihm zu verbergen.

»Ist alles in Ordnung? Du bist so blass.« Johannes legte seine Hand auf meine Schulter.

Ich zuckte zusammen. Hatte mich nicht unter Kontrolle.

Johannes zog die Hand weg, als hätte er sich an mir die Finger verbrannt. Ich las von seinem Gesicht ab, dass er nicht wusste, woher meine plötzliche Veränderung rührte. Doch ich konnte es ihm nicht erklären. Es war das Lied, das mich in Panik versetzte. Und die Frage, wieso Johannes ausgerechnet diesen Song als seinen Klingelton gewählt hatte. Und wie lange er ihn schon als solchen hatte – diesen Song, den ich unweigerlich mit deinem Tod verband. Und dass die Antwort auf all meine Fragen eigentlich nur eines bedeuten konnte ...

»Ich muss mit meinen Eltern reden und ihnen sagen, dass ich mit dir nach München gehe«, wich ich aus. »Es wird ihnen nicht gefallen. Ich werde ihnen damit wehtun, und das ist alles andere als leicht für mich.«

»Zuvor musst du etwas essen. Mutter hat extra Hühnchen für dich gemacht, weil du das so gerne magst. Zumindest ist das früher der Fall gewesen, ich hoffe, daran hat sich nichts ...«

»Ich ... ich hab keinen Hunger, Johannes. Ich möchte jetzt nach Hause.«

»Keine Widerrede! Du willst doch nicht, dass sich Mutter die Mühe völlig umsonst gemacht hat, oder?« Johannes sprang auf und schritt zur Tür.

»Aber ich ...«

»Ich bin gleich wieder da«, ließ mich Johannes nicht ausreden. Er lächelte und verließ das Zimmer. Hinter sich zog er die Tür zu. Dann hörte ich, wie sich der Schlüssel im Schloss drehte. Mist! Johannes hatte mich eingesperrt! Ich hatte sein Misstrauen geweckt – und er meines.

Ich suchte nach meinen Kleidern, fand sie aber nicht. Also musste ich fliehen, wie ich war, lediglich mit Johannes' Hemd am Leib. Ganz sicher würde ich mir nicht noch mehr von ihm anziehen, mein Inneres sträubte sich dagegen.

Ich öffnete das Fenster, irgendwo im Hof kläffte Azuro. Nach einem Blick hinunter stellte ich fest, dass ich etwa vier Meter in die Tiefe springen musste. Das hatte ich schon mal geschafft, ich würde es bestimmt erneut hinkriegen.

Rasch kletterte ich auf die Fensterbank, als hinter mir die Tür aufging. Ich hatte den sich drehenden Schlüssel nicht gehört.

Johannes stand im Raum, in der Hand ein Tablett mit Hühnchen und Salat. Als er mich auf der Fensterbank sah, war ihm sofort klar, was ich vorhatte. Er stellte das Tablett ab, eilte zu mir und packte mich am Arm. Hielt mich fest und zerrte mich zurück ins Zimmer.

»Diana! Was ist los mit dir?«, fragte er echauffiert.

»Was los ist?«, keifte ich ihn an und schlug nach ihm. Um ihn abzuwehren. Damit er zurückwich. »Du hast Oliver umgebracht! Warum, Johannes? Warum hast du ihn umgebracht?«

Johannes starrte mich an. »Wie kommst du darauf?«, fragte er, die Hände von sich gestreckt wie jemand, der seine Unschuld beteuerte.

Ja, wie kam ich darauf? Mein Unterbewusstsein hatte mir ständig Signale zugesandt, die ich erst jetzt verstand. Und mein Instinkt sagte mir, dass ich mich nicht irrte.

»Es ist das Lied, das dich verraten hat«, sagte ich und spürte die Erleichterung, endlich klar zu sehen.

»Mein Klingelton?« Johannes wollte es offenbar nicht glauben und hielt es für einen Scherz.

»Seit Oliver tot ist, höre ich ständig dieses Lied in meinem Kopf. Wahrscheinlich hat dich jemand angerufen, als du dich in der Scheune versteckt hast, nachdem du Oliver erschossen hast. Ich bin sofort nach draußen gelaufen, als ich den Schuss gehört hab, und hab dir damit den Fluchtweg abgeschnitten. Du bist in der Falle gesessen und hast beobachtet, wie ich versucht habe, Olivers Leben zu retten. Wie ich meine Hand auf seine Wunde gepresst habe. Du verdammtes Arschloch hast dabei zugesehen, wie er gestorben ist!« Ich funkelte Johannes kampfeslustig an, war wild entschlossen, ihn zu einem Geständnis zu bewegen.

Johannes schwieg.

»Warum?«, wiederholte ich meine Frage. »Warum musste Oliver sterben? Was hat er dir getan?« Während ich auf eine Antwort wartete, lotete ich meine Fluchtchancen aus. Johannes hatte vorhin die Tür nicht geschlossen, das Tablett mit dem Essen daneben abgestellt. Wenn es mir gelang, ihn abzulenken, könnte ich es bis dorthin schaffen und laut um Hilfe rufen. Zumindest Johannes' Mutter musste im Haus sein, sie hatte ja das Essen zubereitet. Wenn ich Glück hatte, war auch sein Vater da. Er schien schon mal nicht auf der Jagd zu sein, denn Azuro befand sich irgendwo am Hof und bellte die ganze Zeit über. Oder er hatte den Jagdhund nicht mitgenommen, war mit dem Gewehr an ihm vorbeigegangen, und Azuros Gebell war reiner Protest, weil er ihn zurückgelassen hatte.

Johannes' Gesichtszüge veränderten sich. Ich konnte nicht einschätzen, was er gerade dachte. Aber ich war auf der Hut, denn wenn er dich tatsächlich umgebracht hatte, würde er nicht davor zurückschrecken, auch mir etwas anzutun.

»Er stand zwischen uns«, sagte er.

»Wie … wie meinst du das?«, hakte ich nach.

»Er hat verhindert, dass aus uns ein Paar wird.«

»Wir waren niemals ein Paar, Johannes. Ich war nie in dich verliebt, sondern in Oliver.«

»Eben.«

»Das ist alles? Du wolltest mich und hast ihn deswegen umgebracht?« Meine Stimme war schrill.

Johannes nickte.

»Du Scheißkerl!«, rief ich aufgebracht.

Johannes sah mich unglücklich an. Oder lag Gleichgültigkeit in seinem Blick? Er stand da und rührte sich nicht.

»Ich gehe jetzt!«, sagte ich eindringlich. »Du hast mein Leben zerstört! Ich will dich nie wieder sehen!« Ich war so unendlich wütend auf ihn. Gleichzeitig hatte ich Angst, noch eine Sekunde länger in der Nähe dieses geisteskranken Mannes zu sein.

Johannes stellte sich mir in den Weg und sagte: »Du gehst nirgendwo hin. Ich hab das alles nur für dich getan. Damit du frei bist und wir zusammen sein können. Und ich hab dich nicht in ein Krankenhaus gebracht, ganz wie du es gewollt hast, sondern hab deine Wunden hier versorgt.«

»Du hast meinen Ehemann getötet, den ich geliebt habe, und dafür soll ich dir dankbar sein?« Mein Gesicht war nah an seinem. »Du bist ein Mörder!«, zischte ich ihm zu und schob mich an ihm vorbei. Ich rechnete damit, dass er mich aufhalten würde, doch Johannes zögerte einen Augenblick. Den nutzte ich und lief los. Aus dem Zimmer. Die Treppe hinab. Hinter mir hörte ich Geräusche. Johannes, der mir nachrannte. Azuro, der irgendwo bellte.

»Hilfe!«, schrie ich und hoffte, dass mich jemand hörte. Dass jemand da war, der mir helfen würde. »Hilfe!«

Im Flur wurde ich langsamer, starrte auf ein seltsames Bündel, das vor mir auf dem Boden lag. Meine Angst explodierte wie ein Feuerwerk in meinem Körper und lähmte mich, wuchs um ein Vielfaches auf ein kaum erträgliches Maß an. Bei dem Bündel handelte es sich um Johannes' Mutter. Sie lag da mit eingeschlagenem Schädel. Ein Schuh war ihr vom Fuß gerutscht, die Arme hatte sie nach vorn ausgestreckt. Anscheinend hatte sie nach draußen robben wollen, bevor sie gestorben war. Hatte flüchten wollen vor ihrem Mörder …

Jemand packte mich am Arm. So fest, dass es wehtat. Ich drehte mich um und sah in Johannes' Gesicht.

»Sie wollte unbedingt, dass ich dich in ein Krankenhaus bringe. Ich hab ihr wiederholt klarzumachen versucht, dass du das nicht möchtest, sie hat trotzdem zum Telefon gegriffen, um einen Arzt anzurufen. Was hätte ich denn tun sollen?«, erklärte er mir.

Ich brachte keinen Ton heraus. Konnte keinen klaren Gedanken fassen. Wann hatte sich mein Leben in einen Horrorfilm verwandelt? Und was sollte ich auf Johannes' Frage bloß antworten?

»Wo ist dein Vater?«, fragte ich stattdessen.

»Im Stall.«

»Weil er die Kühe füttert?«

Johannes schwieg.

Ich brauchte seine Antwort nicht. Ich wusste auch so, was das bedeutete. Vor lauter Angst vor diesem Mann, mit dem ich eben noch ein neues Leben hatte beginnen wollen, ließ ich mich wie ein Lamm zur Schlachtbank zurück in sein Zimmer führen.

Jemandem, der seine Eltern ermordete, widersetzte man sich nicht.

Der Weg nach oben erschien mir länger zu sein als der, den ich vorhin nach unten gerannt war. Ich erklomm die Stufen hinauf in den ersten Stock und das Überschreiten der Schwelle in das Zimmer kostete mich Überwindung, doch der Druck in meinem Rücken ließ mich nicht anhalten.

Und dann stand ich wieder in diesem Raum, der wohl mein Gefängnis werden sollte. Je nachdem, was Johannes vorhatte. Ob er tatsächlich mit mir nach München fahren wollte? Mit einer Widerspenstigen, die nichts unversucht lassen würde, um aus seiner Gewalt zu entfliehen?

Dieses Risiko würde er bestimmt nicht eingehen.

29. KAPITEL

Ich lag im Bett, die Arme seitwärts ausgestreckt und mit Kabelbinder an das Holzgestell gefesselt. Weil ich sonst nur wieder versuchen würde, durch das Fenster zu fliehen, hatte mir Johannes erklärt, während er das Plastik um meine Handgelenke festgezurrt hatte. Nun war er irgendwo im Haus verschwunden, und ich wartete auf seine Rückkehr.

Schreien hatte keinen Sinn. Der Hof lag abseits, niemand würde mich hören. Es wäre ein großer Zufall, wenn ausgerechnet jetzt jemand vorbeikäme. Und wegen der geringen Wahrscheinlichkeit wollte ich nicht riskieren, Johannes weiter zu verärgern.

Ich erinnerte mich auch wieder an die Stunden vor deinem Tod. Bilder davon hatten mich nach dem Einsetzen des Klingeltons von Johannes' Handy wie ein Faustschlag getroffen, waren durch meinen Kopf gerast. Offenbar hatte der neuerliche Schock meine Blockade gelöst.

Du und ich, wir hatten gestritten, weil ich bemerkt hatte, dass du das Geld von den Sparbüchern abgehoben hattest, und ich eine Erklärung von dir dafür verlangt hatte. Du hattest gesagt, dass du es Johannes gegeben hättest, damit er aus unserem Leben verschwinde. Weil er dich bedroht habe. Weil er wolle, dass du in die

Stadt zurückgingst, allerdings ohne mich. Damit *er* mich haben könne. Mit dem Geld habest du uns freikaufen wollen, weil er dir seit seiner Rückkehr aus München gedroht habe, dich zu töten, im Wald zu verscharren und den wilden Tieren zu überlassen. Mir etwas anzutun und mich neben dir zu begraben. Zuvor wolle er sich aber noch mit mir vergnügen …

Das alles hatte Johannes dir angedroht, und ich hatte davon nichts mitbekommen. Hatte dir nicht geglaubt, als du es mir erzählt hattest. Schließlich hatte ich gedacht, Johannes von Kindesbeinen an gut zu kennen.

Dann warst du plötzlich tot gewesen. Hattest erschossen in der Scheune gelegen. Mein Geist hatte die Tatsachen nicht wahrhaben wollen, hatte sich gewehrt, sie zu akzeptieren, und mich in einen Zustand des Vergessens gestoßen.

Und nun lag ich da. Gefesselt an ein Bett, ebenso an eine Wahrheit, vor der ich zu fliehen versucht hatte, die mich aber eingeholt hatte wie ein Sprinter einen Lahmen. Weil mein Freund nicht ehrlich zu mir gewesen war. Und das wahrscheinlich schon mein ganzes Leben lang. Weil er nie wirklich mein Freund gewesen war, sondern immer mein Liebhaber hatte sein wollen.

Auf dem Nachttisch stand ein leeres Glas, daneben lagen mehrere Kabelbinder. Jene, mit denen ich an das Bett gezurrt war, schnitten mir ins Fleisch. Ich hatte großen Durst, war unfähig, an das Glas zu gelangen. Es zu füllen. War angewiesen auf die Hilfe jenes Mannes, den ich verabscheute.

Die Tür ging auf und Johannes trat ein. Seine Hände waren blutverschmiert. Mit einem Tuch wischte er sie ab. Panik flutete meinen Körper. Jetzt war ich an der

Reihe, dachte ich, und mir fiel auf, dass ich Azuro nicht mehr kläffen hörte.

»Was hast du gemacht?«, fragte ich, um das Schicksal des Jagdhundes zu erfahren. Oder um den unausweichlichen Augenblick ein wenig hinauszuzögern. Um noch ein paar Atemzüge mehr machen zu dürfen.

»Weißt du, Diana, ich bin wahnsinnig enttäuscht von dir ...«

»Wahnsinnig trifft es wohl eher«, entfuhr es mir.

Johannes ignorierte meinen Einwand und redete weiter. »Ich hatte mir alles so schön vorgestellt, doch du hast es zerstört.« Johannes' Gesicht verzerrte sich zu einer Fratze. Er legte den blutigen Lappen neben unser Foto, auf dem ich das Victory-Zeichen lachend in die Kamera zeigte.

»Ich hab nichts getan! Du zerstörst alles, nicht ich! Du hast Oliver ermordet – und deine Eltern!«, erwiderte ich und zerrte an meinen Fesseln, die keinen Millimeter nachgaben.

»Wir hätten ein sorgenfreies Leben führen können. Wenn unsere Familien das Land verkauft hätten, wäre genügend Geld dagewesen, um irgendwo neu anzufangen. Egal wo, du hättest es dir aussuchen können. Wir hätten bestimmt etwas von dem Kuchen abbekommen, auch wenn wir es nicht unbedingt nötig gehabt hätten. Ich hab in den letzten Jahren genügend Geld verdient und beiseitegelegt. Für uns, Diana.« Er lächelte mich an, als wäre nie etwas Schreckliches passiert. Als lägen nicht zwei Leichen auf diesem Hof. Und wahrscheinlich ein toter Jagdhund.

»Du kapierst es nicht, was? Ich will mit dir kein neues Leben anfangen ...«

»Vor wenigen Minuten hat sich das noch ganz anders angehört. Da wolltest du mit mir nach München gehen …«

»Da hab ich auch noch nicht gewusst, dass du Oliver umgebracht hast. Wie lief das eigentlich ab? Ist es dir leichtgefallen, abzudrücken?« Ich wollte endlich Gewissheit über deine letzten Momente erlangen.

Johannes sah mich an, als müsste er über meine Fragen erst einmal nachdenken. Wenn ich mit meiner Vermutung richtiglag, was seine Persönlichkeit anbelangte, dann würde er die Erzählung mir gegenüber vielleicht sogar genießen. Möglicherweise kam mir währenddessen eine Idee, wie ich mich befreien konnte.

»Also gut, wenn du es unbedingt wissen möchtest«, begann er, steckte die Hände in die Hosentaschen und schritt in dem Raum wie ein Lehrender auf und ab. »Ich bin zu euch rüber, um ein letztes Mal mit Oliver zu reden. Ich hatte ihm ein Ultimatum gestellt, bis wann er Zeit hat, von hier abzuhauen, aber er hat es ungenutzt verstreichen lassen.«

»Wie hast du dir das vorgestellt? Hätte er einfach seine Sachen packen und verschwinden sollen, ohne mir etwas zu sagen?«

»Das tut nichts zur Sache, wie er das angestellt hätte. Da hab ich ihm freie Wahl gelassen. Er hätte dir ja sagen können, dass er eine andere hat, eine Geliebte. Wenn er gewollt hätte, wäre ihm bestimmt eine glaubwürdige Erklärung eingefallen.«

»Du bist ein Schwein, Johannes, weißt du das?«

Johannes zeigte mit dem Finger auf mich. »Das ist lustig, denn genau das waren auch Olivers letzte Worte.«

Ich schluckte. »Was … was ist dann passiert?«

»Wir waren gerade in der Scheune, und Oliver hat zuvor sein Gewehr gereinigt. Ich hab es genommen und geladen. Er hat mir dabei zugesehen und wahrscheinlich nicht glauben können, was gleich passieren würde. Hätte er mich nicht so weit getrieben, dass es keinen anderen Ausweg mehr gegeben hatte, hätte ich es selbst nicht für möglich gehalten, dass ich in der Lage bin, jemanden zu töten.« Johannes war vor dem Fenster stehen geblieben und blickte hinaus. Er machte den Eindruck, als sinnierte er über das Vergangene, als müsste er seine eigenen Worte auf deren Wahrheitsgehalt überprüfen. »Ich hab auf ihn gezielt und er hat mich angestarrt. Ich hab gesagt, dass er abhauen soll, aber er hat mich nur ausgelacht. Er hat nach dem Gewehr gegriffen, wollte es mir aus der Hand nehmen und hat gesagt, dass ich mich nicht trauen würde. Dabei ist er so nah herangekommen, dass der Lauf ihn berührt hat. Er hat nicht gedacht, dass ich abdrücken würde. Das hat mich wütend gemacht, und dann ist es passiert.« Johannes' Blick war flehend. »Glaube mir, ich hatte keine andere Wahl. Ich musste es tun!« Er hoffte wohl, dass ich ihm verzieh. Dass ich auf seiner Seite stand. Doch ich empfand nichts als Abscheu.

»Als ich Oliver entdeckt hab, hat das Gewehr nicht neben ihm gelegen. Außerdem waren deine Fingerabdrücke nicht darauf. Wie hast du das angestellt?«, fragte ich ihn in der Hoffnung, dass er wieder ein wenig mehr auf Distanz zu mir ging. Ich ertrug seine Nähe nicht. Davon wurde mir übel.

»Ich hab Schritte gehört und mich in der Scheune versteckt. Erst dort hab ich bemerkt, dass ich das Gewehr noch immer bei mir gehabt hab, und als du ins Haus zurückgelaufen bist, hab ich es abgewischt, Olivers Hand daraufgedrückt und es schnell neben ihn gelegt. Dahin, wo du es Minuten später gefunden hast«, erzählte Johannes bereitwillig.

»Hat dein Vater davon gewusst?« Ich erinnerte mich an das Gespräch zwischen dem alten Heuböck und meinem Vater, in dem Heuböck Vater widersprochen hatte, als er behauptet hatte, dass er die Hindernisse für den Verkauf unseres Landes aus dem Weg geräumt habe. Heuböck hatte daraufhin erwidert, dass er wisse, wie es wirklich passiert sei.

»Keine Ahnung«, sagte Johannes und gab sich gelassen. »Vielleicht hat er es vermutet, ich weiß es nicht. Leider kannst du ihn nicht mehr danach fragen.« Er nahm das leere Glas vom Nachttisch, trug es zum Schreibtisch, wo ein Krug Wasser und eine Packung Orangensaft standen, und goss mit dem Rücken zu mir stehend von beidem etwas ein. Als er fertig war, ließ er mich daraus trinken. Ich war derart durstig, dass ich den Inhalt in einem Zug leerte. Dann beschloss ich, mich auf Johannes' seltsames Spiel einzulassen.

»Du hast gesagt, dass du mit mir überallhin gehen würdest, stimmt das?«

»Ja.«

»Sogar auf die Bahamas oder die Malediven?«

»Wenn du willst, ja!« Er stellte das leere Glas auf den Nachttisch, trat wieder ans Fenster, nahm den Feldstecher und führte ihn vor seine Augen.

»Aber was ist mit München? Mit deinem neuen Job? Du freust dich doch so darauf und hast ihn dir auch verdient.«

»Da hab ich nicht ganz die Wahrheit gesagt. Es gibt keinen neuen Job. Diese verständnislosen Denunzianten haben mich übergangen.«

»Haben sie dich gefeuert?«

Johannes antwortete nicht, sondern starrte weiterhin durch das Fernglas. »Ich hab euch beobachtet, dich und Oliver. Es hat mir die Seele aus dem Leib gerissen, wenn ihr es miteinander getrieben habt.«

Ich hielt den Atem an. Johannes hatte das Fernglas nicht zum ersten Mal benutzt, als wir uns zugewinkt hatten. Er war ein Voyeur und hatte uns bespitzelt. Hatte alles, was Oliver und ich in unseren eigenen vier Wänden getan hatten, durch die Fenster gesehen. Wenn wir uns geliebt hatten, wenn wir gestritten hatten, wenn wir uns danach in die Arme gefallen waren. Das alles hatte Johannes quasi miterlebt.

»Hat Oliver gewusst, dass du uns ausspionierst?«, fragte ich.

»Ich hab es ihm erzählt, um Druck auf ihn auszuüben. Ich wollte, dass er wusste, dass er gegen mich verlieren wird«, gestand Johannes.

Das erklärte, warum du plötzlich darauf bedacht gewesen warst, dass die Vorhänge zugezogen sein mussten, sobald es draußen dunkel geworden war. Und warum dein Fernglas, das ich dir zu deinem Geburtstag geschenkt hatte, stets auf unserer Fensterbank gestanden hatte. Jederzeit griff- und einsatzbereit. Ich durfte es nicht wegräumen. Du hattest es nicht verwendet, um nach Tieren Ausschau zu halten, sondern um einen Kampf mit Johannes auszufechten, von dem ich keine Ahnung gehabt hatte.

»Du bist ein verdammtes Arschloch, Johannes!«, giftete ich ihn an.

Johannes stellte das Fernglas auf die Blumenbank zurück und wandte sich mir zu. »Ich mag aus deiner Sicht vielleicht ein Arschloch sein, Diana. Aber ich bekomme immer, was ich will.«

»Ach ja? Und wie wirst du das anstellen? Du willst mich, du möchtest, dass ich dich liebe und wir irgendwo zusammen glücklich leben. Also sag mir, wie du das bewerkstelligen wirst?« Ich wand mich in meinen Fesseln, was zur Folge hatte, dass die Kabelbinder tiefer in meine Haut einschnitten.

»Mir wird schon etwas einfallen«, sagte er und erfasste meinen Körper mit den Augen. Wie ein stolzer Jäger seine Beute betrachtete er mich vom Kopf bis zu den Füßen, die unbedeckt waren. Ich war noch immer nur mit Johannes' Hemd bekleidet, das durch mein Herumzappeln hochgerutscht war. Panik stieg in mir auf, dass er über mich herfallen könnte.

»Wieso hab ich nichts davon mitbekommen, dass du mich ausgezogen und meine Wunden versorgt hast?«, fragte ich.

»Weil ich dir ein Schlafmittel verabreicht habe«, erwiderte Johannes, als wäre das die natürlichste Sache der Welt.

»Ohne mich zu fragen?«

»Du warst nicht in der Lage, die Frage zu beantworten. Warst völlig fertig von dem, was diese Kerle dir angetan haben ...«

»Wie hast du das gemacht?« Ich konnte mich nicht erinnern, etwas eingenommen zu haben.

»In deinem Saft.« Johannes deutete auf das leere Glas auf dem Nachttisch. »Es war ganz einfach.«

Eine dunkle Vorahnung beschlich mich. Ich sah Johannes vor mir, wie er mit dem Rücken zu mir das Glas füllte. »Hast du mir etwa wieder ein Schlafmittel gegeben?«

Johannes lächelte mich an.

»Du Mistkerl!« Ich trat nach ihm, aber er wich mir aus. Meine Füße verfehlten ihr Ziel. »Warum tust du das?«

»Das habe ich dir doch gerade erklärt«, sagte Johannes und nahm mein Gesicht in seine Hände. Zuerst sanft, dann drückte er zu, immer fester. »Und merk dir endlich: Ich bekomme alles, was ich will, auch dich, Diana.«

»Mich wirst du niemals haben! Niemals!«, brüllte ich ihm entgegen. Gleichzeitig spürte ich, dass ich schläfrig wurde. Dass meine Gliedmaßen schwer wurden.

»Du wirst schon sehen«, erwiderte Johannes. Seine Stimme drang wie durch Wattebäusche an meine Ohren. Ich versuchte, wach zu bleiben, doch ich verlor den Kampf.

30. KAPITEL

Es rüttelte. Der Gegenstand, auf dem ich lag, bewegte sich sanft hin und her. Ich wollte die Augen öffnen, aber es gelang mir nicht. Das Schaukeln lullte mich ein wie einen Säugling, der in einer Wiege lag. Erneut sank ich in einen traumlosen Schlaf.

*

Als ich wieder erwachte, zerrte etwas an mir. Das Schaukeln hatte aufgehört. Jemand fasste mich an den Armen, dann unter den Achseln. Hievte mich auf seine Schulter. Wie ein Sack Kartoffeln hing ich herunter und konnte mich nicht wehren. Ich wollte etwas sagen, doch meine Stimme erklang lediglich in meinem Kopf. Kein Laut drang über meine Lippen.

Es war dunkel.

Hatte ich meine Augen noch geschlossen?

Ich baumelte schlaff mit vornüber gebeugtem Körper hin und her. Eine ganze Weile. Rutschte über die Schulter der Person. Landete weich. Die Person entfernte sich.

Eine Tür fiel ins Schloss.

Ich schlief ein.

*

Als ich erneut zu mir kam, wusste ich nicht, wie lange ich geschlafen hatte. Es war immer noch finster.

Oder schon wieder?

Ich richtete mich auf, meine Hände waren nicht gefesselt. Also tastete ich meine Umgebung ab.

Unter meinen Fingern spürte ich Stoff. Ganz klar, ich lag in einem Bett. Ich hatte Angst, meine Hände seitwärts auszustrecken, weil ich befürchtete, dass Johannes neben mir war. Doch ich würde nicht ewig so ausharren können – erstarrt, damit ich meinen Entführer nicht weckte. Meine Gliedmaßen würden sich verkrampfen oder einschlafen.

Dass meine Handgelenke nicht mit Kabelbinder festgebunden waren, wertete ich als gutes Zeichen, also tat ich, wovor ich mich eigentlich fürchtete. Ich ließ meine Finger über die rechte Seite neben mir gleiten …

Sie war leer.

Vorsichtig tastete ich zur linken Seite hinüber.

Auch da lag niemand.

Erleichtert atmete ich auf und suchte nach einer Lichtquelle. Auf dem Nachttisch glaubte ich eine Lampe zu erfühlen, erwischte das Kabel und drückte den Schalter.

Licht flutete den Raum, blendete mich.

Ich blinzelte, sah Holzwände. Einen Holzboden. Eine Holzdecke. Einen Nachttisch, eine Kommode und einen Kasten.

Wo war ich?

Das Bett, in dem ich lag, war mit einem roten Leintuch und einem rot-weiß karierten Überzug bezogen. Ich schlug die Decke zur Seite und schwang meine Beine hinaus. Etwas rasselte klirrend. Ich blickte an mir hinab.

An meinem rechten Bein war eine Schelle montiert, an der eine Kette hing.

Verdammt! Er hatte es wieder getan! Er hatte mich erneut gefesselt. Wahrscheinlich war das die Eisenkette, mit der sie Azuro am Hof festgebunden hatten, wenn Besuch gekommen war, weil sich manche Menschen vor Hunden fürchteten. Und nun war Azuros Kette meine Fessel!

Verdammt! Verdammt! Verdammt!

Ich stand auf und prüfte, wie weit ich es vom Bett wegschaffte, und gelangte gerade mal bis zur Tür. Die war natürlich verschlossen.

Was hatte ich denn geglaubt? Dass Johannes aufgrund des Ortswechsels nachlässig geworden war?

Er überließ nichts dem Zufall, das war mir inzwischen klar. Johannes wollte auf alle Fälle verhindern, dass mir die Flucht gelang. Denn sonst wäre sein Morden wohl selbst in seinen Augen sinnlos gewesen, schließlich wollte er mit mir zusammen sein. Unter allen Umständen! Das gab mir zumindest die Hoffnung, dass er mir wahrscheinlich nichts antun würde.

Irgendwo in der Hütte hörte ich Geräusche. Ich lauschte. Geschirr klapperte. Jemand stieg die Treppe hoch. So schnell, wie es mir mit der Fessel am Bein möglich war, ohne ein Geräusch zu verursachen, eilte ich zurück zum Bett, legte mich hinein, zog die Decke über mich und knipste das Licht aus.

Der Schlüssel drehte sich im Schloss und die Tür ging auf. Johannes trat ein, betätigte den Lichtschalter und lächelte mich an.

»Hast du Hunger?« In den Händen hielt er ein Glas Saft sowie ein mit Wurst und Käse belegtes Brot.

»Wo sind wir?«, fragte ich.

»Ich stelle es hierher, du kannst es ja später essen. Ich fahre zur Tankstelle und kaufe ein paar Lebensmittel fürs Frühstück ein. Wir haben nichts da. Das hier habe ich rasch von unserem Hof mitgenommen. Magst du lieber Tee oder Kaffee?«

Johannes' Art, mit mir zu reden, irritierte mich. Als würde sein Leben gemeinsam mit mir normal weiterlaufen. Dabei hatte er drei Menschen ermordet.

»Wo sind wir?«, wiederholte ich meine Frage.

Johannes zuckte mit den Schultern. »Was bringt es dir, wenn du das weißt?«, fragte er.

»Keine Ahnung, vielleicht würde ich mich besser fühlen.«

Johannes dachte eine Weile über meine Worte nach. »Wir sind in der Jagdhütte meines Vaters«, sagte er. Wahrscheinlich, weil er zu dem Ergebnis gelangt war, dass es nicht schaden könnte, wenn sich mein Wohlbefinden erhöhte. Davon würde auch er profitieren.

Danach ließ er mich wieder allein.

Ich hörte, wie die Treppe bei jedem seiner Schritte knarrte. Augenblicke später sprang draußen ein Motor an. Johannes fuhr tatsächlich einkaufen, so wie er es gesagt hatte. Als wäre nichts geschehen. Ich konnte es nicht fassen! Ich wollte es nicht glauben! Bestimmt suchte man schon nach mir. Das hoffte ich zumindest. Und wenn nicht …

Ich stieg aus dem Bett und prüfte, wohin das andere Ende meiner Fessel führte.

Es verschwand unter der Matratze.

Ich hob den Schaumstoff hoch, die Kette war durch den Lattenrost gefädelt und um den seitlichen Bettpfosten geschlungen. Am Ende befand sich ein Ring, durch den die Kette verlief und eine Schlaufe bildete. Es war unmöglich, sie ohne Werkzeug abzubekommen. In meiner Verzweiflung trat ich mit aller Kraft gegen das Gestell, in der Hoffnung, dass dadurch entweder die Schrauben, die das Seitenteil des Bettes mit dem Fußende zusammenhielten, locker wurden oder gar das Holz barst.

Das Bett machte einen Ruck zur Seite, doch sonst tat sich nichts.

Noch einmal trat ich zu, und dann noch einmal. So lange, bis meine Füße schmerzten. Auf diese Weise gelänge es mir nicht, mich zu befreien, also kniete ich mich vor das Bett und versuchte, die Schrauben mit den Fingern zu lockern. Sie waren zu fest angezogen.

Mein Blick schweifte durchs Zimmer und suchte nach einem Gegenstand, den ich wie einen Schraubenschlüssel einsetzen konnte, denn dass ich hier kein Werkzeug fand, war mir klar. So blöd war Johannes nicht.

Ich zog die Schublade des Nachttisches auf, darin waren jede Menge Pornomagazine. Angewidert schloss ich sie wieder und ging zu der Kommode, die an der gegenüberliegenden Wand stand, das Rasseln der Kette als treuer Begleiter in meinem Rücken. Die Länge meiner Fußfessel reichte aus, dass ich die Laden herausziehen und durchwühlen konnte. Außer ein paar Hemden und Hosen, die bestimmt dem alten Heuböck gehört hatten, fand ich nichts im obersten Schubfach. Ich prüfte eine der Hosen, ob sie passte, aber sie war mir viel zu weit. Sie würde herunterrutschen, sobald ich sie losließe. Also legte ich sie zurück und zog die zweite Schublade auf, darin waren Handtücher. In der untersten befanden sich wieder pornografische Zeitschriften.

Mein nächstes Ziel war der Kasten. Er stand auf der anderen Seite des Bettes und war trotz der Fußfessel leicht für mich zu erreichen. Decken für kältere Tage, Bettwäsche und Handtücher lagen darin. Eine grüne Jacke und feste Schuhe. Sonst war der Kasten leer.

Mein Blick fiel auf ein Bild an der Wand. Ein Foto aus längst vergangenen Tagen steckte in einem Metallrahmen. Die Aufnahme zeigte den alten Heuböck bei der Jagd, der einen Hirsch erlegt hatte und stolz neben dem Kadaver posierte. Der Rahmen ließe sich eventuell zu einer Art Meißel quetschen, wenn ich stark genug war. Einen Versuch war es wert. Ich nahm das Bild von der Wand, legte das Glas und das Foto zur Seite und presste den Rahmen mit aller Kraft zusammen. So lange, bis er wie eine schmale Raute aussah. Mit meinem neuen Werkzeug begann ich, eine der Schrauben am Bett zu bearbeiten. Ich positionierte dessen Spitze wie einen Meißel auf der Kante des Befestigungsmaterials. Mit dem Fuß der Nachttischlampe schlug ich auf das andere Ende und hoffte, dass sich die Schraube dadurch gegen den Uhrzeiger drehte. Doch sie saß fest, rührte sich nicht. Ich hämmerte, immer wieder, und endlich bewegte sich die Schraube ein ganz klein wenig. Aufgeregt machte ich weiter, bis ich sie mit den Fingern aufdrehen konnte.

Hoffnung erfasste mich, dass es mir möglicherweise doch gelänge, zu fliehen. Sie trieb mich an, nicht aufzugeben. Umgehend machte ich mich an die zweite Schraube. Wenn sich die entfernen ließe, könnte ich das Seitenteil des Bettes abnehmen und die Kette ausfädeln. Wieder schlug ich mit dem Lampenfuß auf den verformten Rahmen, dann noch einmal. Und obwohl ich sah, dass sich die Schraube beim Zusammenbauen des Bettes weit in das Holz eingegraben hatte und die Chance, sie mit meinem Provisorium aufzubekommen, gering war, gab ich nicht auf …

Plötzlich hörte ich ein Motorengeräusch in der Ferne, es wurde rasch lauter …

Johannes kam zurück!

Panik breitete sich in mir aus. Ich hatte die zweite Schraube keineswegs lockern können, sie bewegte sich nicht einmal. Verzweifelt drosch ich mit dem Lampenfuß auf mein selbstgebasteltes Werkzeug ein …

Draußen fiel eine Autotür zu. Jeden Moment würde Johannes die Hütte betreten, die mitgebrachten Sachen abstellen und bei mir nach dem Rechten sehen …

Ich sprang auf, stopfte die Matratze ins Bett, spannte das Laken darüber und warf die Decke und das Polster darauf.

Schritte polterten die Treppe hoch.

Mit dem Fuß schob ich den Metallrahmen und die Schraube, die ich bereits gelöst hatte, unter das Bett und griff nach der Nachttischlampe. Dann ging auch schon die Tür auf.

Johannes musterte mich. In der Hand hielt er eine Sporttasche – und ich die Lampe.

»Willst du die etwa nach mir werfen?«, fragte er und lächelte mich an, als hätten wir uns eben nur wegen einer Kleinigkeit gezankt.

Ich erwiderte nichts, sondern versuchte, ruhig zu atmen. Mit zittrigen Händen stellte ich die Lampe zurück auf den Nachttisch.

»Ist alles okay?«

»Wie soll verdammt noch mal alles okay sein, wenn du mich wie einen Hund an die Kette legst?«, fuhr ich ihn an. Meine aggressive Reaktion sollte überspielen, wie groß meine Angst war, dass er Spuren meines Fluchtversuches entdeckte.

»Du siehst verschwitzt aus.«

»Ich sehe verdammt noch mal scheiße aus!«, fauchte ich, um von der Demontage des Bettes abzulenken. Hoffentlich fand Johannes den Metallrahmen und die Schraube nicht, ich hatte nicht kontrollieren können, ob sie weit genug unter das Bett gerutscht waren.

»Seit wann fluchst du?«, fragte Johannes verwundert. »Ich erinnere mich nicht daran, das jemals von dir gehört zu haben.«

»Seit du mir das antust!«, schrie ich. Meine ganze Angst und Hilflosigkeit entluden sich in Zorn und Wut auf meinen Entführer.

»Ich hab dir Kleidung mitgebracht. Die, die du bei dem Überfall angehabt hast, ist nicht mehr zu gebrauchen, ich hab sie weggeworfen.« Johannes stellte die Sporttasche auf das Bett. »Zieh dich an, dann fühlst du dich bestimmt gleich besser.«

»Wie sollen mir Klamotten dabei helfen, mich besser zu fühlen?«, fragte ich verständnislos.

»Das ist bei Frauen doch so, oder etwa nicht?« Johannes lachte, als hätte er einen guten Scherz gemacht. »Sie haben etwas Hübsches an, und schon ist die Welt in Ordnung.«

Mir war nie aufgefallen, dass Johannes so oberflächlich war. Wegen des Frauenbildes, das er eben gezeichnet hatte, verabscheute ich ihn noch mehr.

»Woher hast du die Sachen?«

»Es sind deine, Diana.« Johannes zwinkerte mir zu.

Mir gefror das Blut in den Adern. Wenn das stimmte,

musste Johannes bei mir zu Hause gewesen sein, um die Kleidung aus meinem Schrank zu holen … Mutter war bestimmt dagewesen … ebenso Vater … und Alexander … Ob er sie auch …?

In Gedanken sah ich sie tot auf dem Fußboden liegen. Mit eingeschlagenen Schädeln. Oder mit einem Loch in der Brust, erschossen mit einem Jagdgewehr. Blutlachen umgaben sie. Und das alles nur, weil dieser Irre unbedingt mit mir zusammen sein wollte. Ich fühlte mich schuldig, weil meine Familie womöglich wegen mir gestorben war. Und wenn sie alle tot waren, wüsste niemand, dass ich verschwunden war. Keiner würde nach mir suchen. Nicht einmal Nora. Sie war bestimmt noch sauer auf mich wegen dem Gerücht über die Affäre von Johannes und mir. Die schaurigsten Geschichten kursierten von Mund zu Mund. Den Dorfbewohnern war ich lästig wie ein Kropf, die wären bestimmt froh, wenn sie mich los waren.

»Jetzt mach endlich die Tasche auf und sieh rein«, forderte mich Johannes auf. Er lehnte lässig an der Wand und beobachtete mich.

Meine Finger zitterten. Bilder von Johannes' Mutter schossen mir durch den Kopf, wie sie mit eingeschlagenem Schädel im Flur des Bauernhauses lag. Vor meinem geistigen Auge tauchte meine Mutter auf, der es womöglich ähnlich ergangen war, als Johannes meine Sachen abgeholt hatte …

Ob sich auf den Kleidern ihr Blut befand?

Oder war gar etwas anderes in der Sporttasche? Mutters Kopf? Der meines Vaters …?

Ich traute Johannes alles zu, auch dass er mir auf diese Weise mitteilen wollte, dass es für mich kein Zurück gab, weil da einfach niemand mehr war, der auf mich wartete. Weil meine Familie tot war.

Ich zog den Reißverschluss langsam auf, die Tasche öffnete sich wie ein riesiges Maul. Ich erkannte meine Bluse, mein T-Shirt, eines meiner Sommerkleider, Unterwäsche ... und war erleichtert, weil sich keine Körperteile darin befanden, aber auch überrascht, dass der Inhalt der Tasche so vollkommen normal aussah, als würde ich verreisen. Sogar an eine Zahnbürste und meine Hautcreme hatte Johannes gedacht.

»Was hast du zu Mama gesagt? Dass wir in den Urlaub fahren?«, fragte ich ihn.

Johannes lachte laut auf. »So mag ich dich. Immer zu einem Scherz bereit.«

Das war kein Scherz gewesen. Ich wollte endlich Klarheit haben. »Hast du sie ...? Hast du sie auch ...?«

»Hab ich was?«, hakte Johannes nach.

Ich schluckte. »Hast du sie auch umgebracht? Hast du meine Eltern wie deine ermordet? Und Alexander?«

Johannes lächelte, stieß sich von der Wand ab und ging hinaus. Hinter sich schloss er die Tür und drehte den Schlüssel um.

»Johannes!«, rief ich ihm hinterher. »Ich hasse dich!« Er genoss es sichtlich, mich im Ungewissen zu lassen, und dafür wünschte ich ihm die Pest an den Hals!

Ich warf die Tasche zu Boden, legte mich daneben und holte den verformten Bilderrahmen unter dem Bett hervor. Dann hob ich die Matratze an und bearbeitete weiter die zweite Schraube. Jedoch musste ich darauf verzichten mit dem Lampenfuß auf den Rahmen zu schlagen, das wäre zu laut gewesen. Johannes hätte es gehört. Also fummelte ich das Metall in meinen Händen zwischen die Mutter und das Holz in der Hoffnung, ein paar Fasern abzubekommen und dadurch die Schraube lockern zu können. Tatsächlich lösten sich kleine Stückchen. Erleichtert atmete ich auf.

»Was machst du da?«

Ich fuhr herum. Johannes stand hinter mir und schaute mir über die Schulter. Mit verschränkten Armen. Und zusammengekniffenen Lippen. Mit Wut in den Augen.

»Ich … ich …«, stotterte ich, weil ich nicht wusste, wie ich mich herausreden sollte. Es war offensichtlich, was ich tat, Leugnen war also zwecklos.

»Ich bin von dir enttäuscht, Diana. Es war ein Fehler, dich hierher mitzunehmen.«

»Es war definitiv ein Fehler!«, rief ich und stürzte mich auf ihn. Mit der rechten Hand stieß ich ihm die scharfe Spitze des deformierten Metallrahmens in den Oberschenkel.

»Ah!«, schrie Johannes. Dann blickte er zu seinen Beinen hinab, starrte das Metallteil in seinem Fleisch an und anschließend mich. Blut quoll aus der Wunde. Der Ausdruck auf seinem Gesicht wandelte sich. Hass lag darin.

Ich zerrte an der Kette, doch natürlich gab sie mich nicht frei.

»Diesen Fehler werde ich korrigieren«, presste er hervor. Mit wenigen Schritten war er bei mir, packte mich und drückte mich auf den Boden. Ich robbte davon, unter das Bett. Ich konnte zwar nicht fliehen, aber mich zumindest so vor seinen Schlägen schützen. Johannes fasste nach meinem Bein, das unter dem Bett hervorlugte, und zerrte daran. Mit dem anderen Fuß trat ich nach ihm. Er ließ mich los. Ich rutschte weiter unter das Holzgestell.

Staub kitzelte meine Kehle. Ich blinzelte, meine Augen tränten.

Johannes lief fluchend die Treppe nach unten.

Mist! Das bedeutete nichts Gutes.

Hastig kroch ich unter dem Bett hervor und zog an der Kette. Ich wusste, wenn ich es nicht schaffte, loszukommen, würde Johannes mich in den nächsten Minuten töten.

31. KAPITEL

Johannes kehrte zurück. In der Hand hielt er ein Jagdgewehr. Er zielte auf das Bett. Drückte ab. Der Knall war ohrenbetäubend laut. Die Kugel drang durch die Federkernmatratze und landete im Holzboden. Holzsplitter stoben auf. Er feuerte einen weiteren Schuss ab.

Ich hielt den Atem an. Presste mich mit dem Rücken an die Holzwand hinter mir. Weiter weg konnte ich nicht.

Johannes trat näher, lud das Gewehr nach. Hielt es schussbereit in seinen Händen und bückte sich.

Ich beobachtete alles durch den Türspalt. Gleich würde er bemerken, dass ich nicht mehr unter dem Bett lag. Dass ich mich in der Zeit, in der er das Gewehr geholt hatte, anderswo versteckt hatte.

Was würde er tun? Die Kette führte ganz klar in meine Richtung, weg vom Bett und hin zum Kasten. Er würde es sehen, aufstehen, auf das Möbel zielen und abdrücken.

Und ich würde hier drin sterben …

Mein Wille zu überleben ließ mich die Türen aufstoßen. Todesmutig stürzte ich mich auf Johannes, das Überraschungsmoment auf meiner Seite.

Mein Widersacher fuhr herum. Wir rangen um die Waffe, Johannes geriet ins Taumeln, sein verletztes Bein schwächte ihn, bereitete ihm offensichtlich Schmerzen.

Den Metallrahmen hatte er inzwischen herausgezogen und die Wunde notdürftig mit einem Tuch verbunden. Ich packte das Gewehr, versuchte, es ihm zu entreißen. Doch Johannes war kräftig. Viel kräftiger als ich.

»Du miese Schlampe«, rief er und wandte sich von mir ab, um sich aus meinem Griff zu befreien. Das Gewehr entglitt meinen Fingern. Blitzschnell fuhr Johannes herum und richtete den Lauf auf mich. Mit dem Fuß trat ich gegen seinen verletzten Oberschenkel.

Johannes schrie auf und drückte gleichzeitig ab. Die Kugel landete über mir in der Decke. Ich hechtete auf ihn zu, bevor er sich von seinem Schmerz erholte. Da ich nicht fliehen konnte, war meine einzige Chance, ihm das Gewehr zu entreißen. Doch Johannes umklammerte es und probierte erneut, was schon einmal geklappt hatte. Er drehte sich weg und entzog mir dadurch zum zweiten Mal die Waffe.

Meine Kräfte schwanden. Damit nahm meine Zuversicht ab.

Verzweifelt schlug ich mit der Faust auf sein verletztes Bein, verfehlte aber mein Ziel. Johannes stieß mich weg. Ich fiel zu Boden. Mit dem Gewehr im Anschlag stand er über mir und nahm meinen Kopf ins Visier. Ich sah ihm in die Augen und wusste, dass er abdrücken würde …

Ein Knall erschütterte meinen Körper. Ich zitterte. Atmete nicht. Sah an mir hinunter. Hielt nach Blut Ausschau. Nach viel Blut. Ganz viel Blut. Das Hemd, das ich trug, war jedoch unversehrt.

Mein Blick wanderte zu Johannes hinauf. Er starrte mich fassungslos an. Senkte die Arme, das Gewehr rutschte ihm aus der Hand. Dann fiel er auf die Knie, und ich bemerkte Vater, der hinter ihm stand mit einer Flinte in der Hand, die er noch immer auf Johannes richtete. Als wäre die Gefahr nicht vorüber.

»Papa!« Ausgerechnet der Mann, den ich verdächtigt hatte, dein Mörder zu sein, rettete mir jetzt das Leben.

Alexander tauchte neben ihm auf und stürzte ins Zimmer. »Bist du verletzt?«

Ich schüttelte den Kopf. »Wie geht es Mama? Ist sie …?«

»Sie dreht vor Sorge um dich fast durch. Aber sonst ist sie okay«, antwortete Alexander und prüfte meine Fußfessel. Er verfolgte sie bis zu dem Bettpfosten, an dem ich gescheitert war.

Vater hielt Johannes in Schach, indem er ihm den Lauf der Schrotflinte auf die Brust drückte. Ich hatte gedacht, Johannes wäre tot, doch er stöhnte.

»Wie habt ihr mich gefunden?«, fragte ich.

»Als Johannes bei uns aufgetaucht ist und für dich Kleider holen wollte, war klar, dass etwas faul ist«, antwortete Vater. »Mutter hat ihn gefragt, wo du bist, und da hat er gesagt, du seist bei ihnen am Hof. Aber das war eine Lüge, denn ich bin dort gewesen. Ich hab nach dir gesucht, Diana. Und niemand außer mir ist da gewesen. Es hat gespenstische Stille geherrscht.«

»Aber wieso wusstet ihr, dass er mich hierhergebracht hat?«

»Johannes hat uns als Kind oft erzählt, dass er mit seinem Vater das Wochenende hier verbracht hat, und wir sind neidisch gewesen, weil wir nicht so eine Hütte hatten. Erinnerst du dich?«, erwiderte Alexander.

»Ja.« Jetzt, wo mein Bruder mich darauf hinwies, fiel es mir tatsächlich wieder ein.

»Und da hab ich eins und eins zusammengezählt. Die Hütte ist ein gutes Versteck, also war es wahrscheinlich, dass Johannes dich hierhergebracht hat. Wenn ich an seiner Stelle gewesen wäre, hätte ich es genauso gemacht.« Alexander trat kräftig gegen das Holz des Bettes. Ein Knacken verriet, dass es nicht unversehrt geblieben war. »Geh zur Seite!«, verlangte er.

Ich rückte weg von dem Bett und weg von Johannes, der ächzend am Boden lag. Durch den zweiten Tritt barst der seitliche Holzbalken in der Mitte, der nächste brach ihn gänzlich entzwei. Alexander löste die Kette vom Bett. Um die Schelle von meinem Fuß abzubekommen, benötigten wir jedoch Werkzeug.

Plötzlich hörte ich Sirenen.

»Ich hab sie alle informiert«, sagte Vater. »Rettung. Polizei. Feuerwehr. Ich hab sogar den Pfarrer angerufen. Hauptsache, irgendwer kommt.«

»Ich glaube nicht, dass der Pfarrer hier auftauchen wird«, sagte ich und lächelte. Ich konnte es kaum erwarten, diesen Albtraum endlich hinter mir zu lassen.

*

Wenig später wimmelte es in der Jagdhütte nur so von Menschen. Alexander hatte inzwischen das passende Werkzeug für Azuros Kette gefunden und sie mir abgenommen. Es fühlte sich gut an, endlich frei zu sein.

Der Notarzt und die Sanitäter hatten Johannes erstversorgt, stabilisiert und anschließend mit einer Trage aus der Hütte gebracht. Gerade schoben sie ihn in den Fond eines Rettungswagens, um ihn ins Krankenhaus nach Freistadt zu bringen. Er habe Glück gehabt, hatte der Notarzt uns mitgeteilt. Die Schrotkugeln hätten kein lebensnotwendiges Organ verletzt. Es werde zwar eine Weile dauern, bis ein Operationsteam die unzähligen Einzelprojektile aus Johannes' Körper entfernt habe, aber Johannes werde es bestimmt schaffen. Solange keines dieser winzigen Kügelchen bis zu seinem Herzen vordringe, bestehe keine Lebensgefahr.

Als Rettung und Notarzt losfuhren, kam Gruppeninspektor Sepp Braumüller, der inzwischen mit mehreren Kollegen eingetroffen war, auf mich zu.

»Frau Heller, was ist hier passiert?«, fragte er und blickte dem Rettungswagen hinterher.

»Johannes Heuböck hat Oliver umgebracht«, sagte ich.

»Wieder ein neuer Verdächtiger …«

»Und er hat auch seine Eltern getötet«, ließ ich ihn nicht ausreden, da ich das Misstrauen in seiner Stimme bemerkte. »Wenn Sie zum Hof der Heuböcks fahren, finden Sie ihre Leichen. Die der Mutter im Flur und die des Vaters wahrscheinlich im Stall. Er hat ebenso Azuro getötet …«

»Mein Gott!«, entfuhr es Vater. Von seinem Gesicht war das Entsetzen darüber gut abzulesen.

»Wer ist Azuro?«, fragte Braumüller.

»Der Hund der Heuböcks.«

»Aber wieso sollte er den Hund töten?«

»Warum hat er seine Eltern umgebracht?«, fragte ich, weil dies genauso wenig Sinn für jemanden mit gesundem Menschenverstand ergab.

»Das werden wir herausfinden. Was noch?«, hakte Braumüller nach, nachdem er ein paar Kollegen angewiesen hatte, die Kriminalpolizei zu verständigen und auf dem Bauernhof der Heuböcks meine Angaben zu überprüfen.

»Ich lebe«, sagte ich, »und das verdanke ich meinem Vater und meinem Bruder. Johannes war besessen von mir, er wollte unbedingt mit mir zusammen sein. Deshalb hat er Oliver getötet. Nach dem Mord an seinen Eltern hat er mich hierhergebracht. Ihm war bestimmt klar, dass seine Tat bald entdeckt werden würde, wenn seine Eltern einfach von der Bildfläche verschwanden. Mit Azuros Kette hat er mich ans Bett gefesselt, sodass ich nicht fliehen konnte. Und als die Situation eskaliert ist und er mich erschießen wollte, sind Vater und Alexander aufgetaucht. Vater hat Johannes angeschossen, bevor der mich erschießen konnte.«

»Woher wussten Sie, dass Ihre Tochter hier ist?«, wollte Braumüller von meinem Vater wissen.

»Ich hab es nicht gewusst, Alexander hatte die Idee«, stellte Vater richtig.

»Johannes war als Kind oft mit seinem Vater übers Wochenende hier. Und als er zu uns nach Hause gekommen ist, um für Diana ein paar Sachen abzuholen, als würden die beiden verreisen, wussten wir sofort, dass etwas nicht stimmt«, erklärte mein Bruder.

»Ihre Schwester hätte ja tatsächlich mit Johannes Heuböck verreisen können«, warf Braumüller ein.

»Wenn sie das wirklich vorgehabt hätte, wäre sie selber gekommen und hätte ihre Sachen gepackt«, war sich Vater sicher. »Sie wäre niemals gegangen, ohne sich bei uns zu verabschieden.«

»Das stimmt«, pflichtete ich ihm bei.

»Wie ging es weiter?«, fragte Braumüller.

»Wir haben so getan, als wären wir nicht misstrauisch geworden, aber als Johannes weg war, sind wir sofort losgefahren«, antwortete Alexander.

»Wir wussten ja, dass Diana nicht mehr zu Hause gewesen ist, obwohl ich sie in ihrer Wohnung eingesperrt hatte. Maria Sinfunker hat bei uns angerufen und erzählt, dass sie beobachtet habe, wie Diana völlig fertig über den Dorfplatz gelaufen und in den Wagen vom jungen Heuböck eingestiegen sei. Deshalb hab ich nachgesehen, und Diana war nicht mehr da. Dann bin ich zu den Heuböcks gefahren, aber da hat niemand aufgemacht. Die Haustür war versperrt, was ich seltsam gefunden habe. Die sperren sonst nämlich nie ab. Ich habe mir gedacht, das könnte wegen dem Gesindel sein, das sich in unserer Gegend herumtreibt und Häuser anzündet. Wenn ich gewusst hätte, dass die tot dort drinnen liegen ...« Vater brach ab und rieb sich die Stirn. Die Ereignisse schienen für ihn zu viel zu sein. Er kämpfte mit den Tränen und zog geräuschvoll die Nase hoch. Schließlich wandte er sich mir zu und ließ Braumüller links liegen. »Ich hab dich überall gesucht, Diana. Hab im Krankenhaus angerufen, weil ich dachte, Johannes hätte dich vielleicht dorthin gebracht, und danach beim Arzt. Aber niemand hat mir sagen können, wo du bist.« Tränen rannen Vater über die Wangen. »Ich bin fast umgekommen vor Sorge.«

Ich umarmte ihn, was ein seltsames Gefühl war, doch gleichzeitig auch ein wunderbares. Vieles von dem, was Vater in der Vergangenheit getan hatte, hieß ich nicht gut und würde ich ihm auch nicht so bald verzeihen können, dennoch war es möglich, dass dies eine Art Neubeginn für uns war. »Mit mir ist alles in Ordnung, Papa«, sagte ich.

»Ich hab gedacht, ich hätte dich verloren«, heulte Vater an meiner Schulter.

»Das ist nicht passiert«, antwortete ich.

Vater löste sich von mir, zog ein Taschentuch heraus und schnäuzte sich. Diese Gelegenheit nutzte ich, um mich an Gruppeninspektor Sepp Braumüller zu wenden. »Ich möchte Anzeige erstatten«, sagte ich.

»Gegen wen?«, fragte Braumüller, als wäre das alles nicht schon genug. Als stünden wir nicht auf einem Schlachtfeld, als wären nicht drei Menschen ermordet worden.

»Gegen vier Männer aus dem Dorf. Sie haben mich vergewaltigt, sind wie Tiere über mich hergefallen. Ich konnte ihre Gesichter nicht sehen, es war zu dunkel. Aber ich erkenne ihre Stimmen, da bin ich mir sicher.«

Braumüller nickte und sah mich das erste Mal seit langer Zeit an, als wäre nicht ich die Schuldige. »Diese Schweine kriegen wir!«

32. KAPITEL

Mutter und ich saßen auf der Holzbank im Garten, auf der Großvater immer verweilt und seine Pfeife geraucht hatte. Bis zu seinem Tod war das sein Lieblingsplatz gewesen, und ich musste jedes Mal an ihn denken, wenn ich auf ihr saß oder an ihr vorüberging.

Ich trug noch die schwarzen Sachen von der Beerdigung der Heuböcks und war nur aus den Schuhen geschlüpft, um meine schmerzenden Sohlen zu entlasten. Die Erde unter meinen Füßen war von der Sonne aufgeheizt und angenehm warm, wohingegen der kühle Ostwind zunehmend auffrischte. Der Wetterbericht hatte Regen angekündigt, den das Land dringend brauchte. Der Grundwasserspiegel im Mühlviertel war durch die lange Trockenperiode der vergangenen Wochen deutlich unter sein für diese Jahreszeit übliches Niveau gesunken. Ich bildete mir ein, dass ich den Regen bereits roch.

»Ich kann immer noch nicht glauben, was passiert ist«, sagte Mutter mit Blick auf das sanft hügelige Land. »Ich kenne Johannes seit Kindesbeinen an. Was ist bloß mit ihm geschehen, dass er so etwas Schlimmes getan hat?«

Ich ergriff Mutters Hand und drückte sie. Ich wusste, dass selbst sie in dieser Situation mit ihren weisen Sprüchen am Ende war. Dass keine der bei der Beerdigung verbreiteten Vermutungen wirklich erklären konnte, warum drei Menschen nun tot waren.

»Er hat mir erzählt, dass er seinen Job in München verloren hat«, sagte ich. »Er hat seine Chefs als verständnislose Denunzianten bezeichnet, die ihn bei irgendetwas übergangen hätten.«

»Bei einer Beförderung?«, fragte Mutter.

»Gut möglich. Ich hab ihn gefragt, ob er gefeuert wurde, aber er hat mir nicht geantwortet. Ich glaube, dass genau das passiert ist, und diese Demütigung hat Johannes nicht verkraftet. Nach dem, was ich heute über ihn weiß, würde ich sagen, dass er ein Narzisst ist. Und dass er seinen Job verloren hat, hat eine Krise bei ihm ausgelöst. Durch mich wollte er sein Ego wieder aufpolieren, aber dabei war ihm Oliver im Weg. Er wollte ihn loswerden, hat ihn angerufen und ihm gedroht. Hat uns mit dem Fernglas ausspioniert und in unsere Wohnung gegafft. Oliver hat ihm unser ganzes Erspartes gegeben, damit er uns in Ruhe lässt, aber das war nicht in Johannes' Sinn. Das wäre eine weitere Niederlage für ihn gewesen, und das konnte er nicht zulassen. Deshalb musste Oliver sterben.«

»Hat er dir das so gesagt?«

»Ja. Vielleicht nicht genau mit diesen Worten, aber so ähnlich.«

Mutter schüttelte traurig den Kopf. »Mein armes Mädchen, was hast du nur alles durchmachen müssen.«

»Gruppeninspektor Braumüller hat mir erzählt, dass er die Männer, die mich vergewaltigt haben, ausfindig gemacht hat«, berichtete ich Mutter, was ich von dem Polizisten erfahren hatte. »Sie haben im Wirtshaus damit geprahlt.«

Mutter begann, leise zu weinen.

»Ich werde gegen sie aussagen und sie alle hinter Gitter bringen. Mir ist es scheißegal, was die Leute im Dorf über mich sagen. Und es ist mir egal, wessen Söhne und Ehemänner diese Schweine sind.«

Mutter drückte meine Hand. Ich wusste, dass sie mir dadurch sagen wollte, dass sie meine Stärke bewunderte. Doch ich war nicht stark. Ich war schwach und ertrug dieses Dorf und seine Bewohner nicht länger. »Ich werde weggehen, Mama.«

Mutter hörte auf zu weinen und sah mich erschrocken an. »Wie, du wirst weggehen? Was meinst du damit?«

Ich fühlte regelrecht, wie sehr meine Worte sie innerlich aufwühlten. »Ich werde das Dorf verlassen. Nach allem, was passiert ist, kann ich hier nicht mehr leben.«

»Wohin willst du denn?«

»Keine Ahnung. In die Stadt. Oder nach Tirol. Nach Innsbruck vielleicht. Oder nach Wien.« Ich zuckte die Schultern, denn ich hatte mich noch nicht entschieden. Einzig dass ich nicht hierbleiben wollte, war für mich klar.

»Und was ist mit dem Hof? Jetzt, wo das dämliche Projekt deines Vaters endlich vom Tisch ist? Es kann doch alles wieder so sein wie vorher …«

»Es ist schon lange nichts mehr wie vorher, Mama. Ich habe mit Alex geredet. Er will den Hof übernehmen und daraus eine Biolandwirtschaft machen, so wie Oliver und ich das vorgehabt haben. Aber nur, wenn du und Papa seinen Freund akzeptiert. Der ist übrigens ganz nett.«

»Du hast ihn schon kennengelernt?« Mutter sah mich neugierig von der Seite an.

»Ja, Mama. Hab ich.« Ich lächelte und erinnerte mich daran, wie ich vor Wochen auf die Polizeiinspektion nach Freistadt gefahren war und mir ein Fremder seinen seelischen Beistand angeboten hatte. Er hatte draußen auf mich gewartet und mich auf einen Kaffee eingeladen. Ich hatte abgelehnt. Aus verschiedenen Gründen. Weil ich unsicher gewesen war. Weil Mutter auf mich gewartet hatte. Weil ich nicht für eine neue Beziehung bereit gewesen war. Hätte ich damals gewusst, dass er mich als Alexanders Schwester erkannt hatte, weil mein Bruder ihm ein Foto von mir gezeigt hatte, und lediglich mit mir ins Gespräch hatte kommen wollen, wäre ich vielleicht mit ihm mitgegangen. »Er heißt Florian. Alex hat ihn mir gestern in der Stadt vorgestellt.«

Wir sprachen eine Weile nicht, sondern ließen unsere Gedanken schweifen. Genossen die Brise, die uns umgab. Ließen unsere Augen über die Landschaft gleiten und sahen uns daran satt.

»Was wird mit dem Hof der Heuböcks geschehen?«, fragte ich, als mein Blick dort hinübergewandert war und nun daran festhing.

»Er wird wohl verfallen«, meinte Mutter. »Für die drei Morde bekommt Johannes bestimmt lebenslänglich, und jemand anderen, der den Hof weiterführen könnte, gibt es nicht.«

Ich wandte mich ab und sah auf die Wiese, über die ich als Mädchen mit seitwärts ausgestreckten Armen gelaufen war, um die Freiheit zu fühlen. Ich stand auf, um sie wieder zu spüren. Breitete die Arme aus und lief los.

»Diana? Was machst du?«, rief mir Mutter hinterher.

»Ich fliege in eine neue Zukunft!«, rief ich über die Schulter zurück, in Gedanken das kleine Mädchen von früher.

Ich flog irgendwohin.

Mit irgendjemandem oder keinem.

Bloß weg von diesem Todesdorf.

ENDE

NACHWORT

Zu allererst danke ich Ihnen, dass Sie bis hierher gelesen haben. »Todesdorf« ist mein erster Thriller. Nach dem 4. Teil der Oskar-Stern-Reihe wollte ich eine Geschichte schreiben, die sich im Aufbau und in der Schreibweise von einem Krimi unterscheidet. In der es nicht um die klassische Aufklärung eines Kriminalfalles geht. In der ich mit den Gefühlen der Protagonisten spielen und die Grundmauern des Urvertrauens innerhalb einer Familie erschüttern durfte. In der ich eine blumigere Sprache mit vielen Metaphern und Vergleichen verwenden konnte, auch wenn es dank des scharfen Auges meiner Lektorin nicht alle in die endgültige Fassung des Thrillers geschafft haben. Aber dadurch hat das Buch an Qualität dazugewonnen, ist runder geworden, spannender. Ein großes Dankeschön dafür an Katja Ernst vom Gmeiner-Verlag!

Nach all den kreativen, grüblerischen, traurigen, aber auch lustigen Momenten halten Sie, liebe Leserinnen und Leser, »Todesdorf« nun in Händen. Ich hoffe, den Thriller zu lesen, hat Ihnen genauso gefallen wie mir, ihn zu schreiben. Aber keine Angst: Ich bleibe Oskar Stern treu und er mir. Er ermittelt weiter im wunderschönen Mühlviertel. Aber wer weiß, vielleicht gibt es ja auch ein Wiedersehen mit Diana Heller. Lassen Sie sich überraschen!

Wenn Sie mir mitteilen wollen, ob Ihnen »Todesdorf« gefallen hat oder nicht, schreiben Sie mir bitte unter mail@eva-reichl.at. Ich freue mich auf Ihre Nachricht!

Ihre Eva Reichl

*Weitere Titel finden Sie auf den
folgenden Seiten und im Internet:*

WWW.GMEINER-VERLAG.DE

Chefinspektor Oskar Stern ermittelt:

1. Fall: Mühlviertler Blut
ISBN 978-3-8392-2238-6

2. Fall: Mühlviertler Rache
ISBN 978-3-8392-2515-8

3. Fall: Mühlviertler Grab
ISBN 978-3-8392-2741-1

4. Fall: Mühlviertler Kreuz
ISBN 978-3-8392-0063-6

weitere:
Todesdorf
ISBN 978-3-8392-0203-66

GMEINER SPANNUNG

WWW.GMEINER-VERLAG.DE
Wir machen's spannend

DIE NEUEN

Lieblingsplätze

GMEINER KULTUR

WWW.GMEINER-VERLAG.DE
Mensch, Kultur, Region